暨南中文名家文丛

主编 程国赋 贺仲明

夏丏尊集

花宏艳/编

人民出版社

夏丏尊（1886—1946）

暨南大学 1921 年题词

1921 年南京暨南学校夏景图（摄影：丘君文英）

总　序

程国赋　贺仲明

　　作为中国第一所由政府创办的华侨学府，暨南大学从创办开始就与中华文化传承传播息息相关。学校的前身是 1906 年清政府创立于南京的暨南学堂，后迁至上海，1927 年更名为国立暨南大学。抗日战争期间，迁址福建建阳。1946 年迁回上海，1949 年 8 月合并于复旦大学、交通大学等高校。新中国成立后，暨南大学于 1958 年在广州重建，"文革"期间一度停办，1978 年在广州复办。暨南学堂的创办，与清政府"宏教泽""系侨情"的考虑密切相关。"暨南"二字出自《尚书·禹贡》："东渐于海，西被于流沙，朔南暨，声教讫于四海。"意即面向南洋，将中华文化远播到五洲四海。2018 年 10 月 24 日，习近平总书记视察暨南大学并发表重要讲话，肯定学校"作用独特"，指示学校"把中华优秀传统文化传播到五洲四海"。

　　暨南大学中文系成立于 1927 年，距今已有 94 年的发展历史，是暨南大学成立最早的院系之一。自此以来，中文系以其深厚的人文底蕴和国学基础，以传播中华文化为己任，坚持"宏教泽而系侨情"的办学宗旨，培养和造就了一代代人文英才，成为暨南大学办学历史上有着重要地位和影响的学系。

　　在中文系的发展历史上，名家荟萃，群星闪烁，1949 年以前的各个时期，夏丏尊、方光焘、龙榆生、陈钟凡、郑振铎、许杰、刘大杰、梁实秋、沈从文、李健吾、钱锺书、洪深、曹聚仁、王统照、何家槐、沈端先（夏衍）等一大批名彦学者亲执教鞭，授业解惑。1958年暨大在广州重建后，萧殷、黄轶球、何家槐、郭安仁（丽尼）、秦牧等著名专家、学者、作家在中文系任教。可谓鸿儒硕学，流光溢彩，有云蒸霞蔚之盛。这些专家、学者不仅有着很深的学术造诣和学术成就，而且拥有浓厚的家国情怀。在随学校几度搬迁的过程中，在暨南大学坎坷曲折的办学历程中，一代又一代暨南大学中文系的师生以爱国爱校、坚忍不拔、顽强拼搏、不折不挠的精神践行着"忠信笃敬"的暨南校训。以抗日战争时期发生在暨南园的"最后一课"为例，1941年12月8日，太平洋战争爆发。日军坦克开进上海租界，并炮击停泊在黄浦江上的英美军舰。这天早晨，学校举行会议，作出了悲壮而坚毅的决定："当看到一个日本兵或一面日本旗经过校门时，立刻停课，将这所大学关闭。"何炳松校长含泪向教师们宣布后，大家分头准备上课。上课铃响了，学生们如往日一样坐在座位上。教师们宣布了学校的决定，学生们脸上呈现出坚毅的神色，静静地坐着，听老师在讲台上严肃而镇静地讲授"最后一课"。在郑振铎撰写的《最后一课》（收入《蛰居散记》，上海出版公司1951年版）中，他用沉重的笔调记下了暨南大学百年历史上最为悲壮也最为神圣的一幕：

我不荒废一秒钟的工夫，开始照常的讲下去。学生们照常的笔记着，默默无声的。

这一课似乎讲得格外的亲切，格外的清朗，语音里自己觉得有点异样；似带着坚毅的决心，最后的沉着；像殉难者的最后的晚餐，像冲锋前的士兵们似的上了刺刀，"引满待发"。

然而镇定、安详、没有一丝的紧张的神色。该来的事变，一定会来的。一切都已准备好。

谁都明白这"最后一课"的意义。我愿意讲得愈多愈好；学生们愿意笔记得愈多愈好。

讲下去，讲下去，讲下去。恨不得把所有的应该讲授的东西，统统在这一课里讲完了它；学生们也沙沙的不停的在抄记着，心无旁用，笔不停挥。……

没有伤感，没有悲哀，只有坚定的决心，沉毅异常的在等待着；等待着最后一刻的到来。

远远的有沉重的车轮辗地的声音可听到。

几分钟后，几辆满载着日本兵的军用车，经过校门口，由东向西，徐徐的走过，当头一面旭日旗，血红的一个圆圈，在迎风飘荡着。

时间是上午 10 时 30 分。

我一眼看见了这些车子走过去，立刻挺直了身体，作着立正的姿势沉毅的合上书本，以坚决的口气宣布道：

"现在下课！"

学生们一致的立了起来，默默的不说一句话，有几个女生似在低低的啜泣着。

没有一个学生有什么要问的，没有迟疑，没有踌躇，没有彷徨，没有顾虑。个个人都已决定了应该怎么办，应该向哪一个方面走去。

赤热的心，像钢铁铸成似的坚固，像走着鹅步的仪仗队似的一致。

从来没有那么无纷纭的一致的坚决过，从校长到工役。

这样的，光荣的国立暨南大学在上海暂时结束了她的生命。默默的在忙着迁校的工作。

这天早上，王统照教授给学生讲的是大学一年级国文课，内容是陆机的《文赋》。徐开垒从学生的角度记述了"最后一课"对他心灵的震撼和终身的影响：

这天他的脸色非常严肃，课堂上一片静寂，而我们回头从阳台上望下去，康脑脱路上却是一片乱哄哄，但见日本军队卡车正在马路上横冲直撞，卡车的喇叭声像鬼哭狼嚎。王统照老师像法国著名作家都德的短篇小说《最后一课》里的韩麦尔先生那样认真地坚持讲课，在到剩下最后一刻钟时间，他才终于放下课本（讲义），讲课程以外的话了。

他的神情是这样严峻，在他黑瘦的脸上，从玳瑁边眼镜里射出极其严肃的眼光，用十分沉痛又十分关切爱护的口气对我们说：

"同学们，刚才何校长与我们许多教师商量，决定向全校师生员工发出通知：学校从现在开始，停办了！因为日本军队已经开始进入租界！我们决不能让敌人来接管我们的学校！今天这一节是最后一课，我们现在要解散了！"……

多么沉痛的现实！多么使人刻骨铭心的难忘印象！这时我又忽然听到王统照先生对我们讲话了：

"同学们，你们都很年轻，都二十岁不到吧？我们的日子正长，青年人要有志气，要有能冲破黑暗的精神，学校可能内迁，你们跟不跟学校到内地去，何校长说过了：这要看每个人的家庭环境来定，不要勉强。问题在不论留下来，还是跟着内迁，都要有个精神准备，这就是坚持爱国，坚持抗日！……"（徐开垒：《何炳松校长的爱国主义精神》，载刘寅生等编：《何炳松纪念文集》，华东师范大学出版社1990年版）

后来，何炳松曾对人谈及当时的情况，说："与学校同仁共同经过'一·二八'之变，经过'八·一三'之变，又经过'一二·八'之变。我们忍受，我们镇定，我们照应该做的步骤，默默地做去。我们没有丢自己的脸，没有丢国家民族的脸。在事变已过，局势大定以后，总是邀少数友好喝一次酒。我们斟了满满的一大杯'干了吧！'一饮而尽。"（阮毅成：《记何炳松先生》，载刘寅生等编：《何炳松纪念文集》，华东师范大学出版社1990年版）正所谓仰天俯地，无愧于心！暨南百年，屡遭磨难，三度停办，数易其址，而终保华侨高等教育而不断，实有赖于是。

　　暨南大学中文系前辈学者的学术精神和家国情怀滋养、鼓励着一代代的中文人。在几代人的共同努力下，目前，暨南大学中文学科获得快速发展，在学科建设、人才队伍、教学、科研、社会服务等各方面均取得突出的成绩，截至 2021 年，本学科拥有一级学科博士点、博士后流动站、国家文科基础学科人才培养和科学研究基地、文艺学国家重点学科（2007 年）、广东省一级攀峰重点学科。其中，国家文科基础学科人才培养和科学研究基地是全校唯一一个同类的研究基地；本学科拥有国家教学名师、长江学者特聘教授、青年长江学者、国家"万人计划"哲学社会科学领军人才、青年拔尖人才、教育部新世纪优秀人才等国家级人才 20 人次，广东省高校珠江学者特聘教授、广东省"千百十工程"国家级、省级培养对象等省级人才 25 人次，其中，长江学者特聘教授、青年长江学者、国家"万人计划"哲学社会科学领军人才、教育部新世纪优秀人才、广东省高校珠江学者特聘教授、广东省"千百十工程"国家级培养对象等人才称号的获批，均实现我校在同一领域的突破；目前本学科在研的国家社科基金重大项目 14 项，近五年新增国家社科基金项目 62 项；在 2020 年第八届教育部高等学校优秀成果奖评选中，中文系教师共获得一等奖 1 项，二等奖 3 项，这是全校迄今为止第一个教育部高等学校优秀成果奖一等奖，实现我校在科学研究领域的重要突破；近年来本学科教师发表论文 715 篇，其中在《中国社会科学》《文学评论》《文艺研究》《中国语文》等权威期刊发表论文 125 篇；入选首批国家级一流本科专业，在 2020 年软科中国最好学科排名中，暨南大学中文学科进入全国前 5%，在全国排名第九。2020 年 9 月，依托暨南大学文学院，中华文化港澳台及海外传承传播协同创新中心被教育部认定为省部共建协同创新中心，这是全国侨务系统第一家，同时也是广东省第二家人文社科类省部共建协同创新中心，协同创新中心的认定对于向港澳台和海外传播中华文化、对于包括中国语言文学学科在内的暨南大学文科的发展将起到很好的推动作用。

暨南大学中文系薪火相传，生生不息。目前，学科处在一个重要的发展时期。中文学科入选广东省高水平大学建设的行列，入选"冲一流、补短板、强特色"重点建设的学科。在国家双一流建设以及广东省高水平大学建设的征程中，暨南中文人将在前辈学者打下的扎实基础上不断开拓，力争将学科建设提上一个新的台阶。

为了纪念曾经在暨南大学中文系工作、任教过的前辈学者，为弘扬他们的学术精神和家国情怀，经中文系系务会集体讨论，决定编撰"暨南中文名家文丛"。暨南大学中文系前辈中优秀学者云集，我们无法悉数纳入，只能依据一定的选取原则。具体有三：一是学术或创作成就卓著；二是与暨大中文系渊源深厚；三是业已辞世。在此原则上，我们选取了夏丏尊、方光焘、龙榆生、郑振铎、刘大杰、许杰、王统照、何家槐、秦牧、萧殷等10位教授，编撰文集。其他许多名家大家，只能留遗珠之憾了。我们编撰该文丛的目的，既表达我们对前辈学者的崇高敬意，同时也希望更多的后来者知晓来路，立足当下，展望未来。这套丛书由中文系10位年轻老师主持编撰，分两年出版。

最后说明一下编选体例。版本方面，我们采用初版本和善本相结合的方式。编选上，尽量保留原文风格，但对一些术语、译名上的差异，以及异体字、标点符号等，则按照现在标准给予修订。个别逻辑错误或文字疏漏，也进行了补正。

"暨南中文名家文丛"的编撰得到中华文化港澳台及海外传承传播协同创新中心和广东省高水平大学经费的支持，得到人民出版社的大力支持，特此致谢。

2021 年 10 月于广州

目 录
CONTENTS

前　言

暨南大学第一任中文系系主任夏丏尊是我国近代著名的教育家、散文家、出版家、翻译家。他既是新文学运动的先驱，也是我国语文教学的开创者。

夏丏尊（1886—1946），本名夏铸，字勉旃，号闷庵，浙江上虞人。夏丏尊祖上曾经商，父亲是个秀才。他幼时在私塾读书，能作八股文，1901年考中秀才，入上海中西书院（东吴大学前身）。一学期后，1903年入绍兴府学堂（浙江第五中学堂前身），读书半年后辍学回家。1905年，夏丏尊向亲友借钱赴日留学，先入东京宏文学院学习日文，后考入东京高等工业学校，但因申请不到官费，不得不中途辍学，于1907年归国。

1908年，夏丏尊应聘为浙江省两级师范学堂通译助教，同时兼任舍监和国文教员。夏丏尊在该校任教期间，与鲁迅、李叔同等人交往颇深，且非常热心于教学活动。五四运动中浙江学运的中心就是浙江省立第一师范学校，校内的夏丏尊、刘大白、陈望道、李次九等人积极支持新文化运动，被誉为"四大金刚"。后夏丏尊随着校长经亨颐的离开而辞职，随后来到湖南第一师范教授国文。

1921年，上虞富商陈春澜捐资兴办春晖中学，夏丏尊应经亨颐之邀到该校总理校务。其时，经亨颐虽然是校长，但几乎把全部的校务工作交给夏丏尊。于是夏先生便集结了一班同气相合的民国学人，创立了春晖中学。春晖中学是夏丏尊实现其教育理想的地方，在这里，他给学生创造了一个有诗有画的学术环境，让他们按着个性自由发展。因此朱自清在两年后来到春晖任教时，坦言自己"刚一到就感到一种平静亲和的氛围气，是别的学校没有的"。

十九世纪二十年代，夏丏尊、朱自清、丰子恺、刘延陵、朱光潜、俞平伯、叶圣陶等一批作家在春晖中学任教或讲学的过程中，不仅实践了夏丏尊的教育理念，更形成了以春晖中学所在地白马湖命名的现代散文流派——"白马湖派"。这使得当时的春晖，文化氛围浓厚，并浸润着五四新文化的精神。

丰子恺在《悼夏丏尊先生》一文中曾记录了受到中西文化影响的夏先生是如何纠正学生们的八股腔调，引导他们作出平淡真实的现代散文的：

他教国文的时候，正是"五四"将近。我们做惯了"大王留别父老书""黄花主人致无肠公子书"之类的文题之后，他突然叫我们做一篇"自述"。

而且说："不准讲空话，要老实写。"有一位同学，写他父亲客死他乡，他"星夜匍匐奔丧"。夏先生苦笑着问他："你那天晚上真个是在地上爬去的？"引得大家发笑，那位同学脸孔绯红。又一位同学发牢骚，赞隐遁，说要"乐琴书以消忧，抚孤松而盘桓"。夏先生厉声问他："你为什么来考师范学校？"弄得那人无言可对。这样的教法，最初被顽固守旧的青年所反对。他们以为文章不用古典，不发牢骚，就不高雅。竟有人说："他自己不会做古文（其实做得很好），所以不许学生做。"但这样的人，毕竟是少数。多数学生，对夏先生这种从来未有的、大胆的革命主张，觉得惊奇与折服，好似长梦猛醒，恍悟今是昨非。这正是五四运动的初步。①

---

① 丰子恺：《悼夏丏尊先生》，《悦读白马湖派散文家》，宁波出版社2014年版，第27—28页。

夏先生后来翻译的《爱的教育》，风行国内，深入人心，甚至被取作国文教材。这不是偶然的事情。

1924年冬，夏丏尊与匡互生、朱光潜等人一起在上海组成立达学会，创办立达中学，同时还担任立达常务委员（后又担任文学专门部主任）。1928年，夏丏尊担任开明书店编译所所长。1930年，其主编的《中学生》杂志创刊。

夏丏尊先生与暨南大学结缘始于二十年代。1927年，夏丏尊应暨南大学校长郑洪年之聘，兼任暨南大学第一任中国文学系主任，同时教大一国文。

11月6日，夏丏尊邀请鲁迅先生至华兴楼所设暨南大学"同级会"讲演，演讲内容是关于文学创作和读书方法的。所谓"同级会"是因为暨南大学国文系当时只有一年级学生，因此以"同级会"名义向鲁迅写了邀请书，由夏丏尊送往鲁迅寓所。演讲结束后，夏丏尊带一班同学与鲁迅共进中餐。

夏丏尊在暨南大学任教期间，正是文艺团体在暨南纷纷涌现之时。在中国的文艺团体之中，最为外间人士所熟知，与外间文艺界人士接触较多的就是"秋野社"。"秋野社"由陈翔冰、陈妤雯、陈雪江等发起成立，校内成员有夏丏尊、顾仲彝、余楠秋、汪静之、张凤、徐世度、叶公超、刘觉、徐文符、刘望苏、戴淮清、杨浩然、陈福璇、陈诗水、林华光、张嘉树、温梓川、戴钰发、胡秋甫、张逸林等。校外社员则有复旦大学文学系学生冯伊媚、在江苏研究民宿学和考据的孙佳讯。因成立时适值天高气爽的秋天，大家从李贺《南山田中行》所云"秋野明，秋风白，塘水漻漻虫喷喷"中取了"秋野"两字作社名。[①]

夏丏尊在暨南大学任教期间，有一段难忘的"黄包车"时光。当

---

①　王利民：《平屋主人——夏丏尊传》，浙江人民出版社2005年版，第164页。

时上海的学校不仅不提供教师的宿舍，甚至连休息室也没有。暨南大学在上海的真茹，而夏丏尊住在宝山区。虽然两地之间有火车，但火车班次既少，车辆又缺，十次有九次找不到座位，开车又不准时，有时候竟要挤在人群中站立半小时以上才开车。且在上海北站买票又极为不容易。种种困难，使得夏丏尊不得不断了火车的念想，而每日乘坐黄包车上下班。

对夏先生来说，每日在黄包车上的时间，最少要两小时光景，车费至少要小洋七八角。时间与经济，都占着他生活上的不小部分。

每日清晨夏先生在"洗马子"声里掩了鼻子走出宝山里，坐上黄包车到真茹。去的日子，先到北站，再由铁栅栏外换雇车子到真如。因为只有北站铁栅栏外的黄包车知道真如的地名。一两个月后，夏丏尊开始渐渐习惯于乘坐黄包车上下班，竟然能够将奔波的劳碌转化为悠闲的宁静："到真茹所经的都是旷野，只要车子一出市梢，就可纵览风景，特别是课毕回来，一天的劳作已完，悠然地把身体交付了黄包车，在红也似的夕阳里看那沿途的风物，好比玩赏走卷，真是一种享乐，有时还嫌车子走得太快。"

甚至，夏丏尊还能够在黄包车上看书，一本四五百页的书，不到一星期就看完了。后来他又在车上构思文章，并将自己的文章戏称为"黄包车文学"。夏丏尊将自己在暨南大学任教期间的这一段有趣的生活学习经历写成了《黄包车礼赞》一文，并发表在暨南大学文学社刊《秋野》1927 年的创刊号上。

1937 年抗日战争爆发后，夏丏尊因年老多病留守上海，但始终不肯为日方做事。后于 1946 年 4 月 23 日病逝于上海，享年 61 岁。4 月 27 日，重庆《新华日报》发表题为《悼夏丏尊先生》的社论，称赞他是"民主文化战线上的老战士"，表彰他为文化运动和民主运动建立的功绩。

本书即选取夏丏尊先生各个时期的代表性作品，分为"自叙与怀人""文心""读书与冥想""爱的教育""文坛与艺坛""文艺论 ABC"六个专题，以期完整呈现夏丏尊先生在现代散文、语文教育、翻译与创作等各个方面的成就，并使读者能够从选文中感知其真诚耿介的人品、严谨认真的作风，以及执着人生的态度。

| 第一编 |

自叙与怀人

我的中学生时代 *

中学校时代，在年龄上是指十三四岁至十八九岁的一段的。我今年四十六岁，我的中学校时代已是三十年以前的事了。那时正是由科举过渡到学校的当儿，学校未兴，私塾是唯一的学校。我自幼也从塾师读经书，学八股，考秀才，后来且考过举人。及科举全废的前两三年，然后改进学校，可是未曾在什么学校里毕过业，未曾得过卒业文凭。

我上代是经商的，父亲却是个秀才。在十岁以前，祖父的事业未倒，家境很不坏，兄弟五人中据说我在八字上可以读书，于是祖父与父亲都期望我将来中举人点翰林，光大门楣，不预备叫我去学生意。在我家坐馆的先生也另眼相看，我所读的功课是和我的兄弟们不同的。他们读毕四书，就读些《幼学琼林》和尺牍书类，而我却非读《左传》《诗经》《礼记》等等不可。他们不必做八股文，而我却非做八股文不可。因为我是要预备将来做读书人的。

十六岁那年我考得了秀才，以后不久八股即废，改"以策论取士"。八股在戊戌政变时曾废过，不数月即恢复，至是时乃真废了。这改革使全国的读书人大起恐慌。当时的读书人大都是一味靠八股吃饭的，他们平日朝夕所读的是八股，案头所列的是闱墨或试帖诗，经史向不研究，"时务"更所茫然。我虽八股的积习未深，不曾感到很大的不平，但要从师也无师可从，只是把《大题文府》等类搁起，换些《东莱博议》《读通鉴论》《古文观止》之类的东西来读，把白折纸废去，临摹碑帖，再把当时唯一的算术书《笔算数学》买来自修而已。

---

* 本文原刊于《中学生》第十六号（1931 年 6 月）。

　　那时我家里的境况已大不如从前了。最初是祖父的事业失败，不久祖父即去世。父亲是少爷出身，舒服惯了的。兄弟们为家境所迫，都托亲友介绍，提早作商店学徒去了。五间三进的宽大而贫乏的家里，除了母亲和一个嫂子，就剩了父子两个老小秀才。父亲的书箱里，八股文以外，有一部《史记》，一部《前后汉书》，一部《韩昌黎集》，一部《唐诗三百首》，一部《通鉴纲目》，一部《文选》，一部《聊斋志异》，一部《红楼梦》，一部《西厢记》，一部《经策通纂》，一部《皇清经解》，还有几种唐人的碑帖与《桐阴论画》等论书画的东西。父子把这些书作长日的消遣，父亲爱写字，种花，整洁居室，室里干净清静得如庵院一般。这样地过了约莫一年。

　　亲戚中从上海回来的，都来劝读外国书（即现在的所谓进学校）。当时内地无学校，要读外国书只有到上海。据说，上海最有名的是梵王渡（即现在的圣约翰大学），如果在那里毕业，包定有饭吃。父母也觉得科举快将全废，长此下去究不是事，于是就叫我到上海去读外国书。当时读外国书的地方也并不多。外国人立的只有梵王渡震旦与中西书院，中国人立的只有南洋公学。我是去读外国书的，当然要进外国人的学校。震旦是读法文的，梵王渡据说程度较高，要读过几年英文的才能进去，中西书院（即现在东吴大学的前身）入学比较容易些。我于是就进中西书院。

　　那时生活程度还很低，可是学费却已并不便宜，中西书院每半年记得要缴费四十八元。家中境况已甚拮据，我的第一次半年的学费，还是母亲把首饰变卖了给我的。我与便友同伴到了上海，由大哥送我入中西书院。那时我年十七。

　　中西书院分为六年毕业，初等科三年，高等科三年，此外还有特科若干年。我当然进初等科。那时功课不限定年级，是依学生的程度定的。英文是甲班的，算学如果有些根柢就可入乙班，国文好的可以入丙班。我英文初读，入甲班，最初读的是华英初阶，算学乙班，读《笔算数学》，国文，甲班。其余各科也参差不齐，记不清楚了。各种学科中，最被人看不起的是国文，上课与否可以随便，最注重的是英文。时间表很简单，每日上午全读英文，下午第一时板定是算学，其余各科则配搭在数学以后。监院（即校长）是美国人潘慎文，教习有史拜言、谢鸿赉等。同学一百多人，大多数是包车接送的富者之子，间有贫寒子弟，则系基督教徒，受有教会补助，读书不用花钱的。我的同学中，很有许多现今知名之士。记得名律师丁榕，经济大家马寅初，都是我的先辈的同学。

中西书院门禁森严，除通学生外，非得保证人来信不能出大门一步，并且星期日不能告假（因为要做礼拜），情形几等于现在的旧式女学校。告假限在星期六下午。我的保证人是我的大哥，他在商店做事，每月只来带我出去一次，有时他自己有事，也就不来领我。我在那里几乎等于笼鸟。尤其是礼拜日逃不掉做礼拜觉得很苦。

礼拜真真多极。每日上课前要做礼拜，星期三晚上要做礼拜，星期日早晨要做礼拜，晚上又要做礼拜。每次礼拜有舍监来各房间查察，非去不可。每日早晨的礼拜约须三十分钟。其余的都要费一小时以上。唱赞美歌，祷告，讲经，厌倦非凡。这种麻烦，如果叫现今每周只做一次纪念周犹嫌费事的学生诸君去尝，不知能否忍耐呢？

读了一学期，学费无法继续，于是只好仍旧在家里，用《华英进阶》《华英字典》（这是中国第一部英文字典，商务出版）《代数备旨》等书自修。另外再作些策论四书义，请邑中的老先生评阅。秋间再去考乡试。举人当然无望，却从临时书肆（当时平日书店很少，一至考试时，试院附近临时书店如林）买了严译《原富》《天演论》等书回来，莫名其妙地翻阅。又因排满之呼声已起，我也向朋友那里借了《新民丛报》等来看，由是对于明末清初的故事与文章很有兴味，《明季稗史》《明夷待访录》《吴梅村集》《虞初新志》等书都是我所耽读的。

　　十八岁那年，因了一位朋友的劝告，同到绍兴府学堂（即现在浙江第五中学的前身）入学。在那一二年中内地学堂已成立了不少。当时办学概依奏定学堂章程，学制很划一。县有县学堂，性质为现在的高小程度，府学堂则相当于现在的中学，省学堂相当于大学预科，京师大学堂即现在的所谓大学了。学堂的成立，并无一定顺序，我们绍属，是先有中学，后有小学的。府学堂学费不收，宿费更不须出，饭费只每月二元光景，并且学校由书院改设，书院制尚未全除，月考成绩若优，还有一元乃至几毛钱的"膏火"可得（膏火是书院时代的奖金名称，意思是灯油费）。读书不但可以不花钱，而且弄得好还有零用可获得的。

　　府学堂的科目记得为伦理，经学，国文，英文，史学，舆地，算学，格致（即现在的理化博物），体操，测绘（用器画与地图），功课亦依程度编级，一如中西书院的办法。我因英文已有每日三点钟半年及在家自修的成绩，居然大出风头，被排在程度顶高的一级里，算学与国文的班次也不低。同学之中年龄老大的很多，班级皆低于我，我于是颇受师友的青眼。

　　国文是一位王先生教的，选读《皇朝经世文编》，作文题是"范文正公为秀才时便以天下为己任""士先器识而后文艺"之类。经学是徐先生（即刺恩铭的徐烈士）担任的，他叫我们读《公羊传》，上课时大发挥其微言大义。测绘也由这位徐先生担任。体操教师是一位日本人。他不会讲中国话，口令是用日本语的，故于最初就由他教我们几句体操用的日本语。如"立正""向前"之类。伦理教师最奇特，他姓朱，是绍兴有名的理学家，有长长的须髯，走路踱方步，写字仿朱子。他教我们学"洒扫应对"，"居敬存诚"，还教我舞佾，拿了鸡尾似的劳什子作种种把戏。据他的主张，上课时书应端执在右手，不应挟在腋下，上班退班，都须依照长幼之序"鱼贯而行"，不应作鸟兽散，见先生须作揖，表示敬意。我们虽不以为然，但却不去加以攻击，只以老古董相待罢了。

当时青年界激昂慷慨，充满着蓬勃的朝气，似乎都对于中国怀着相当的期待，不像现在的消沉幻灭。庚子事件经过不久，又当日俄战争，风云恶劣，大家都把一切罪恶归诸满人，以为只要满人推倒，国事就有希望了。《新民丛报》，《浙江潮》等杂志大受青年界的欢迎，报纸上的社论也大被注意阅读。那时恋爱尚未成为青年间的问题，出路的关心也不如现在的急切（因为读书人本来不大讲究出路），三四朋友聚谈，动辄就把话题移到革命上去，而所谓革命者，内容就只是排满，并没有现在的复杂。见了留学生从日本回来，没有辫子，恨不得也去留学，可以把辫子剪去（当时普通人是不许剪辫子的）。见了花翎颜色顶子的官吏，就暗中憎恶，以为这是奴隶的装束。卢梭，罗兰夫人，马志尼等都因了《新民丛报》的介绍，在我们的心胸里成了令人神往的理想人物。罗兰夫人的"自由，自由！天下几多罪恶假汝之名以行！"已成了摇笔即来的文章的套语了。

我在这样的空气中过了半年中学生活，第二学期又辍学了。这次的辍学，并非由于拿不出学费，乃是为了要代替父亲坐馆。原来，父亲在一年来已在家授徒了，一则因邻近有许多小孩要请人教书，二则父亲嫌家里房屋太大，住了太寂寞，于是就在家里设起书塾来。来读的是几个族里与邻家的小孩。中途忽然有一位朋友要找父亲去替他帮忙，为了友谊与家计，都非去不可。书馆是不能中途解散的，家里又无男子，很不放心，于是就叫我辍学代庖。功课当然是我所教得来的。学生不多，时间很有余暇，于是一壁教书，一壁仍行自修。家里人颇思叫我永继父职，就长此教书下去，本乡小学校新立，也邀我去充教习，但我总觉得于心不甘。

恰好有一个亲戚的长辈从日本留学法政回来，说日本如何如何地好，求学如何如何地便利。我对于日本留学梦想已久了，听了他的话，心乃愈动。父母并不大反对，只是经费无着。乃遍访亲友借贷，很费力地集了五百元，冒险赴日。

当时赴日留学，几成为一种风气，东京有一个宏文学院，就是专为中国留学生办的，普通科二年毕业，除教日语外，兼教中学课程。凡想进专门以上的学校的，大概都在那里预备。我因学费不足两年的用度，乃于最初数月请一日本人专教日文。中途插入宏文学院普通科去，总算我的自修有效，英算各科居然尚能衔接赶上。在那里将毕业的前二三月，东京高等工业学校招考了，我不待毕业就去跨考，结果幸而被录。当时规定，入了官立专门学校，就有官费的。而浙江因人多不能照办，我入高工后快将一年，犹领不到官费，家中为我已负债不少，结果乃又不得不中途辍学回国，谋职糊口我的中学时代就此结束了。那时我年二十一岁。

总计我的中学时代，经过许多的周折，东补西凑，断续不成片段。我为了修得区区的中学课程，曾经过不少的磨难，空费过长期的光阴。这种困苦的经验，当时不但我个人有过，实可谓是一般的情形。现在的中学生，在这点上真足羡艳，真是幸福。

中年人的寂寞*

我已是一个中年的人。一到中年，就有许多不愉快的现象，眼睛昏花了，记忆力减退了，头发开始秃脱而且变白了，意兴、体力什么都不如年青的时候，常不禁会感觉到难以名言的寂寞的情味。尤其觉得难堪的是知友的逐渐减少和疏远，缺乏交际上的温暖的慰藉。

不消说，相识的人数，是随了年龄增加的，一个人年龄越大，走过的地方，当过的职务越多，相识的人理该越增加了。可是相识的人并不就是朋友，我们的和许多人相识，或是因了事务关系，或是因了偶然的机缘，——如在别人请客的时候同席吃过饭之类。见面时点头或握手，有事时走访或通信，口头上彼此也称"朋友"，笔头上有时或称"仁兄"，诸如此类，其实只是一种社交上的客套，和"顿首""百拜"同是仪式的虚伪。这种交际可以说是社交，和真正的友谊，相差似乎很远。

真正的朋友，恐怕要算"总角之交"或"竹马之交"了。在小学和中学的时代容易结成真实的友谊，那时彼此尚不感到生活的压迫，入世未深，打算计较的念头也少，朋友的结成，全由于志趣相近或性情适合，差不多可以说是"无所为"的，性质比较地纯粹。二十岁以后结成的友谊，大概已不免搀有各种各样的颜色分子在内，至于三十岁四十岁以后的朋友中间，颜色分子愈多，友谊的真实成分也就不免因而愈少了，这并不一定是"人心不古"，实可以说是人生的悲剧。人到了成年以后，彼此都有生活的重担须负，入世既深，顾忌的方面也自然加多起来，在交际上不许你不计较，不许你不打算，结果彼此都"钩心斗角"，像七巧板似地只选定了某一方面和

---

* 本文原刊于《中学生》第四十九号（1934 年 11 月）。

对方去接合，这样的接合当然是很不坚固的，尤其是现代这样什么都到了尖锐化的时代。

在我自己的交游中，最值得系念的老是一些少年时代以来的朋友。这些朋友本来数目就不多，有些住在远地，连相会的机会也不可多得，他们有的年龄大过了我，有的小我几岁，都是中年以上的人了，平日各人所走的方向不同，思想趣味，境遇也都不免互异，大家晤谈起来，也常会遇到说不出的隔膜的情形。如大家话旧，旧事是彼此共喻的，而且大半都是少年时代的事，"旧游如梦"，把梦也似的过去的少年时代重提，因了谈话的进行，同时就会关联了想起许多当时的事情，许多当时的人的面影，这时好像自己仍回归少年时代去了。我常在这种时候感到一种快乐，同时也感到一种伤感，那情形好比老妇人突然在抽屉里或箱子里发现了她盛年时的影片。

逢到和旧友谈话，就不知不觉地把话题转到旧事上去，这是我的习惯，我在这上面无意识地会感到一种温暖的慰藉。可是这些旧友，一年比一年减少了，本来只是屈指可数的几个，少去一个，是无法弥补的，我每当听到一个旧友死去的消息时候，总要惆怅多时。

学校教育给我们的好处，不但只是灌输知识，最大的好处，恐怕还在给与我们求友的机会一点上。这好处我到了离学校以后才知道，这几年来更确切地体会到，深悔当时毫不自觉，马马虎虎地过去了。近来每日早晚在路上见到两两三三地携着书包、携了手或挽了肩膀走着的青年学生们，我总艳羡他们有朋友之乐，暗暗地要在心中替他们祝福。

早老者的忏悔*

朋友间谈话，近来最多谈及的是关于身体的事。不管是三十岁的朋友，四十左右的朋友，都说身体应付不过各自的工作，自己照起镜子来，看到年龄以上的老态。彼此感慨万分。

我今年五十，在朋友中原比较老大。可是自己觉得体力减退，已好多年了。三十五六岁以后，我就感到身体一年不如一年，工作起不得劲，只是恹恹地勉强挨，几乎无时不觉到疲劳，什么都觉得厌倦，这情形一直到如今。十年以前，我还只四十岁，不知道我年龄的都说我是五十岁光景的人，近来居然有许多人叫我"老先生"。论年龄，五十岁的人应该还大有可为，古今中外，尽有活到了七十八十，元气很盛的。可是我却已经老了，而且早已老了。因为身体不好，关心到一般体育上的事情，对于早年自己的学校生活发现一种重大的罪过。现在的身体不好，可以说是当然的报应。这罪过是什么？就是看不起体操教师。

体操教师的被蔑视，似乎在现在也是普通现象。这是有着历史关系的。我自己就是一个历史的人物。三十年前，中国初兴学校，学校制度不像现在的完整。我是弃了八股文进学校的，所进的学校，先后有好几个，程度等于现在的中学。当时学生都是所谓"读书人"，童生、秀才都有，年龄大的可三十岁，小的可十五六岁，我算是比较年青的一个。那时学校教育虽号称"德育、智育、体育并重"，可是学生所注重的是"智育"，学校所注重的也是"智育"，"德育"和"体育"只居附属的地位。在全校的教师之中，最被重视的是英文教师，次之是算学教师，格致（理化博物之总名）教师，

---

* 本文原刊于《中学生》第五十八号（1935年10月）。

最被蔑视的是修身教师，体操教师。大家把修身教师认作迂腐的道学家，把体操教师认作卖艺打拳的江湖家。修身教师大概是国文教师兼的，体操教师的薪水在教师中最低，往往不及英文教师的半数。

那时学校新设，各科教师都并无一定的资格，不像现在的有大学或专门科毕业生。国文教师，历史教师，由秀才、举人中挑选，英文教师大概向上海聘请，圣约翰书院（现在改称大学，当时也叫梵王渡）出身的曾大出过风头，算学、格致教师也都是把教会学校的未毕业生拉来充数。论起资格来，实在薄弱得很。尤其是体操教师，他们不是三个月或半年的速成科出身，就是曾经在任何学校住过几年的三脚猫。那时一面有学校，一面还有科举，大家把学校教育当作科举的准备。体操一科，对于科举是全然无关的，又不像现在学校的有竞技选手之类的名目，谁也不去加以注重。在体操时间，有的请假，有的立在操场上看教师玩把戏，自己敷衍了事。体操教师对于所教的功课，似乎也并无何等的自信与理论，只是今日球类，明日棍棒，轮番着变换花样，想以趣味来维系人心。可是学生老不去睬他。

蔑视体操科，看不起体操教师，是那时的习惯。这习惯在我竟一直延长下去，我敢自己报告，我在以后近十年的学生生活中，不曾用了心操过一次的体操，也不曾对于某一位体操教师抱过尊敬之念。换一句话说，我在学生时代不信"一二三四"等类的动作和习惯会有益于自己后来的健康。我只觉得"一二三四"等类的动作干燥无味。朋友之中，有每日早晨在床上作二十分操的，有每日临睡操八段锦的，据说持久着做，会有效果，劝我也试试。他们的身体确比我好得多，我也已经从种种体验上知道运动的要义不在趣味而在继续持久，养成习惯。可是因为一向对于这些上面厌憎，终于立不住自己的决心，起不成头，一任身体一日不如一日。

我们所过的是都市的工商生活，房子是鸽笼，业务头绪纷烦，走路得刻刻留心，应酬上饮食容易过度，感官日夜不绝地受到刺激，睡眠是长年不足的，事业上的忧虑，生活上的烦闷是没有一刻忘怀的，这样的生活当然会使人早老早死，除了捏锄头的农夫以外，却无法不营这样的生活，这是事实，积极的自救法，唯有补充体力，及早预备好了身体来。

"如果我在学生时代不那样蔑视体操科，对于体操教师不那样看他们不起，多少听受他们的教诲，也许……"我每当顾念自己的身体现状时常这样暗暗叹息。

试　炼[*]

搬家到这里来以后，才知道附近有两所屠场。一所是大规模的西洋建筑，离我所住地方较远，据说所屠杀的大部分是牛。偶尔经过那地方，除有时在近旁见到一车一车的血淋淋的牛肉或带毛的牛皮外，听不到什么恶声，也闻不到什么恶臭。还有一所是旧式的棚屋，所屠杀的大部分是猪。棚屋对河一条路是我出去回来常要经过的，白天看见一群群的猪被拷押着走过，闻着一股臭气，晚间听到凄惨的叫声。

我尚未戒肉食，平日吃牛肉，也吃猪肉，但见到血淋淋的整车的新从屠场运出来的牛体，听到一阵阵的猪的绝命时的惨叫，总觉得有些难当。牛肉车不是日日碰到的，有时远远地见到了就俯下了头管自己走路让它通过，至于猪的惨叫是所谓"夜半屠门声"，发作必在夜静人定以后。我日里有板定的工作，探访酬酢及私务处理都必在夜间，平均一星期有三四日不在家里吃夜饭，回家来往往要到十点至十一点模样。有时坐洋车，有时乘电车到附近下车再步行，总之都不免听到这夜半的屠门声。

在离那儿数十步的地方已隐隐听到猪叫了。同时有好几只猪在叫，突然来一个尖利的曳长的声音，这不消说是一只猪绝命了的表出。不多时继续地又是这么尖利的一声。我坐在洋车上不禁要用手掩住耳朵，步行时总是疾速快走，但愿这声音快些离开我的听觉范围，不敢再去联想什么，想象什么。到了听不见声音的地方才把心放下，那情形宛如从恶梦里醒来一样。

为要避免这苦痛，我曾想减少夜间出外的次数，或到九点钟模样

---

*　本文原刊于《中学生》第五十三号（1935 年 3 月）。

就回家来。可是事实常不许这样。尤其是废历年关的几天，我外出的机会更多了，屠场的屠杀也愈增加了，甚至于白天经过，也要听到悲惨的叫声。

"世界是这样，消极地逃避是不可能的。你方才不是吃了猪肉吗？那么为什么听到了杀猪就如此害怕？古来有志的名人为了要锻炼胆力，曾有故意到刑场去看行刑的事。现在到处有天灾人祸，世界大战又危机日迫，你如果连杀猪都要害怕，将来到了流血成河、杀人盈野的时候怎样？要改革现社会，就得先有和现社会罪恶对面的勇气。你如果能把猪的绝命的叫声老实谛听，或实地去参观杀猪的情形，也许因此会发起真正的慈悲心来，废止肉食。假惺惺的行为，毕竟只是对自己的欺骗，不是好汉的气概！"有一天，在亲戚家里吃了年夜饭回来，我曾这样地在电车中自语。

下了电车，走近河边，照例就隐约地有猪叫声到耳朵里来了。棚屋中的灯光隔河望去特别亮，还夹入着热蓬蓬的烟雾。我抱了方才的决心步行着故意去听，总觉得有些难耐。及接连听到那几声尖利的惨叫，不由自主地又把两耳掩住了。

春的欢悦与感伤 *

四季之中，向推"春秋多佳日"，而春尤为人所礼赞。自古就有许多颂扬春的话，春未到先要迎盼，春一去不免依恋。春继冬而至，使人从严寒转入温暖，且为万物萌动的季节。在原始时代，人类的活动与食物都从春开始获得，男女配偶也都在春完成。就自然状态说，春确是值得欢迎的。

可是自然与人事并不一定调和，自古文辞中于"惜春""迎春"等类题材以外，还有"伤春""春怨"等类的题目。"闺中少妇不知愁，春日凝妆上翠楼。忽见陌头杨柳色，悔教夫婿觅封侯。"这是唐人王昌龄的诗；"三分春色二分愁，更一分风雨。"这是宋人叶清臣的词：都是写春的感伤的。其感伤的原因，全在人事之不如意。社会愈复杂，人事上的不如意越多，结果对于季节的欢悦的事情减少，感伤的事情加多。这情形正像贫家小孩盼新年快到，而做父母的因债务关系想到过年就害怕。

我每年也曾无意识地以传统的情怀，从冬天盼望春光早些来到。可是真从春天得到春的欢悦的，有生以来，除未经世故的儿时外，可以说并没有几次。譬如说吧，此刻正是三月十三日的夜半，真是所谓春宵了，我却不曾感到春宵的欢喜。一家之中轮番地患着春季特有的流行性感冒，我在灯下执笔写字，差不多每隔一二分钟要听到妻女们的呻吟和干咳一次。邻家收音机和麻雀牌的喧扰声阵阵地刺入我的耳朵，尤使我头痛。至于日来受到的事务上经济上的烦闷，且不去说它。

都市中没有"燕子"，也没有"垂杨"。局促在都市中的人，是难得见到春日的景物的。前几天吃到油菜心和马兰头的时候，我不禁起了怀乡之

---

* 本文原刊于《中学生》第四十四号（1934 年 4 月）。

念，想起故乡的春日的光景来。我所想的只是故乡的自然界，园中菜花已发黄金色了吧，燕子已回来了吧，窗前的老梅已结子如豆了吧，杜鹃已红遍了屋后的山上了吧……只想着这些，怕去想到人事。因为乡村的凋敝我是知道的，故乡人们的困苦情形我知道得更详细。

唐人张演《社日村居》诗云："鹅湖山下稻粱肥，豚栅鸡栖对掩扉，桑柘影斜春社散，家家扶得醉人归。"这首诗中所写的只是乡村春景的一角，原没有什么大了不得，可是和现在的乡间情形比较起来，已好像是羲皇以前的事了。

春到人间，据日历上所记已好久了，但是春在哪里呢？有人说"在杨柳梢头"，又有人说"在油菜花间"，也许是的吧，至于我们一般人的身上，是不大有人能找得到的。

一个追忆 *

这是四五年前的事。

钱塘江心忽然长起了一条长长的土埂，有三四里路阔，把江面划分为二。杭州与西兴之间，往来的人要摆两次渡，先渡到土埂，更走三四里路，或坐三四里路的黄包车，到土埂尽头，再上渡船到彼岸去。这情形继续了大半年，据说是百年来从未有过的奇观。

不会忘记：那是废历九月十八的一天，我从白马湖到上海来，因为杭州方面有点事情，就不走宁波，打杭州转。在曹娥到西兴的长途中，有许多人谈起钱塘江中的土埂，什么"世界两样了，西湖搬进了城里，钱塘江有了两条了"啊，"据说长毛以前，江里也起过块，不过没有这样长久，怪不得现在世界又不太平"啊。我已有许久不渡钱塘江了，只是有趣味地听着。

到西兴江边已下午四时光景，果然望见江心有土埂突出在那里，还有许多行人和黄包车在跑动。下渡船后，忽然记得今天是九月十八，依照从前八月十八看潮的经验，下午四五时之间是有潮的。"如果不凑巧，在土埂上行走着的当儿碰见潮来，将怎样呢？"不觉暗自担心起来。旅客之中也有几个人提起潮的，大家相约："看情形再说，如果潮要来了，就不上土埂，停在渡船里，待潮过了再走。"

渡船到土埂时，几十个黄包车夫来兜生意，说："潮快来了，快坐车子去！"大部分的旅客都跳上了岸，方才相约慢走的几位也一个个地管自乘车去了。渡船中除我以外，只剩了二三个人。四五部黄包车向我们总攻击，他们打着萧山话，有的说"拉到渡船头尚来得及"，有的说"这几天即使有

---

* 本文原刊于《中学生》第四十七号（1934 年 9 月）。

潮也是小小的。我们日日在这里，难道不晓得？"我和留着的几位结果也都身不由主地上了黄包车。

坐在黄包车上担心着遇见潮，恨不得快到前方的渡头。哪里知道拉到一半路程的时候，前方的渡船已把跳板抽起要开行了。江心的设渡是临时的，只有渡船没有趸船。前方已没有船可乘，四边有人喊"潮要到了！"没有坐人的黄包车都在远远地向浅滩逃奔，土埂上只剩了我们三四部有人的车子，结果只有向后转，回到方才来的原渡船去。幸而那只渡船载着从杭州到西兴去的旅客，还未开行。

四周寂无人声，隆隆的潮声已听到了。车夫一面飞奔，一面喊"救命！"我们也喊"救命！""放下跳板来！"

逃上跳板的时候，潮头已望得见。船上的旅客们把跳板再放下一块，拼得阔阔的，协力将黄包车也拉了上来。潮头就到船下了，潮意外地大，船一高一低地颠簸得很凶，可是我在这瞬间却忘了波涛的险恶，深深地感到生命的欢喜和人间的同情。

潮过以后，船开到西兴去。我们这几个人好像学校落第生似的再从西兴重新渡到杭州。天已快晚，隐约中望得见隔江的灯火。潮水把土埂涨没，钱塘江已化零为整，船可直驶杭州渡头，不必再在江心坐黄包车了。船行到江心土埂的时候，我们患难之交中有一位走到船头，把篙子插到水里去看有多深，谁知一篙子还不到底。

"险啊！如果浸在潮里，我们现在不知怎样了！"他放好篙子说，把舌头伸出得长长的。

"想不得了，还是不去想他好。"一个患难之交说。

我觉得他们的话都有道理。

两个家*

"呀，你几时出来的？夫人和孩子们也都来了吗？前星期我打电话到公司去找你，才知道你因老太太的病，忽然变卦，又赶回去了，隔了一日，就接到你寄来的报丧条子。你今年总算够受苦了，从五月初上你老太太生病起，匆匆地回去，匆匆地出来，据我知道的就有四五次。这样大旱的天气，而且又带了家眷和小孩，光只川费①一项也就可观了吧？"

"唉，真是一言难尽！这回赶得着送老太太的终，几次奔波还算是有意义的。"

"老太太的后事，想大致舒齐了吧？"

"哪里！到了乡间，就有乡间的排场，回神咧，二七咧，五七咧，七七咧，都非有举动不可。我想不举动，亲戚本家都不答应。这次头七出殡，间壁的二伯父就不以为然，说不该如是草草。家里事情正多哩，公司里好几次写快信来催。我只好把家眷留在家里，独自先来，隔几天再赶回去。"

"那么还要奔波好几趟呢。唉！像我们这样在故乡有老家的人，不好吃都市饭，最好是回去捏锄头。我们现在都有两个家，一个家在都市里，是亭子间或是客堂楼、厢房间，住着的是自己夫妇和男女。一个家在故乡，是几开间几进的房子，住着的是年老的祖父祖母，父母和未成年弟妹。因为家有两个的缘故，就有许多无谓的苦痛要受。像你这回的奔波，就是其中之一啊。"

"奔波还是小事，我心里最不安的，是没有好好地尽过服侍的责任。老太太病了这几个月，我在她床边的日子合计起来不满一个星期。在公司

＊　本文原刊于《中学生》第五十号（1934年12月）。

①　旅费。旅居或旅行所需的费用。

里每日盼望家信，也何尝不刻刻把心放在她身上，可是于她有什么用呢？"

"这就是家有两个的矛盾了。我们日常不知因此而发生多少的矛盾。譬如说：我和你是亲戚，照礼，老太太病了，我应该去探望，故了，应该去送殓送殡，可是我都无法去尽这种礼。又譬如说：上坟扫墓是我们中国的牢不可破的旧礼法，一个坟头如果每年没有子孙去祭扫，就连坟头都要被人看不起的。我已有好几年不去扫墓了。去年也曾想去，终于因为离不开身，没有去成。我把家眷搬到都市里已十多年了，最初搬家的原因是因为没有饭吃，办事的地方没有屋住。当时我父母还在世，也赞同我把妻儿带在身边住，不过背后不免有'养儿子是假的'的叹息。我也曾屡次想接老父老母出来同居，一则因为都市里房价太贵，负担不起，而且都市的房子也不适宜于老年人居住，二则因为家里有许多房子和东西，也不好弃了不管，终于没有实行。迁延复迁延，过了几年，本来有子有孙的老父老母先后都在寂寞的乡居生活中故世了。你现在的情形，和我当日一样。"

"老太太在日，我每年总要带了妻儿回去一次。她见我们回去就非常快乐，足见我们不在她身边的时候是寂寞不快的。现在老太太死了，我越想越觉得难过。"

"像我们这种人，原不是孝子，即使想做孝子，也不能够。如果用了'晨昏定省''汤药亲尝'等等的形式规矩来责备，我们都犯了不孝之罪。岂但孝呢，悌也无法实行。我常想，中国从前的一切习惯制度都是农业社会的产物，我们生活在近代工商社会的人，要如法奉行是很困难的。大家以农为业，父母子女兄弟天天在一处过活，对父母可以晨昏定省，可以汤药亲尝，对兄弟可以出入必同行，对长者可以有事服其劳，扫墓不必花川资，向公司告假。如果是士大夫，那么有一定的年俸，父母死了还可以三年不做事，一心住在家里读礼守制。可是我们已经不能一一照做。一方面这种农业社会的习惯制度，还遗存着势力，如果不照做，别人可以责备，自己有时也觉得过不去。矛盾，苦痛，就从此发生了。"

"你说得对！我们现在有两个家，在都市里的家是工商社会性质的，在故乡的家是农业社会性质的。我在故乡的家还是新屋，是父亲去世前一年造的。父亲自己是个商人，我出了学校他又不叫我学种田，不知为什么要花了许多钱在乡间造那么大的房子。如果当时造在都市里，那么就是小小的一二间也好，至少我可以和老太太住在一处，不必再住那样狭隘的客堂楼了。"

"我家里的房子是祖父造的，祖父也不曾种田。——过去的事，有什么可说的呢？现在不是还有许多人从都市里发了财，在故乡造大房子吗？由社会的矛盾而来的苦痛，是各方面都受到的，并非一方受了苦痛，一方会得什么利益。你因觉得到对老太太未曾尽孝养之道，心里不安，老太太病中见了你因她的病几次奔波回去，心里也不会爽快吧。你住在都市中的客堂楼上嫌憎不舒服，而老太太死后，那所巨大的空房子恐怕也处置很困难吧。这都是社会的矛盾。我们生在这过渡时代，恰如处在夹墙之中，到处都免不掉要碰壁的。"

"老太太死后，我一时颇想把房子出卖。一则恐怕乡间没有人会承受，凡是买得起这样房子的人自己本有房子，而且也是空着在那里。一则对于上代也觉得过意不去，父亲造这房子颇费了心血，老太太才故世，我就把它卖了，似乎于心不忍。"

"这就是所谓矛盾了。要卖房子，没有人会买；想卖，又觉得于心不忍。这不是矛盾的是什么？"

"那么你以为该怎么办？"

"我也不知道怎么办才好。你知道我自己也不会把故乡的房子卖去，我只说这是矛盾而已。感到这种矛盾的苦痛的人，恐不止你我吧。"

白 采[*]

　　我的认识白采，始于去年秋季立达学园开课时。在那学期中，我隔周由宁波到上海江湾兼课一次，每次总和他见面，可是因为来去都是匆匆，且不住在学园里的缘故，除在事务室普通谈话外，并无深谈的机会。只知道他叫白采，曾发表过若干诗和小说，是一个在学园中帮忙教课的人而已。

　　年假中，白采就了厦门集美的聘，不复在立达帮忙了。立达教师都是义务职，同人当然无法强留他，我到立达已不再看见他了。过了若干时，闻同人说他从集美来了一封很恳切的信，且寄了五十块钱给学园，说是帮助学园的。我听了不觉为之心动。觉得是一个难得的人。这是我在人品上认识白采的开始。

　　白采的小说，我在未面识他以前也曾在报上及杂志上散见过若干篇，印象比较地深些的，记得只是《归来的磁观音》一篇而已。至于他的诗集，虽曾也在书肆店头见到，可是一见了那惨绿色的封面和丧讣式的粗轮廓线，就使我不快，终于未曾取读。不知犯了什么因果，我自来缺少诗的理解力和鉴赏力，特别是新诗。旧友中如刘大白、朱佩弦都是能诗的，他们都有诗集送我，也不大去读，读了也不大发生共鸣。普通出版物上遇到诗的部分，也往往只胡乱翻过就算。白采的诗被我所忽视，也是当然的事了。一月前，佩弦由北京回白马湖，我为《一般》向他索文艺批评的稿子，他提出白采的诗来，说白采是现代国内少见的诗人，且取出那惨绿色封面有丧讣式的轮廓的诗集来叫我看。我勉强地看了一遍，觉得大有不可蔑视的所在，深悔从前自己的妄断。这是我在作品上认识白采的开始。

---

　　[*]　本文原刊于《一般》第二号（1926 年 10 月）。

过了几天，为筹备《一般》创刊号来到上海，闻白采不久将来上海的消息，大喜。一是想请他替《一般》撰些东西，二是想和他深谈亲近，弥补前时"交臂失之"的缺憾。哪里知道日日盼望他到，而他竟病殁在离沪埠只三四小时行程的船上了！

从遗箧中发现许多关于他一生的重要物件，有家庭间财产上争执的函件，婚姻上纠纷的文证，还有恋人们送给他为表记的赭色黑色或直或卷的各种头发。最多的就是遗稿。各种各样的本子，叠起来高可盈尺，有诗，有词，有笔记，有诗剧。近来文人忙于发表，死后有遗稿的已不多见，有这许多遗稿的恐更是绝无仅有的了。我在这点上，不禁佩服他的伟大。

披览遗稿时，我所最难堪的是其自题诗集卷端的一首小诗。

我能有——

作诗时，不顾指摘的勇气，

也能有——

诗成后，求受指摘的虚心！

但是，

不知你有否一读的诚意？

惭愧啊！我以前曾蔑视一般的所谓诗，蔑视他的诗，竟未曾有过"一读的诚意"！他这小诗，不啻在骂我，责我对他不起，唉！我委实对他不起了！

我认识白采在半年以前，而真觉得认识白采却在别后的这半年——不，且在他死后。今后在遗稿上及其他种种机会上，对于他的认识，也许会加深加广。可是，我认识他，而他早死了！

鲁迅翁杂忆 *

我认识鲁迅翁，还在他没有鲁迅的笔名以前。我和他在杭州两级师范学校相识，晨夕相共者好几年，时候是前清宣统年间。那时他名叫周树人，字豫才，学校里大家叫他周先生。

那时两级师范学校有许多功课是聘用日本人为教师的，教师所编的讲义要人翻译一遍，上课的时候也要有人在旁边翻译。我和周先生在那里所担任的就是这翻译的职务。我担任教育学科方面的翻译，周先生担任生物学科方面的翻译。此时，他还兼任着几点钟的生理卫生的教课。

翻译的职务是劳苦而且难以表现自己的，除了用文字语言传达他人的意思以外，并无任何可以显出才能的地方。周先生在学校里却很受学生尊敬，他所译的讲义就很被人称赞。那时白话文尚未流行，古文的风气尚盛，周先生对于古文的造诣，在当时出版不久的《域外小说集》里已经显出。以那样的精美的文字来译动物植物的讲义，在现在看来似乎是浪费，可是在三十年前重视文章的时代，是很受欢迎的。

周先生教生理卫生，曾有一次答应了学生的要求，加讲生殖系统。这事在今日学校里似乎也成问题，何况在三十年以前的前清时代。全校师生们都为惊讶，他却坦然地去教了。他只对学生提出一个条件，就是在他讲的时候不许笑。他曾向我们说："在这些时候不许笑是个重要条件。因为讲的人的态度是严肃的，如果有人笑，严肃的空气就破坏了。"大家都佩服他的卓见。据说那回教授的情形果然很好。别班的学生因为没有听到，纷纷向他来讨油印讲义看，他指着剩余的油印讲义对他们说："恐防你们看不懂

---

* 本文原刊于《文学》第七卷第六期（1936 年 12 月）。

的，要么，就拿去。"原来他的讲义写得很简，而且还故意用着许多古语，用"也"字表示女阴，用"了"字表示男阴，用"糸"字表示精子，诸如此类，在无文字学素养未曾亲听过讲的人看来，好比一部天书了。这是当时的一段珍闻。

周先生那时虽尚年青，丰采和晚年所见者差不多。衣服是向不讲究的，一件廉价的羽纱——当年叫洋官纱——长衫，从端午前就着起，一直要着到重阳。一年之中，足足有半年看见他着洋官纱，这洋官纱在我记忆里很深。民国十五年初秋他从北京到厦门教书去，路过上海，上海的朋友们请他吃饭，他着的依旧是洋官纱。我对了这二十年不见的老朋友，握手以后，不禁提出"洋官纱"的话来。"依旧是洋官纱吗？"我笑说。"呃，还是洋官纱！"他苦笑着回答我。

周先生的吸卷烟是那时已有名的。据我所知，他平日吸的都是廉价卷烟，这几年来，我在内山书店时常碰到他，见他所吸的总是金牌、品海牌一类的卷烟。他在杭州的时候，所吸的记得是强盗牌。那时他晚上总睡得很迟，强盗牌香烟，条头糕，这两件是他每夜必须的粮。服侍他的斋夫叫陈福。陈福对于他的任务，有一件就是每晚摇寝铃以前替他买好强盗牌香烟和条头糕。我每夜到他那里去闲谈，到摇寝铃的时候，总见陈福拿进强盗牌和条头糕来，星期六的夜里备得更富足。

周先生每夜看书，是同事中最会熬夜的一个。他那时不做小说，文学书是喜欢读的。我那时初读小说，读的以日本人的东西为多，他赠了我一部《域外小说集》，使我眼界为之一广。我在二十岁以前曾也读过西洋小说的译本，如小仲马、狄更斯诸家的作品，都是从林琴南的译本读到过的。《域外小说集》里所收的是比较近代的作品，而且都是短篇，翻译的态度，文章的风格，都和我以前所读过的不同。这在我是一种新鲜味。自此以后，我于读日本人的东西以外，又搜罗了许多日本人所译的欧美作品来读，知道的方面比较多起来了。他从五四以来，在文字上，思想上，大大地尽过启蒙的努力。我可以说在三十年前就是受他启蒙的一个人，至少在小说的阅读方面。

周先生曾学过医学。当时一般人对于医学的见解，还没有现在的明了，尤其关于尸体解剖等类的话，是很新奇的。闲谈的时候，常有人提到这尸体解剖的题目，请他讲讲"海外奇谈"。他都一一说给他们听。据他说，他曾经解剖过不少的尸体，有老年的，壮年的，男的，女的。依他的经验，最初也曾感到不安，后来就不觉得什么了，不过对于青年的妇人和小孩的尸体，当开始去破坏的时候，常会感到一种可怜不忍的心情。尤其是小孩的尸体，更觉得不好下手，非鼓起了勇气，拿不起解剖刀来。我曾在这些谈话上领略到他的人间味。

周先生很严肃，平时是不大露笑容的，他的笑必在诙谐的时候。他对于官吏似乎特别憎恶，常摹拟官场的习气，引人发笑。现在大家知道的"今天天气……哈哈"一类的摹拟谐谑，那时从他口头已常听到。他在学校里是一个幽默者。

我的畏友弘一和尚 *

弘一和尚是我的畏友。他出家前和我相交近十年，他的一言一行，随在都给我以启诱。出家后对我督教期望尤殷，屡次来信都劝我勿自放逸，归心向善。

佛学于我向有兴味，可是信仰的根基迄今远没有建筑成就。平日对于说理的经典，有时感到融会贯通之乐，至于实行修持，未能一一遵行。例如说，我也相信惟心净土，可是对于西方的种种客观的庄严尚未能深信。我也相信因果报应是有的，但对于修道者所宣传的隔世的奇异的果报，还认为近于迷信。关于这事，在和尚初出家的时候，曾和他经过一番讨论。和尚说我执着于"理"，忽略了"事"的一方面，为我说过"事理不二"的法门。我依了他的谆嘱读了好几部经论，仍是格格难入。从此以后，和尚行脚无定，我不敢向他谈及我的心境。他也不来苦相追究，只在他给我的通信上时常见到"衰老浸至，宜及时努力"珍重等泛劝的话而已。

自从白马湖有了晚晴山房以后，和尚曾来小住过几次，多年来阔别的旧友复得聚晤的机会。和尚的心境已达到了什么地步，我当然不知道，我的心境却仍是十年前的老样子，牢牢地在故步中封止着。和尚住在山房的时候，我虽曾虔诚地尽护法之劳，送素菜，送饭，对于佛法本身却从未说到。

有一次，和尚将离开山房到温州去了，记得是秋季，天气很好，我邀他乘小舟一览白马湖风景。在船中大家闲谈，话题忽然触到蕅益大师。蕅益名智旭，是和莲池、紫柏、憨山同被称为明代四大师的。和尚于当代僧

---

* 本文原刊于《越风》第九期（1936 年 3 月 2 日）。

人则推崇印光，于前代则佩仰智旭，一时曾颜其住室曰旭光室。我对于蕅益，也曾读过他不少的著作。据灵峰宗论上所附的传记，他二十岁以前原是一个竭力谤佛的儒者，后来发心重注《论语》，到《颜渊问仁》一章，不能下笔，于是就出家为僧了。在传下来的书目中，他做和尚以后曾有一部著作叫《四书蕅益解》的，我搜求了多年，终于没有见到。这回和和尚谈来谈去，终于说到了这部书上面。

"《四书蕅益解》前几个月已出版了。有人送我一部，我也曾快读过一次。"和尚说。

"蕅益的出家，据说就为了注'四书'，他注到《颜渊问仁》一章据说不能下笔，这才出家的。《四书蕅益解》里对《颜渊问仁》章不知注着什么话呢？倒要想看看。"我好奇地问。

"我曾翻过一翻，似乎还记得个大概。"

"大意怎样？"我急问。

"你近来怎样，还是惟心净土吗？"和尚笑问。

"……"我不敢说什么，只是点头。

《颜渊问仁》一章，可分两截看。孔子对于颜渊说：'克己复礼'。只要'克己复礼'本来具有的，不必外求为仁。这是说'仁'是就够了，和你所见到的惟心净土说一样。但是颜渊还要'请问其目'，孔子告诉他'非礼勿视，非礼勿听，非礼勿言，非礼勿动'，这是实行的项目。'克己复礼'是理，'非礼勿视'等等是事。所以颜回下面有'请事斯语矣'的话。理是可以顿悟的，事非脚踏实地去做不行。理和事相应，才是真实工夫，事理本来是不二的。——蕅益注《颜渊问仁》章大概如此吧，我恍惚记得是如此。"和尚含笑滔滔地说。

"啊，原来如此。既然书已出版了，我想去买来看看。"

"不必，我此次到温州去，就把我那部寄给你吧。"

和尚离白马湖不到一星期，就把《四书蕅益解》寄来了，书面上仍用端楷写着"寄赠丐尊居士""弘一"的款识。我急去翻《颜渊问仁》一章。不看犹可，看了不禁呀地自叫起来。

原来蕅益在那章书里只在"回虽不敏，请事斯语矣"下面注着"僧再拜"三个字，其余只录白文，并没有说什么，出家前不能下笔的地方，出家后也似乎还是不能下笔。所谓"事理不二"等等的说法，全是和尚针对了我的病根临时为我编的讲义！

和尚对我的劝诱在我是终身不忘的，尤其不能忘怀的是这一段故事。这事离现在已六七年了，至今还深深地记忆着，偶然念到，感着说不出的怅惘。

弘一法师之出家 *

今年旧历九月二十日，是弘一法师满六十岁诞辰。佛学书局因为我是他的老友，嘱写些文字以为记念，我就把他出家的经过加以追叙。他是三十九岁那年夏间披剃的，到现在已整整作了二十一年的僧侣生涯。我这里所述的，也都是二十一年前的旧事。

说起来也许会教大家不相信，弘一法师的出家可以说和我有关，没有我，也许不至于出家。关于这层，弘一法师自己也承认。有一次，记得是他出家二三年后的事，他要到新城掩关去了，杭州知友们在银洞巷虎跑寺下院替他饯行，有白衣，有僧人。斋后，他在座间指了我向大家道：

"我的出家，大半由于这位夏居士的助缘。此恩永不能忘！"

我听了不禁面红耳赤，惭悚无以自容。因为一，我当时自己尚无信仰，以为出家是不幸的事情，至少是受苦的事情。弘一法师出家以后即修种种苦行，我见了常不忍。二，他因我之助缘而出家修行去了，我却竖不起肩膀，仍浮沉在醉生梦死的凡俗之中。所以深深地感到对于他的责任，很是难过。

我和弘一法师（俗姓李，名字屡易，为世熟知者名曰息，字曰叔同）相识，是在杭州浙江两级师范学校（后改名浙江第一师范学校）任教的时候。这个学校有一个特别的地方，不轻易更换教职员。我前后担任了十三年，他担任了七年。在这七年中，我们晨夕一堂，相处得很好，他比我长六岁。当时我们已是三十左右的人了，少年名士气息忏除将尽，想在教育上做些

---

* 本文原刊于《佛学半月刊》第二百一十五期（1940 年 10 月 16 日）。

实际工夫。我担任舍监职务，兼教修身课，时时感觉对于学生感化力不足。他教的是图画音乐二科，这两种科目，在他未来以前是学生所忽视的，自他任教以后就忽然被重视起来，几乎把全校学生的注意力都牵引过去了。课余但闻琴声歌声，假日常见学生出外写生，这原因一半当然是他对于这二科实力充足，一半也由于他的感化力大。只要提起他的名字，全校师生以及工役没有人不起敬的。他的力量全由诚敬中发出，我只好佩服他，不能学他。举一个实例来说，有一次，寄宿舍里有学生失少了财物了，大家猜测是某一个学生偷的，检查起来却没有得到证据。我身为舍监，深觉惭愧苦闷，向他求教。他所指教我的方法说也怕人，教我自杀！说：

"你肯自杀吗？你若出一张布告，说作贼者速来自首。如三日内无自首者，足见舍监诚信未孚，誓一死以殉教育。果能这样，一定可以感动人，一定会有人来自首。——这话须说得诚实，三日后如没有人自首，真非自杀不可。否则便无效力。"

这话在一般人看来是过分之辞，他提出来的时候却是真心的流露，并无虚伪之意。我自愧不能照行，向他笑谢，他当然也不责备我。我们那时颇有些道学气，俨然以教育者自任，一方面又痛感到自己力量的不够。可是所想努力的，还是儒家式的修养，至于宗教方面简直毫不关心的。

有一次，我从一本日本的杂志上见到一篇关于断食的文章，说断食是身心"更新"的修养方法，自古宗教上的伟人，如释迦，如耶稣，都曾断过食。断食能使人除旧换新，改去恶德，生出伟大的精神力量。并且还列举实行的方法及应注意的事项，又介绍了一本专讲断食的参考书。我对于这篇文章很有兴味，便和他谈及，他就好奇地向我要了杂志去看。以后我们也常谈到这事，彼此都有"有机会时最好把断食来试试"的话，可是并没有作过具体的决定，至少在我自己是说过就算了的。约莫经过了一年，他竟独自去实行断食了。这是他出家前一年阳历年假的事。他有家眷在上海，平日每月回上海二次，年假暑假当然都回上海的。阳历年假只十天，放假以后我也就回家去了，总以为他仍照例回到上海了。假满返校，不见到他，过了两个星期他才回来，据说假期中没有回上海，在虎跑寺断食。我问他："为什么不告诉我？"他笑说："你是能说不能行的。并且这事预先教别人知道也不好，旁人大惊小怪起来，容易发生波折。"他的断食共三星期：第一星期逐渐减食至尽，第二星期除水以外完全不食，第三星期起由粥汤逐渐增加至常量。据说经过很顺利，不但并无苦痛，而且身心反觉轻快，有飘飘欲仙之象。他平日是每日早晨写字的，在断食期间仍以写字为常课，三星期所写的字有魏碑，有篆文，有隶书，笔力比平日并不减弱。他说断食时心比平时灵敏，颇有文思，恐出毛病，终于不敢作文。他断食以后食量大增，且能吃整块的肉（平日虽不茹素，不多食肥腻肉类）。自己觉得脱胎换骨过了，用老子"能婴儿乎"之意改名李婴，依然教课，依然替人写字，并没有什么和前不同的情形。据我知道，这时他还只看些宋元人的理学书和道家的书类，佛学尚未谈到。

　　转瞬阴历年假到了，大家又离校。哪知他不回上海，又到虎跑寺去了。因为他在那里住过三星期，喜其地方清静，所以又到那里去过年。他的皈依三宝，可以说由这时候开始的。据说，他自虎跑寺断食回来，曾去访过马一浮先生，说虎跑寺如何清静，僧人招待如何殷勤。阴历新年，马先生有一个朋友彭先生求马先生介绍一个幽静的寓处，马先生忆起弘一法师前几天曾提起虎跑寺，就把这位彭先生陪送到虎跑寺去住。恰好弘一法师正在那里，经马先生之介绍就认识了这位彭先生。同住了不多几天，到正月初八日，彭先生忽然发心出家了，由虎跑寺当家为他剃度。弘一法师目击当时的一切，大大感动，可是还不就想出家，仅皈依三宝，拜老和尚了悟法师为皈依师。演音的名，弘一的号，就是那时取定的。假期满后仍回到学校里来。

从此以后，他茹素了，有念珠了，看佛经了，室中供佛像了。宋元理学书偶然仍看，道家书似已疏远。他对我说明一切经过及未来志愿，说出家有种种难处，以后打算暂以居士资格修行，在虎跑寺寄住，暑假后不再担任教师职务。我当时非常难堪，平素所敬爱的这样的好友将弃我遁入空门去了，不胜寂寞之感。在这七年之中，他想离开杭州一师有三四次之多，有时是因为对于学校当局有不快，有时是因为别处来请他，他几次要走，都是经我苦劝而作罢的。甚至于有个一时期，南京高师苦苦求他任课，他已接受聘书了，因我恳留他，他不忍拂我之意，于是杭州南京两处跑，一个月中要坐夜车奔波好几次。他的爱我，可谓已超出寻常友谊之外，眼看这样的好友因信仰的变化要离我而去，而且信仰上的事不比寻常名利关系，可以迁就。料想这次恐已无法留得他住，深悔从前不该留他。他若早离开杭州，也许不会遇到这样复杂的因缘的。暑假渐近，我的苦闷也愈加甚。他虽常用佛法好言安慰我，我总熬不住苦闷。有一次，我对他说过这样的一番狂言：

"这样做居士究竟不彻底。索性做了和尚，倒爽快！"

我这话原是愤激之谈，因为心里难过得熬不住了，不觉脱口而出。说出以后，自己也就后悔。他却仍是笑颜对我，毫不介意。

暑假到了，他把一切书籍字画衣服等等分赠朋友学生及校工们——我所得到的是他历年所写的字，他所有折扇及金表等——自己带到虎跑寺去的只是些布衣及几件日常用品。我送他出校门，他不许再送了，约期后会，黯然而别。暑假后，我就想去看他，忽然我父亲病了，到半个月以后才到虎跑寺去。相见时我吃了一惊，他已剃去短须，头皮光光，著起海青，赫然是个和尚了！他笑说：

"昨天受剃度的。日子很好，恰巧是大势至菩萨生日。"

"不是说暂时做居士，在这里住住修行，不出家的吗？"我问。

"这也是你的意思，你说索性做了和尚……"

我无话可说，心中真是感慨万分。他问过我父亲的病况，留我小坐，说要写一幅字叫我带回去，作他出家的纪念。他回进房去写字，半小时后才出来，写的是楞严大势至念佛圆通章，且加跋语，详记当时因缘，末有"愿他年同生安养共圆种智"的话。临别时我和他作约，尽力护法，吃素一年。他含笑点头，念一句"阿弥陀佛"。

自从他出家以后，我已不敢再谤毁佛法，可是对于佛法见闻不多，对于他的出家，最初总由俗人的见地，感到一种责任：以为如果我不苦留他在杭州，如果我不提出断食的话头，也许不会有虎跑寺马先生彭先生等因缘，他不会出家。如果最后我不因惜别而发狂言，他即使要出家，也许不会那么快速。我一向为这责任之感所苦，尤其在见到他作苦修行或听到他有疾病的时候。近几年以来，我因他的督励，也常亲近佛典，略识因缘之不可思议，知道像他那样的人，是于过去无量数劫种了善根的。他的出家，他的弘法度生，都是夙愿使然，而且都是希有的福德，正应代他欢喜，代众生欢喜，觉得以前的对他不安，对他负责任，不但是自寻烦恼，而且是一种僭妄了。

弘一大师的遗书 *

丏尊居士文席朽人已于九月初四日迁化曾赋二偈附录于后

君子之交	其淡如水	执象而求	咫尺千里
问余何适	廓尔亡言	华枝春满	天心月圆
谨达不宜		亲启	
前所记月日系依农历			又白

十月三十一日星期六上午，依例到开明书店去办事。才坐下，管庶务的余先生笑嘻嘻地交给我一封信，说"弘一法师又有挂号信来了"。师与开明书店向有缘，他给我的信，差不多封封同人公看。遇到有结缘的字寄来，最先得到的也就是开明同人。所以他有信给我，不但我欢喜，大家也欢喜的。

信是相当厚的一封，正信以外还有附件。我抽出一纸来看，读到"朽人已于九月初四日迁化"云云，为之大惊大怪。惊的是噩耗来得突然，本星期一曾接到过他阳历十月一日发的信，告诉我双十节后要闭关著作，不能通信，且附了佛号和去秋九月所摄的照片来，好好地怎么就会"迁化"。怪的是"迁化"的消息怎么会由"迁化"者自己报道。既而我又自己解释，他的圆寂谣言在报上差不多每年有一次的，"海外东坡"在他是寻常之事。这次也许因为要闭关，怕有人再去扰他，所以自报"迁化"的吧。信上"九""初四"三字用红笔写，似乎不是他的亲笔，是另外一个人填上去的。算起来

---

* 本文原题为《论弘一大师的遗书》，原刊于《弘化月刊》第八十期（1942 年 12 月 1 日）。

农历九月初四恰是双十节后三日，也许就在这日闭关吧。我捧着一张信纸呆了许久，竟忘了这封信中还有附件。

大概同人见我脸色有异了。有人过来把信封中的附件抽出来看，大叫说"弘一法师圆寂了"。这才提醒了我，急急去看附件。见一张是大开元寺性常法师的信，说弘一老人已于九月初四日下午八时升西，遗书是由他代寄的。还有一张是剪下的泉州当地报纸，其中关于弘一法师的示疾临终经过有详细的长篇记载，连这封遗书也抄登上面。证据摆在眼前，无法再加否认，唉，方外挚友弘一法师真已迁化，这封信是来与我诀别的，真是遗书了，不禁万感交迸，为之泫然。

据报上记载：师于旧历八月廿三日感到不适，连日写字，把人家托写的书件了讫；至廿七日已不进食物。廿八日下午还写遗嘱与妙莲法师，以临命终时的事相托；至九月一日上午还替黄居士写纪念册二种，下午又写"悲欣交集"四字与妙莲法师；直到初二才不再执笔；算起来不写字的日子只有初三初四两天。这封遗书似乎是卧病以前早写好在那里的，笔势挺拔，偈语隽美，印章打得位置适当，一切决不像病中所能做到。前一封信是阳历十月一日发来的，和阴历对照起来，那日是八月廿二，恰好是他感到不适的前一天。信中所说，如"将于双十节后闭关"，"以后于尊处亦未能通信"，且特地把一张照片寄赠，谆谆嘱嗣后和诸善知识亲近，从现在看来，已俨然对我作了暗示了。预知时至，这两封信都可作为铁证，不过后一封是取着遗书的形式罢了。

师要在逝世时写遗书给我，是十多年前早有成约的。当白马湖山房落成之初，他独自住在其中，一切由我招呼。有一天我和他戏谈，问他说："万一你有不讳，临终咧，入龛咧，荼毗咧，我是全外行，怎么办？"他笑说："我已写好了一封遗书在这里，到必要时会交给你。如果你在别地，我会嘱你家里发电报叫你回来。你看了遗书，一切照办就是了。"后来他离开白马湖云游四方，那封早已写好的遗书一定会带在身边，不知今犹在否。猜想起来，其内容当与这次妙莲法师所得到的差不多吧。同是遗书，我未曾得到那封，却得到了这样的一封，足见万事全是个缘。

这封信不但在我个人是一个珍贵的纪念品，在佛教史上也是非常重要的文献，值得郑重保存的。

本文方写好，友人某君以三十年二月澳门觉音社所出《弘一法师六十纪念专刊》见示，在李芳远先生所作送别晚晴老人一文中，有这样一段："去秋赠余偈云，'问余何适，廓尔亡言，华枝春满，天心月圆'，下署晚晴老人遗偈。"如此则遗书中第二偈是师早已撰就，预备用以作谢世之辞的了。又记。

怀晚晴老人 *

壁间挂着一张和尚的照片，这是弘一法师。

自从八一三前夕，全家六七口从上海华界迁避租界以来，老是挤居在一间客堂里，除了随身带出的一点衣被以外，什么都没有，家具尚是向朋友家借凑来的，装饰品当然谈不到，真可谓家徒四壁，挂这张照片也还是过了好几个月以后的事。

弘一法师的照片我曾有好几张，迁避时都未曾带出。现在挂着的一张，是他去年从青岛回厦门，路过上海时请他重拍的。

他去年春间从厦门往青岛湛山寺讲律，原约中秋后返厦门。八一三以后不多久，我接到他的信，说要回上海来再到厦门去。那时上海正是炮火喧天，炸弹如雨，青岛还很平静。我劝他暂住青岛，并报告他我个人损失和困顿的情形。他来信似乎非回厦门不可，叫我不必替他过虑。且安慰我说："湛山寺居僧近百人，每月食物至少需三百元。现在住持者不生忧虑，因依佛法自有灵感，不致绝粮也。"

在大场陷落的前几天，他果然到上海来了。从新北门某寓馆打电话到开明书店找我。我不在店，雪邨先生代我先去看他。据说，他向章先生详问我的一切，逃难的情形，儿女的情形，事业和财产的情形，什么都问到。章先生逐项报告他，他听到一项就念一句佛。我赶去看他已在夜间，他却没有详细问什么。几年不见，彼此都觉得老了。他见我有愁苦的神情，笑对我说道："世间一切，本来都是假的，不可认真。前回我不是替你写过一幅《金刚经》的四句偈了吗？'一切有为法，如梦幻泡影，如露亦如电，应

---

* 本文原刊于《众生》第二卷第五期（1938 年 12 月 16 日）。

作如是观.'你现在正可觉悟这真理了。"

他说三天后有船开厦门，在上海可住二日。第二天又去看他。那旅馆是一面靠近民国路一面靠近外滩的，日本飞机正狂炸浦东和南市一带，在房间里坐着，每几分钟就要受震惊一次。我有些挡不住，他却镇静如常，只微动着嘴唇。这一定又在念佛了。和几位朋友拉他同到觉林蔬食处午餐，以后要求他到附近照相馆留一摄影——就是这张相片。

他回到厦门以后，依旧忙于讲经说法。厦门失陷时，我们很记念他，后来知道他已早到了漳州了。来信说："近来在漳州城区弘扬佛法，十分顺利。当此国难之时，人多发心归信佛法也。"今年夏间，我丢了一个孙儿，他知道了，写信来劝我念佛。秋间，老友经子渊先生病笃了，他也写信来叫我转交，劝他念佛。因为战时邮件缓慢，这信到时，子渊先生已逝去，不及见了。

厦门陷落后，丰子恺君从桂林来信，说想迎接他到桂林去。我当时就猜测他不会答应的。果然，子恺前几天来信说，他不愿到桂林去。据子恺来信，他复子恺的信说："朽人年来老态日增，不久即往生极乐。故于今春在泉州及惠安尽力宏法，近在漳州亦尔。犹如夕阳，殷红绚彩，随即西沉。吾生亦尔，世寿将尽，聊作最后之记念耳。……缘是不克他往，谨谢厚谊。"这几句话非常积极雄壮，毫没有感伤气。

他自题白马湖的庵居叫"晚晴山房"，有时也自称晚晴老人。据他和我说，他从儿时就欢喜唐人"人间爱晚晴"（李义山句）的诗句，所以有此称号。"犹如夕阳，殷红绚彩，随即西沉"这几句话，恰好就是晚晴二字的注脚，可以道出他的心事的。

他今年五十九岁，再过几天就六十岁了。去年在上海离别时，曾对我说："后年我六十岁，如果有缘，当重来江浙，顺便到白马湖晚晴山房去小住一回，且看吧。"他的话原是毫不执着的。凡事随缘，要看"缘"的有无，但我总希望有这个"缘"。

|第二编|

文　心

白马湖之冬 *

在我过去四十余年的生涯中，冬的情味尝得最深刻的，要算十年前初移居白马湖的时候了。十年以来，白马湖已成了一个小村落，当我移居的时候，还是一片荒野。春晖中学的新建筑巍然矗立于湖的那一面，湖的这一面的山脚下是小小的几间新平屋，住着我和刘君心如两家。此外两三里内没有人烟。一家人于阴历十一月下旬从热闹的杭州移居这荒凉的山野，宛如投身于极带中。

那里的风，差不多日日有的，呼呼作响，好像虎吼。屋宇虽系新建，构造却极粗率，风从门窗隙缝中来，分外尖削，把门缝窗隙厚厚地用纸糊了，椽缝中却仍有透入。风刮得厉害的时候，天未夜就把大门关上，全家吃毕夜饭即睡入被窝里，静听寒风的怒号，湖水的澎湃。靠山的小后轩，算是我的书斋，在全屋子中风最少的一间，我常把头上的罗宋帽拉得低低地，在洋灯下工作至夜深。松涛如吼，霜月当窗，饥鼠吱吱在承尘上奔窜。我于这种时候深感到萧瑟的诗趣，常独自拨划着炉灰，不肯就睡，把自己拟诸山水画中的人物，作种种幽邈的遐想。

现在白马湖到处都是树木了，当时尚一株树木都未种。月亮与太阳都是整个儿的，从上山起直要照到下山为止。太阳好的时候，只要不刮风，那真和暖得不像冬天。一家人都坐在庭间曝日，甚至于吃午饭也在屋外，像夏天的晚饭一样。日光晒到哪里，就把椅凳移到哪里，忽然寒风来了，只好逃难似地各自带了椅凳逃入室中，急急把门关上。在平常的日子，风来大概在下午快要傍晚的时候，半夜即息。至于大风寒，那是整日夜狂吼，

＊ 本文原刊于《中学生》第四十号（1933 年 12 月）。

要二三日才止的。最严寒的几天，泥地看去惨白如水门汀，山色冻得发紫而黯，湖波泛深蓝色。

下雪原是我所不憎厌的，下雪的日子，室内分外明亮，晚上差不多不用燃灯。远山积雪足供半个月的观看，举头即可从窗中望见。可是究竟是南方，每冬下雪不过一二次。我在那里所日常领略的冬的情味，几乎都从风来。白马湖的所以多风，可以说有着地理上的原因。那里环湖都是山，而北首却有一个半里阔的空隙，好似故意张了袋口欢迎风来的样子。白马湖的山水和普通的风景地相差不远，唯有风却与别的地方不同。风的多和大，凡是到过那里的人都知道的。风在冬季的感觉中，自古占着重要的因素，而白马湖的风尤其特别。

现在，一家侨居上海多日了，偶然于夜深人静时听到风声，大家就要提起白马湖来，说："白马湖不知今夜又刮得怎样厉害哩！"

怯弱者 *

一

阴历七月中旬，暑假快将过完。他因在家乡住厌了，就利用了所剩无几的闲暇，来到上海。照例耽搁在他四弟行里。

"老五昨天又来过了，向我要钱，我给了他十五块钱。据说前一会浦东纱厂为了五卅事件，久不上工，他在领总工会的维持费呢。唉，可怜！"兄弟晤面了没有多少时候，老四就报告幼弟老五的近况给他听。

"哦！"他淡然地说。

"你总只是说'哦'，我真受累极了。钱还是小事，看了他那样儿，真是不忍。鸦片恐还在吸吧，你看，靠了苏州人做女工，哪里养得活他。"

"但是有什么法子罗！"他仍淡然。

自从老五在杭州讨了所谓苏州人，把典铺的生意失去了以后，虽同住在杭州，他对于老五就一反了从前劝勉慰藉的态度，渐渐地敬而远之起来。老五常到他家里来，诉说失业后的贫困和妻妾间的风波，他除了于手头有钱时接济些以外，一概不甚过问。老五有时说家里有菜，来招他吃饭，他也托故谢绝。他当时所最怕的，是和那所谓苏州人的女人见面。

"见了怎样称呼呢？她原是拱宸桥货，也许会老了脸皮叫我三哥吧。我叫她什么？不尴不尬的！"这是他心里老抱着的顾虑。

有一天，他从学校回到家里，妻说：

"今天五弟领了苏州人来过了，说来见见我们的，才回去哩。"

---

* 本文原刊于《小说月报》第十七卷第五号（1926 年 5 月）。

他想，幸而迟了些回来，否则糟了。但仍不免为好奇心所驱：

"是什么样一个人？漂亮吗？"

"也不见得比五娘长得好。瘦长的身材，脸色黄黄的，穿的也不十分讲究。据说五弟当时做给她的衣服有许多已经在典铺里了。五弟也憔悴得可怜，和在典铺里时比起来，竟似两个人。何苦啊，真是前世事！"

老五的状况，愈弄愈坏。他每次听到关于老五的音信，就想象到自己手足沉沦的悲惨。可是却无勇气去直视这沉沦的光景。自从他因职务上的变更迁居乡间，老五曾为年过不去，奔到乡间来向他告贷一次，以后就无来往，唯从他老四那里听到老五的消息而已。有时到上海，听到老五已把正妻逼回母家，带了苏州人到上海来了。有时到上海，听到老五由老四荐至某店，亏空了许多钱，老四吃了多少的赔账。有时到上海，听到老五梅毒复发了，卧在床上不能行动。后来又听到苏州人入浦东某纱厂做女工了，老五就住在浦东的贫民窟里。

当老四每次把老五的消息说给他听时，他的回答，只是一个"哦"字。实际，在他，除了回答说"哦"以外，什么都不能说了。

"不知老五究竟苦到怎样地步了。既到了上海，就去望他一次吧。"有时他也曾这样想。可是同时又想到：

"去也没用，梅毒已到了第三期了，鸦片仍在吸，住在贫民窟里，这光景见了何等难堪。况且还有那个苏州人……横竖是无法救的了，还是有钱时送给他些吧。他所要的是钱，其实单靠钱也救他不了……"

自从有一次在老四行里偶然碰见老五，彼此说了些无关轻重的话就别开以后，他已有二年多不见老五了。

二

到上海的第二天，他才和朋友在馆子里吃了中饭回到行里去，见老四皱了眉头和一个工人模样的人在谈话。

"老三，说老五染了时疫，昨天晚上起到今天早晨泻了好几十次，指上的螺纹也已瘪了。这是老五的邻居，特地从浦东赶来通报的。"他才除了草帽，就从老四口里听到这样的话。

"哦，"他一壁回答，一壁脱下长衫到里间去挂。

"那么，你先回去，我们就派人来。"他在里间听见老四送浦东来人出去。

立时，行中伙友们都失了常态似地说东话西起来了。

"前天还好好地到此地来过的。"张先生说。

"这时候正危险，一不小心……"在打算盘的王先生从旁加入。

老四一进到里间，就神情凄楚地说：

"说是昨天到上海来，买了二块钱的鸦片去。——大概就是我给他的钱吧！——因肚子饿了，在小面馆里吃了一碗面，回去还自己煎鸦片的。到夜饭后就发起病来。照来人说的情形，性命恐怕难保的了。事已如此，非有人去不可。我也未曾去过，有地址在此，总问得到的。你也同去吧。"

"我不去！"

"你怕传染吗？自己的兄弟呢。"老四瞪目说。

"传染倒不怕，我在家里的时候，请医生打过预防针了。实在怕见那种凄惨的光景。我看最要紧的还是派个人去，把他送入病院吧。"

"但是，总非得有人去不可。你不去，只好我一个人去。——一个人去也有些胆小，还是叫吉和叔同去吧。他是能干的，有要紧的时候可以帮帮。"老四一壁说一壁急摇电话。

果然，吉和叔一接电话就来，老四立刻带了些钱着了长衫同去了。他只是懒懒地靠在沙发上目送他们出门。行中伙友都向他凝视，那许多惊讶的眼光，似乎都在说他不近人情。

他自己也觉得有些不近人情，自恨自己怯弱，没有直视苦难的能力，却又具有着对于苦难的敏感。身子虽在沙发上，心已似飞到浦东，一味作着悲哀的想象：

"老五此刻想来泻得乏力了，眼睛大约已凹进了，据说霍乱症一泻肉就瘦落的。——不，或者已气绝了。……"

他努力要把这种想象压住，同时却又引起了联想，纷然地回忆起许多往事来：记到儿时兄弟在老屋檐前怎样玩耍，母亲在日怎样爱恋老五，老五幼时怎样吃着嘴讲话讨人欢喜，结婚后怎样不平，怎样开始放荡，自己当时怎样劝导，第一次发梅毒时，自己怎样得知了跑到拱宸桥去望他，怎样想法替他担任筹偿旧债。又记到自己幼时逢大雷雨躲入床内，得知家里要杀鸡就立即逃避，看戏时遇到《翠屏山杀嫂》等戏要当场出彩，预先俯下头去，以及妻每次生产时不敢走入产房，只在别室中闷闷地听着妻的呻吟声默祷她安全的光景。又记得二十五岁那年母亲在自己手腕上气绝时自己的难忍，五岁爱儿患了肺炎将断气时虽嘶了声叫"爸爸来，爸爸来"，自己不敢走近去抱他，终于让他死在妻怀里的情形。

种种的想象与回忆，使他不能安坐在沙发上。他悄然地披上长衣，拿了草帽无目的地向外走去。见了路上的车水马龙，愈觉着寂寥。夕阳红红地射在夏布长衫上，可是在他却时觉有些寒噤。他荡了不少的马路，终于走入一家酒肆，拣了一个僻静的位子坐下。

电灯早亮了，他还是坐着，约莫到了八点多钟，才懒懒地起身。他怕到了老四行里，得知恶消息，但不得消息又不放心。大了胆到了行里，见老四和吉和叔还未回行，又忐忑不安起来：

"这许多时候不回来，怕是老五已经死了。也许是生死未定，他们为了救治，所以离不开身。"这样自己猜忖。

老四等从浦东回来已在九点钟以后。

"你好！这样写意地躺在沙发上，我们一直到此刻才算'眼不见为净'，连夜饭都还未下肚呢！"吉和叔一进来就含笑带怒地说。

他一听了吉和叔的责言，几乎要辩解说："我在这里恐怕比你们更难过些。"可是终于咽住。因为从吉和叔的言语和神情，推测到老五还活着，紧张的心绪也就宽缓了些。

"病得怎样？不要紧吗？"他禁不住一见老四就问。

"泻是还在泻，神志尚清，替他请了个医生来打过盐水针，所以一直弄到此刻。据医生说温度已有些减低，救治欠早，约定明晨再替他诊视一次，但愿今夜不再泻，就不要紧。——我们要回来，苏州人向着我们哀哭，商量后事，说她曾割过股了，万一老五不好，还要替他守节。却不料妓女中竟有这样的人。——老五自己说恐怕今夜难过，要我们陪他。但是地方真不像个样子，只是小小的一间楼上，便桶风炉就在床边，一进房便是臭气。我实在要留也不能留在那里，只好硬了心肠回来。"

吉和叔说恐受有秽气，吃饭时特叫买高粱酒，一壁饮酒一壁杂谈方才到浦东去的情形：说什么左右邻居一见有着长衫的人去，就大惊小怪地围拢来，医生打盐水针时，满房站满了赤膊的男人和抱小孩的女人，尽回复也不肯散，以及小弄堂内苍蝇怎样多，想到自己祖父名下的人落魄到住这种场所，心里怎样难过。他只是托了头坐在旁边听着。等到饭毕，吉和叔回去了，他还是茫然地坐在原处不动。

"我预备叫车夫阿兔到浦东去，今夜就叫他陪在那里，有要紧即来报告。再向朋友那里挑些大土膏子带去。今夜大约是不要紧的，且到明天再说吧。"老四一壁说，一壁就写条子问朋友借鸦片，按电铃叫车夫阿兔。

"死了怎样呢？"他情不自禁地自己唧咕着说。

"死了也没有法子，给他备衣棺，给他安葬，横竖只要钱就是了。世间有你这样的人！还说是读书的！遇事既要躲避，又放不下，老是这样粘缠!"

老四说时笑了起来。他也不觉为之破颜,自笑自己真太呆蠢,记起母亲病危时妻的话来:

"你这样夜不合眼,饭也不吃,自割自吊地烦恼,倒反使病人难过,连我们也被你弄得心乱了。你看四弟呵,他服侍病人,延医,买药,病人床前有人时,就偷空去睡,起来又做事,何尝像你的空忙乱!"

老四回寓以后,他也就睡,因为睡不着,重起来把电灯熄了。电灯一熄,月光从窗间透入。记起今夜是阴历七月十五的鬼节,不禁有些毛骨悚然,似乎四周充满了鬼气似的。

三

天一亮,车夫阿兔回来,说泻仍未止,病势已笃,病人昨天知道老三在上海,夜间好几次地说要叫老三去见见。

他张开了红红的眼,在床上坐起身来听毕车夫阿兔的报告。

"哦!知道了!"

他胡乱地把面洗了,独自坐在沙发上,拿了一张旧报纸茫然地看着,心里不绝地回旋:

"这真是兄弟最后的一会了……但正唯其是兄弟,正唯其是最后一会,所以不忍。别说他在浦东贫民窟里,别说还有那个所谓苏州人,就是他清清爽爽地在自己老家里,到这时我也要逃开的……可惜昨天没有去。昨天去了,不是也过去了吗?昨天不去,今天更不忍去了。……不过,不去又究竟于心不安。……"

这样的自己主张和自己打消,使他苦闷得坐不住,立起身来在客堂圆桌周围只管绕行!一直到行中伙友有人起来为止。

九时,老四到行,从车夫阿兔口中问得浦东消息,即向他说:

"那么，你就去一趟吧。叫阿兔陪你去好吗?"

"我不去!"他断然地说。

兄弟二人默然相对移时。浦东又有人来急报病人已于八时左右气绝了。

"终于不救!"老四闻报叹息说。

"唉!"他只是叹息。同时因了事件的解决，紧张的心情反觉为之一宽。

行中伙友又失起常度来了，大家聚拢来问讯，互相谈论。

"季方先生人是最好的，不过讨了个小，景况又不大好。这样死了，真是太委屈了!"一个说。

"他真是一个老实人，因为太忠厚了，所以到处都吃亏。"一个说。

"默之先生，早知道如此，你昨天应该去会一会的。"张先生向着他说。

"去也无用，徒然难过。其实，像我们老五这种人，除了死已没有路了的。死了倒是他的福。"他故意说得坚强。

老四打发了浦东来报信的人回去，又打电话叫了吉和叔来，商量买棺木衣衾，及殓后送枢到斜桥绍兴会馆去的事。他只是坐在旁听着。

"棺材约五六十元，衣衾约五六十元，其他开销约二三十元，将来还要运送回去安葬。……"老四拨着算盘子向着他说。

"我虽穷，将来也愿凑些。钱的事情究竟还不算十分难。"

吉和叔和老四急忙出去，他也披起长衣，就怅怅无所之地走出了行门。

四

当夜送殓，次晨送殡，他都未到。他携了香烛悄然地到斜桥绍兴会馆，是在殡后第二日下午，他要动身回里的前几点钟。

一下电车，沿途就见到好几次丧事行列，有的有些排场，有的只是前面扛着一口棺材，后面东洋车上坐着几个着丧服的妇女或小孩。

"不过一顿饭的工夫，见到好几十口棺材了。这几天天天如此，人真不值钱啊。"他因让路，顺便走入一家店铺买香烟，那店伙自己在唧咕着。

他听了不胜无常之感。走在烈日之中，汗虽直淋，而身上却觉得有些寒栗。因了这普遍的无常之感，对于自己兄弟的感伤反淡了许多，觉得死的不但是自己的兄弟。

进了会馆门，见各厅堂中都有身着素服的男女休息着，有的泪痕才干，眼睛还红肿，有的尚在啜泣。他从管会馆的司事那里问清了老五的殡所号数，叫茶房领到柩厂中去。

穿过圆洞门，就是一弄一弄的柩厂。厂中阴惨惨地不大有阳光，上下重叠地满排着灵柩，远望去有黑色的，有赭色的，有和头上有金花样的，两旁分排，中间只有一人可走的小路。他一见这光景，害怕得几乎要逃出，勉强大着胆前进。

"在这弄里左边下排着末第三号就是。和头上都钉得有木牌的，你自去认吧。"茶房指着弄口，说了就走了。

他才踏进弄，即吓得把脚缩了出来。继而念及今天来的目的，于是重新屏住了鼻息目不旁瞬地进去。及将至末尾，才去注意和头上的木牌。果然找着了。棺口湿湿的似新封未干，牌上写着的姓名籍贯年龄，确是老五。

"老五！"他不禁在心里默呼了一声，鞠下躬去，不禁泫然落下泪来，满想对棺祷诉，终于不敢久立，就飞步地跑了出来。到弄外呼吸了几口大气，又向弄内看了几看才走。

到了客堂里，茶房泡出茶来。他叫茶房把香烛点了，默默地看着香烛坐了一会。

"老五！对不住你！你是一向知道我的，现在应更知道我了。"这是他离会馆时心内的话。

一出会馆门，他心里顿觉宽松了不少，似乎释了什么重负似的。坐在从斜桥到十六铺的电车上，他几乎睡去，原来他已疲劳极了。

上船不久，船就开驶。他于船初开时，每次总要出来望望的。平常总向上海方面看，这次独向浦东方面看。沿江连排红顶的码头栈房后背，这边那边地矗立着几十支大烟囱，黑烟在夕阳里败絮似地喷着。

"不知哪条烟囱是某纱厂的，不知哪条烟囱旁边的小房子是老五断气的地方。"他竖起了脚跟，伸了头颈注意——地望。

船已驶到几乎看不到人烟的地方了，他还是靠在栏杆上向船后望着。

长 闲[*]

　　他午睡醒来，见才拿在手中的一本《陶集》，皱折了倒在枕畔。午饭时还阴沉的天，忽快晴了，窗外柳丝摇曳，也和方才转过了方向。新鲜的阳光把隔湖诸山的皱褶照得非常清澈，望去好像移近了一些。新绿杂在旧绿中，带着些黄味，他无识地微吟着"此中有真意，欲辨已忘言"，揉着倦饧饧的眼，走到吃饭间。见桌上并列地丢着两个书包，知道两女儿已从小学散学回来了。屋内寂静无声，妻的针线笸里，松松地闲放着快做成的小孩单衣，针子带了线斜定在纽结上。壁上时钟正指着四点三十分。

　　他似乎一时想走入书斋去，终于不自禁地踱出廊下。见老女仆正在檐前揩抹预备腌菜的瓶坛，似才从河埠洗涤了来的。

　　"先生起来了，要脸水吗？"

　　"不要。"他躺卜摆在檐头的藤椅去，就燃起了卷烟。"今天就这样过去罢，且等到晚上再说了。"他在心里这样自语。躺了吸着烟，看看墙外的山，门前的水，又看看墙内外的花木；悠然了一会。忽然立起身来从檐柱上取下挂在那里的小锯子，携了一条板凳，急急地跑出墙门外去。

　　"又要去锯树了。先生回来了以后，日日只是弄这些树木的。"他从背后听到女仆在带笑这样说。方出大门，见妻和二女孩都在屋前园圃里，妻在摘桑，二女孩在旁"这片大，这片大！"地指着。

　　"阿吉，阿满，你们看，爸爸又要锯树了。"妻笑了说。

　　"这丫杈太密了，再锯去他。小孩别过来！"他踏上凳去。把锯子搁到那方才看了不中意的柳枝去。小孩手臂样粗的树枝，"拍地"一落

---

　　* 本文原刊于《一般》第一卷第一号（1926 年 9 月）。

下，不但本树的姿态为之一变，就是前后左右各树的气象及周围的气分，在他看来，也都如一新。携了板凳回入庭心，把头这里那里地侧着看了玩味一会，觉得今天最得意的事，就是这件了。于是仍去躺在檐头的藤椅上。

妻携了篮进来。

"爸爸，豌豆好吃了。"阿满跟在后面叫着说。手里捻着许多小柳枝。

"哪，这样大了。"妻揭起篮面的桑叶，篮底平平地叠着扁阔深绿的豆荚。

"啊，这样快！快去煮起来，停会好下酒。"他点着头。

黄昏近了，他独自缓饮着酒，桌上摆着一大盘的豌豆，阿吉、阿满也伏在桌上抢着吃。妻从房中取出蚕箔来，把剪好的桑叶铺撒在灰色蠕动的蚕上，二女孩几乎要把头放入箔里去，妻擎起箔来逼近窗口去看。一手抑住她们的攀扯。

"就可三眠了。"妻说着，把蚕箔仍拿入房中去。他一壁吃着豌豆，一壁望着蚕箔，在微醺中又猛触到景物变迁的迅速，和自己生活的颓唐来。

"唉！"不觉泄出叹声。

"什么了？"妻愕然地从房中出来问。

"没有什么。"

室中已渐昏黑，妻点起了灯，女仆搬出饭来。油炸笋，拌莴苣，炒鸡蛋，都是他近来所自名为山家清供而妻所经意烹调的。他眼看着窗外的暝色，一杯一杯地只管继续饮，等妻女都饭毕了，才放下酒杯，胡乱地吃了小半碗饭，含了牙签，踱出门外去，在湖边小立，等暗到什么都不见了，才回入门来。

吃饭间中灯光亮亮的，妻在继续缝衣服，女仆坐在对面用破布叠鞋底，一壁和妻谈着什么。阿吉在桌上布片的空隙处摊了《小朋友》看着，阿满把她半个小身子伏在桌上指着书中的猫或狗强要母亲看。一灯之下，情趣融然。

他坐下壁隅的藤椅子去，燃起卷烟，只沉默了对着这融然的光景。昨日在屋后山上采来的红杜鹃，已在壁间花插上怒放，屋外时送入低而疏的蛙声。一切都使他感觉到春的烂熟，他觉得自己的全身心，已沉浸在这气分中，陶醉得无法自拔了。

"为什么总是这样懒懒的！"他不觉这样自语。

"今夜还做文章吗？春天夜是熬不得的。为什么日里不做些！日里不是睡觉，就是荡来荡去，换字画，换花盆，弄得忙煞，夜里每夜弄到一二点钟。"妻举起头来停了针线说。

"夜里静些啰。"

"要做也不在乎静不静，白马湖真是最静也没有了。从前在杭州时，地方比这里不知要嘈杂得多少，不是也要做吗？无论什么生活，要坐牢了才做得出。我这几天为了几条蚕的缘故，采叶呀，什么呀，人坐不牢，别的生活就做不出，阿满这件衣服，本来早就该做好了的，你看！到今天还未完工呢。"

妻的话，这时在他，真比什么"心能转境"等类的宗门警语还要痛切。觉得无可反对，只好逃避了说："日里不做夜里做，不是一样的吗？"

"昨夜做了多少呢？我半夜醒来还听见你在天井里踱来踱去，口里念念着什么'明日自有明日'哩。"

"不是吗？我也听见的。"女仆羼入。

"昨夜月色实在太好了，在书房里坐不牢。等到后半夜上云了，人也倦了，一点都不曾做啊。"他不禁苦笑了。"你看！那岂不是与灯油有仇？前个月才买来一箱火油，又快完了。去年你在教书的时候，一箱可点三个多月呢。——赵妈，不是吗？"妻说时向着女仆，似乎要叫她作证明。

"火油用完了，横竖先生会买来的。怕什么？嗄，满姑娘！"女仆拍着阿满笑说。

"洋油也是爸爸买来的，米也是爸爸买来的。阿吉的《小朋友》也是爸爸买来的，屋里的东西，都是爸爸买来的。"阿满把快要睡去的眼张开了说。

女仆的笑谈，阿满的天真烂漫的稚气，引起了他生活上的忧虑，妻不知为了什么，也默然了，只是俯了头动着针子，一时沉默支配着一室。

三个月来的经过，很迅速地在他心上舒展开了：三个月前，他弃了多年厌倦的教师生涯，决心凭了仅仅够支持半年的贮蓄，回到白马湖家里来，把一向当作副业的笔墨工作，改为正业，从文字上去开拓自己的新天地。"每日创作若干字，翻译若干字，余下来的工夫便去玩山看水。"

当时的计划，不但自己得意，朋友都艳羡，妻也赞成。三个月来，书斋是打叠得很停当了，房子是装饰得很妥贴了，有可爱的盆栽，有安适的几案，日日想执笔，刻刻想执笔，终于无所成就，虽着手过若干短篇，自己也不满足，都是半途辍笔，或愤愤地撕碎了投入纸篓里。所有的时间，都消磨在风景的留恋上。在他，朝日果然好看，夕阳也好看，新月是妩媚，满月是清澈，风来不禁倾耳到屋后的松籁，雨霁不禁放眼到墙外的山光，一切的一切，都把他牢牢地捉住了。

想享乐自然，结果做了自然的奴隶，想做湖上诗人，结果做了湖上懒人，这也是他所当初万不料及，而近来深深地感到的苦闷。

"难道就这样过去吗？"他近来常常这样自讼。无论在小饮时，散步时，看山时。

壁间时钟打九时。

"咿呀！已九点钟了。时候过去真快！"妻拍醒伏在膝前睡熟了的阿满，把工作收拾了，吩咐女仆和阿吉去睡。他懒懒地从藤椅子上立起身来，走向书斋去。

"不做么，早睡啰！"妻从背后叮嘱。

"呃。"他回答，"今夜是一定要做些的了，难道就这样过去吗？从今夜起！"又暗自坚决了心。

立时，他觉得全身就紧凑了起来，把自己从方才懒洋洋的气分中拉出了，感到一种胜利的愉快。进了书斋门，急急地摸着火柴把洋灯点起，从抽屉里取出一篇近来每日想做而终于未完工的短篇稿来，吸着烟，执着自来水笔，沉思了一会，才添写了几行，就觉得笔滞，不禁放下笔来举目凝视到对面壁间的一幅画上去。那是朽道人十年前为他作的山水小景，画着一间小屋，屋前有梧桐几株，一个古装人儿在树下背负了手看月。题句是，"明日事自有明日，且莫负此梧桐月色也。"他平日很爱这画，一星期前，他因看月引起了清趣，才将这画寻出，把别的画换了，挂在这里的。他见了这画，自己就觉得离尘脱俗，作了画中人了。昨夜妻在睡梦中听到他念的，就是这画上的题句。

他吸着烟，向画幅悠然了一会，几乎又要踱出书斋去。因了方才的决心，总算勉强把这诱惑抑住。同时，猛忆到某友人"清风明月不用一钱买，但是也不能抵一钱用"的话。不觉对于这素所心爱的画幅，感到一种不快。他立起身把这画幅除去。一时壁间空洞洞地，一室之内，顿失了布置上的均衡。

"东西是非挂些不可的，最好是挂些可以刺激我的东西。"

他这样自语了，就自己所藏的书画中，想来想去，忽然想到他的畏友弘一和尚的"勇猛精进"四字的小额来。"好，这个好！挂在这里，大小也相配。"

他携了灯从画箱里费了许多工夫把这小额寻出，恐怕家里人惊醒，轻轻地钉在壁上。

"勇猛精进!"他坐下椅子去默念着看了一会,复取了一张空白稿子,大书"勤靡余暇,心有常闲"八字,用图画钉钉在横幅之下。这是他在午睡前在《陶集》中看到的句子。"是的,要勤靡余暇,才能心有常闲。我现在是安逸而心忙乱啊!"他大彻大悟似地默想。

一切安顿完毕,提出笔来正想重把稿子续下,未曾写到一张,就听到外面时钟叮地敲一点。他不觉放下了笔,提起了两臂,张大了口,对着"勇猛精进"的小额和"勤靡余暇,心有常闲"八字,打起呵欠来。

携了灯回到卧室去,才出书斋,见半庭都是淡黄的月色,花木的影映在墙上,轮廓分明地微微摇动着,他信步跨出庭间,方才画上的题句,不觉又上了他的口头:"明日事自有明日,且莫负此梧桐月色也!"

猫 *

　　白马湖新居落成，把家眷迁回故乡的后数日，妹就携了四岁的外甥女，由二十里外的夫家雇船来访。自从母亲死后，兄弟们各依了职业迁居外方，故居初则赁与别家，继则因兄弟间种种关系，不得不把先人有过辛苦历史的高大屋宇，售让给附近的暴发户，于是兄弟们回故乡的机会就少，而妹也已有六七年无归宁的处所了。这次相见，彼此既快乐又酸辛，小孩之中，竟有未曾见过姑母的。外甥女也当然不认得舅妗和表姊，虽经大人指导勉强称呼，总都是呆呆地相觑着。

　　新居在一个学校附近，背山临水，地位清静，只不过平屋四间。论其构造，连老屋的厨房还比不上，妹却极口表示满意："虽比不上老屋，总究是自己的房子，我家在本地已有许多年没有房子了！自从老屋卖去以后，我多少被人瞧不起！每次乘船行过老屋的面前，真是……"妻见妹说时眼圈有点红了，就忙用话岔开："妹妹你看，我老了许多了罢？你却总是这样后生。"

　　"三姊倒不老！——人总是要老的，大家小孩都已这样大了，他们大起来，就是我们在老起来。我们已六七年不见了呢。"

　　"快弄饭去罢！"我听了他们的对话，恐再牵入悲境，故意打断话头，使妻走开。

　　妹自幼从我学会了酒，能略饮几杯。兄妹且饮且谈，嫂也在旁羼着。话题由此及彼，一直谈到饭后，还连续不断。每到妹和妻要谈到家事或婆媳小姑关系上去，我总立即设法打断，因为我是深知道妹在夫家的境遇的，

---

　　* 本文原刊于《一般》第二号（1926 年 10 月）。

很不愿在难得晤面的当初，就引起悲怀。

忽然，天花板上起了嘈杂的鼠声。

"新造的房子，老鼠就这样多了吗？"妹惊讶了问。"大概是近山的缘故罢。据说房子未造好就有了老鼠的。晚上更厉害，今夜你听，好像在打仗哩，你们那里怎样？"妻说。

"还好，我家有猫。——快要产小猫了，将来可捉一只来。"

"猫也大有好坏，坏的猫老鼠不捕，反要偷食，到处撒屎，还是不养好。"我正在寻觅轻松的话题，就顺了势讲到猫上去。

"猫也和人一样，有种子好不好的，我那里的猫，是好种，不偷食，每朝把屎撒在盛灰的畚斗里。——你记得从前老四房里有一只好猫罢。我们那只猫，就是从老四房讨去的小猫。近来听说老四房里已断了种了，——每年生一胎，附近养蚕的人家都来千求万恳地讨，据说讨去都不淘气的。现在又快要生小猫了。"

老四房里的那只猫向来有名。最初的老猫，是曾祖在时，就有了的。不知是哪里得来的种子，白地，小黄黑花斑，毛色很嫩，望去像上等的狐皮"金银嵌"。善捉鼠，性质却柔驯得了不得，当我小的时候，常去抱来玩弄，听它念肚里佛，挖看它的眼睛，不啻是一个小伴侣。后来我由外面回家，每走到老四房去，有时还看见这小伴侣——的子孙。曾也想讨一只小猫到家里去养，终难得逢到恰好有小猫的机会，自迁居他乡，十年来久不忆及了。不料现在种子未绝，妹家现在所养的，不知已是最初老猫的几世孙了。家道中落以来，田产室庐大半荡尽，而曾祖时代的猫，尚间接地在妹家留着种子，这真是一种不可思议的缘，值得叫人无限感兴的了。

"哦！就是那只猫的种子！好的，将来就给我们一只。那只猫的种子是近地有名的。花纹还没有变吗？""你欢喜哪一种？——大约一胎多则三只，少则两只，其中大概有一只是金银嵌的，有一二只是白中带黑斑的，每年都是如此。"

"那自然要金银嵌的啰。"我脑中不禁浮出孩时小伴侣的印像来。更联想到那如云的往事，为之茫然。妻和妹之间，猫的谈话，仍被继续着，儿女中大些的张了眼听，最小的阿满，摇着妻的膝问："小猫几时会来？"我也靠在藤椅子上吸着烟默然听她们。

"小猫的时候，要教它会才好。如果撒屎在地板上了，就捉到撒屎的地方，当着它的屎打，到碗中偷食吃的时候，就把碗摆在它的前面打，这样打了几次，它就不敢乱撒屎多偷食了。"

妹的猫教育论，引得大家都笑了。

次晨，妹说即须回去，约定过几天再来久留几日，临走的时候还说："昨晚上老鼠真吵得厉害，下次来时，替你们把猫捉来罢。"

妹去后，全家多了一个猫的话题。最性急的自然是小孩，他们常问："姑妈几时来？"其实都是为猫而问，我虽每回答他们"自然会来的，性急什么？"而心里也对于那与我家一系有二十多年历史的猫，怀着迫切的期待，巴不得妹——猫快来。

妹的第二次来，在一个月以后，带来的只是赠送小孩的果物和若干种的花草苗种，并没有猫。说前几天才出生，要一月后方可离母，此次生了三只，一只是金银嵌的，其余两只，是黑白花和狸斑花的，讨的人家很多，已替我们把金银嵌的留定了。

猫的被送来，已是妹第二次回去后半月光景的事，那时已过端午，我从学校回去，一进门，妻就和我说："妹妹今天差人把猫送来了，她有一封信在这里。说从回去以后就有些不适。大约是寒热，不要紧的。"

我从妻手里接了信草草一看，同时就向室中四望：

"猫呢？"

"她们在弄它。阿吉阿满，你们把猫抱来给爸爸看！"

立刻，柔弱的"尼亚尼亚"声从房中听得阿满抱出猫来："会念佛的，一到就蹲在床下，妈说它是新娘子呢。"

我在女儿手中把小猫熟视着说："还小呢，别去捉它，放在地上，过几天会熟的。当心碰见狗！"

阿满将猫放下。猫把背一耸就跟跄地向房里遁去。接着就从房内发出柔弱的"尼亚尼亚"的叫声。

"去看看它躲在什么地方。"阿吉和阿满蹑了脚进房去。

"不要去捉它啊！"妻从后叮嘱她们。

猫确是金银嵌，虽然产毛未褪，黄白还未十分夺目，尽足依约地唤起从前老四房里小伴侣的印象。"尼亚尼亚"的叫声，和"咪咪"的呼唤声，在一家中起了新气分，在我心中却成了一个联想过去的媒介，想到儿时的趣味，想到家况未中落时的光景。

与猫同来的，总以为不成问题的妹的病消息，一二日后竟由沉重而至于危笃，终于因恶性疟疾引起了流产，遗下未足月的女孩而弃去这世界了。

一家人参与丧事完毕从丧家回来，一进门就听到"尼亚尼亚"的猫声。

"这猫真不利，它是首先来报妹妹的死信的！"妻见了猫叹息着说。猫正在檐前伸了小足爬搔着柱子，突然见我们来，就跟跄逃去，阿满赶到厨下把它捉来了。捧在手里："你还要逃，都是你不好！妈！快打！"

"畜生晓得什么？唉，真不利！"妻呆呆地望着猫这样说，忘记了自己的矛盾，倒弄得阿满把猫捧在手里瞪目茫然了。

"把它关在伙食间里，别放它出来！"我一壁说一壁懒懒地走入卧室睡去。我实在已怕看这猫了。

立时从伙食间里发出"尼亚尼亚"的悲鸣声和嘈杂的搔爬声来。努力想睡，总是睡不着。原想起来把猫重新放出，终于无心动弹，连向那就在房外的妻女叫一声"把猫放出"的心绪也没有，只让自己听着那连续的猫声，一味沉浸在悲哀里。

从此以后，这小小的猫，在全家成了一个联想死者的媒介，特别地在我，这猫所暗示的新的悲哀的创伤，是用了家道中落等类的怅惘包裹着的。

伤逝的悲怀，随着暑气一天一天地淡去，猫也一天一天地长大，从前被全家所诅咒的这不幸的猫，这时渐被全家宠爱珍惜起来了，当作了死者的纪念物。每餐给它吃鱼，归阿满饲它，晚上抱进房里，防恐被人偷了或是被野狗咬伤。

白玉也似的毛地上，黄黑斑错落得非常明显，当那蹲在草地上或跳掷在凤仙花丛里的时候，望去真是美丽。每当附近四邻或路过的人，见了称赞说"好猫！"的时候，妻脸上就现出一种莫可言说的矜夸，好像是养着一个好儿子或是好女儿。特别地是阿满：

"这是我家的猫，是姑母送来的，姑母死了，只剩了这只猫了！"她当有人来称赞猫的时候，不管那人蓦生与不蓦生，总会睁圆了眼起劲地对他说明这些。猫做了一家的宠儿了，每餐食桌旁总有它的位置，偶然偷了食或是乱撒了屎，虽然依妹的教育法是要就地罚打的，妻也总看妹面上宽恕过去。阿吉阿满一从学校里回来就用了带子逗它玩，或是捉迷藏似地在庭间追赶它我也常于初秋的夕阳中坐在檐下对了这跳掷着的小动物作种种的遐想。

那是快近中秋的一个晚上的事：湖上邻居的几位朋友，晚饭后散步到了我家里，大家在月下闲话，阿满和猫在草地上追逐着玩。客去后，我和妻搬进几椅正要关门就寝，妻照例记起猫来：

"咪咪！"

"咪咪！"阿吉阿满也跟着唤。

可是却不听到猫的"尼亚尼亚"的回答。

"没有呢！哪里去了？阿满，不是你捉出来的吗？去寻来！"妻着急起来了。

"刚刚在天井里的。"阿满瞪了眼含糊地回答，一壁哭了起来。

"还哭！都是你不好！夜了还捉出来做什么呢？——咪咪，咪咪！"妻一壁责骂阿满一壁嘎了声再唤。

"咪咪，咪咪！"我也不禁附和着唤。

可是仍不听到猫的"尼亚尼亚"的回答。

叫小孩睡好了，重新找寻，室内室外，东邻西舍，到处分头都寻遍，哪有猫的影儿？连方才谈天的几位朋友都过来帮着在月光下寻觅，也终于不见形影。一直闹到十二点多钟。月亮已照屋角为止。

"夜深了，把窗门暂时开着，等它自己回来罢，——偷是没有人偷的，或者被狗咬死了，但又不听见它叫。也许不至于此，今夜且让它去罢。"我宽慰着妻，关了大门，先入卧室去。在枕上还听到妻的"咪咪"的呼声。猫终于不回来。从次日起，一家好像失了什么似地，都觉到说不出的寂寥。小孩从放学回来也不如平日的高兴，特别地在我，于妻女所感得的以外，顿然失却了沉思过去种种悲欢往事的媒介物，觉得寂寥更甚。

第三日傍晚，我因寂寥不过了，独自在屋后山边散步，忽然在山脚田坑中发现猫的尸体。全身黏着水泥，软软地倒在坑里，毛贴着肉，身躯细了好些，项有血迹，似确是被狗或野兽咬毙了的。

"猫在这里！"我不觉自叫了说。

"在哪里？"妻和女孩先后跑来，见了猫都呆呆地几乎一时说不出话。

"可怜！一定是野狗咬死的。阿满，都是你不好！前晚你不捉它出来，哪里会死呢？下世去要成冤家啊！——唉！妹妹死了。连妹妹给我们的猫也死了。"妻说时声音鸣咽了。

阿满哭了，阿吉也呆着不动。

"进去罢，死了也就算了，人都要死哩，别说猫！快叫人来把它葬了。"

我催她们离开。

　　妻和女孩进去了。我向猫作了最后的一瞥，在昏黄中独自徘徊。日来已失了联想媒介的无数往事，都回光返照似地一时强烈地齐现到心上来。

两首菩萨蛮*

一个星期六的下午，锦华和慧修携着手到图画教师李先生房里去交本学期最后一张写生成绩。李先生正坐在案头整理学生的图画，一壁和立在案旁的振宇、复初二人谈说着。

锦华、慧修交出了成绩，仍留在房内细看壁间悬挂着的绘画。究竟是画家的房间，画幅时时更换，每次进来看，都有一种新鲜的印象。她们在一幅新装裱的仕女画前面把脚停住了。

那画是一张小条幅，上面画着一个睡在榻上的美丽的少女，云鬓蓬松。睡榻的后方，背景是一排的屏风。全体的情调艳美得很。题款是"××兄属写温飞卿词意"与"×年×月×××"两行。

两位少女被画中的少女暂时吸引住了，只管立在画前彼此细语。引得振宇和复初也远远地把眼睛移到这幅画上来。

"这幅画是我新近请一个朋友画来的。写的是温飞卿一首词中的意境。王先生还没教你们读过词吧。我一向喜欢读词。因为词与画有许多共通的地方，尤其是中国画。温飞卿的这首词，叫作《菩萨蛮》，是很有名的。喏，在这里。"李先生拉开抽屉，取出一本张惠言的《词选》揭开来叫大家看。

锦华、慧修走近拢去看，见李先生所指的恰恰是书中的第一首，那词句是：

小山重叠金明灭鬓云欲度香腮雪懒起画蛾眉弄装梳洗迟照花前后镜花面交相映新帖绣罗襦双双金鹧鸪

大家看着书在心中默念，觉得有些念不断。有几处好像是七字一句，

---

* 本文收录于《文心》（开明书店 1934 年）。

有几处却不是，终于面面相觑地呆住了。

"哦！你们还没有懂得词的构造吧。词一名长短句，和诗不一样，一首之中每句字数有长有短。除极短的小词外，每首都分上下两截，叫作'上阕''下阕'。某句应该有几字，因曲调而不同。《菩萨蛮》上阕共四句，每两句同韵，字数是七、七、五、五；下阕也是四句，每两句同韵，字数是五、五、五、五。《菩萨蛮》是这首词的曲调名称，并非这首词的题目。曲调的名称很不少，如什么《长相思》咧，《金缕曲》咧，《浪淘沙》咧，《西江月》咧，统共有八百多种。常用的也不过百种左右而已。——我今天又要替王先生教国文了。哈哈！"李先生用了笑声把自己的话作一结束。

锦华依照李先生方才的话再去看那首《菩萨蛮》词，她低声读了一遍，觉得字句虽有几处不十分懂，音节却很和谐，读起来比诗更有趣味。慧修一壁看词，一壁不时回头去看那幅画，想看出画中所描写的是词中的哪几句。

"词以表现境界或抒写感情为主，换句话说，词的内容不外是情境。温飞卿的这首《菩萨蛮》，描出一个艳美华丽的境界。词是旧文学中比较难懂的东西，用词比诗文都艰深。待我把这首词的大意来解释一遍吧。'小山'就是屏风，蠹着的屏风，形状凸凹如山，'屏山'是诗词中常用的词类。词中描写一个豪贵的闺秀在早晨起床前后的情形，朝阳射在画屏上闪烁发光。——用'金明灭'三字多好！——她还睡着未醒，鬓发乱得几乎要盖煞脸上的白色。——'欲度'二字，就是表现这情况的。——她懒懒地起来，画眉，妆扮，过了许久才梳洗完毕。——'弄'字用得非常确切。——梳洗好了，这才对镜戴花。——'前后镜''交相映'是戴花时的描写。——后来再换衣裳。——'罗襦'就是罗衣，'双双金鹧鸪'是绣花模样。先绣好了模样贴缀在衣服上叫'贴'。——这首词共只四十四字，却能写出早晨的光景，闺房中的陈设，闺秀的姿态神情，以及画眉梳洗戴花照镜着衣等等的动作，连衣服上的花样都写得活灵活现。我们读这首词，能深深地感受到一个艳美华丽的印象。"

大家听了李先生的讲解，于理解的愉快以外又感到一种新鲜的趣味，都把眼睛注在那本《词选》上，再去看别首词。

"那么这幅画上所写的只是第一、第二两句呢。"慧修对李先生说。

"是的。词中描写着许多连续的动作，要在一幅画中完全表现，是不可能的。普通照相与活动电影的区别在此，文章与绘画的区别也在此。绘画与文章都能表现印象，好的文章功效比绘画大，因为绘画只能表现静境，而文章兼能表现动境。王先生已把记事文与叙事文的分别教过你们了吧。绘画是记事的，不是叙事的。"李先生说。

慧修点头，似有所悟到。

"这许多首词，似乎所描写的都是女子的事情，所用的词类差不多全是关于女子的。我在别的书上也曾见到过词，虽不甚懂得，字面也好像是属于女性的居多。难道词都是这样的吗？"振宇指着书上一连刻着的许多首温飞卿的《菩萨蛮》词问。

振宇的质问，引得其余的人都注意，尤其是女性的锦华与慧修。大家都把眼光向着李先生。

"那也不尽然，"李先生急急地加以订正，"温飞卿原是一个善于作香奁体的诗人，应该特别看待。咿呀，诗词中写女子的时候，往往意思不一定就只指女子，有许多地方却别有意旨，只把意旨寄托在女子的身上就是了。你们曾听到'香草美人'的话吧，这典故见于屈原的《离骚》，屈原的写美人，并非一定指美丽的女子，乃是另有寄托的。"

振宇听了李先生的解释，宛如在胸中开辟了一个新境地，觉得平日读过的几首古诗，也于字面以外突然生出新趣味来了。

李先生好像忽然记起了一件什么事似的，把那本《词选》取到手里急急翻动，翻出一首词来指向大家道：

"喏，这是辛弃疾的词，也是《菩萨蛮》调。你们试读看！"

振宇等走近去看，那首词在《菩萨蛮》的调名下，还有一个题目，叫作《题江西造口壁》，词句是：

　　郁孤台下清江水中间多少行人泪西北望长安可怜无数山

　　青山遮不住毕竟东流去江晚正愁予山深闻鹧鸪

《菩萨蛮》调的构造，是方才已经明白了的，读去毫不费事。只是内容仍不甚清楚，大家抬起了头齐待李先生开口。

"辛弃疾是南宋时代的词人，这首词作于江西造口。当时金人南侵，国难严重，宋室就从河南汴梁南迁。当南渡时，金人追隆祐太后的御舟，一直追到江西造口才停止。江西造口是从北至南的要道，人民为避金人的侵略，仓皇从这里经过的当然不计其数。'郁孤台'是那里一座山的名称。宋室南渡以后，仍不能恢复。作者经过这里，想到当时避难者颠沛流离由这里向南奔逃的情形，家国之感就勃然无法自遏了，于是做了一首词写在壁上。他说：'江水里大概有许多眼泪是颠沛流离的行人掉下来的吧。要想从这里向西北眺望长安——"长安"是京都的代替词——可怜云山重叠阻隔，虽然明知道故都在西北方，可是望也望不见，莫说回到那里去了。青山遮不住江水，终于任其向东流去，犹如这造口止不住行人，行人毕竟向南奔窜。此情此景，已够怅惘，又值傍晚的时候，江上的暮色更足引动人的愁怀，而山间又传来了鹧鸪的啼声。'你们看，这词里的意境何等凄惋！"李先生解释毕，把这首词朗声地读了又读。

李先生的解释和诵读，令几个青年突然引起了对于目前国难的愁思。这首词的刺激性，似乎比平日习见的"共赴国难""民族自救"等等的标语，还要深刻些，房间里的空气立时沉重起来。

"巧极了。今天李先生讲的两首词，都是《菩萨蛮》，末尾都用着'鹧鸪'

二字哩。"总算是复初打破了一时的沉默。

"咦! 真的。两首《菩萨蛮》里都有'鹧鸪'。温飞卿的'鹧鸪'暗示着男女间的情事。'双双金鹧鸪'说'双双'就可作男女一对的联想。至于辛弃疾的'鹧鸪',意义更深。'鹧鸪'的叫声不是'行不得也哥哥'吗? 有人说,辛弃疾的'山深闻鹧鸪',就是在感叹恢复之事的行不得呢。"李先生补充说。

"原来词是这样意义丰富,这样不容易读的东西!"锦华叹息着向慧修说。

"读词尚且如此烦难,作词更不消说了。"慧修说。

"作词其实也不难,普通的方法就是按谱填写,平仄字数一一遵守就是。所以作词叫作'填词',又叫'倚声'。在你们,作词已大可不必,只要能读,已经够了。词是我国先代遗下来的文学上一部分的遗产,我们乐得享受。把古来的名词,当作常识来熟读几首,倒是应该的。历代词人的集子不少,读也读不尽,你们读选本就可以了。选本的种类也很多,任拣哪一种都可以;选的人眼光虽不同,反正选来选去逃不出顶好的几首。我这一本是张惠言选的,叫作《词选》。"

"我家里有一部《绝妙好词》,还有一部《白香词谱》,先读哪一部好?"锦华问李先生。

"这也都是很好的词选,先读《白香词谱》吧。那里面是一百个曲调,每个曲调选着一首词。这一百首都是名作,熟读了这一部,就可记得一百个常见的曲调和一百首好词,很经济。"

"方才先生说,词以表现境界或抒写感情为主,词的内容不外乎情境。今日读过的两首《菩萨蛮》中,温飞卿的一首似乎是以境为内容的,辛弃疾的一首似乎是以情为内容的。不知道对不对? "振宇问。

李先生微笑点头,似乎表示赞许。过了一会又说:

"境与情原是关系很密切的。只写境，言外也可引起情来，要抒情，也不能全离开境。温飞卿的词虽偏重在写境，而艳情已包含在内。辛弃疾的词虽着重在抒情，究竟也不能不写及'江水''山''晚''鹧鸪'等等的境。所以还是不要强把情境分开来说的好。这两首词，如果要说区别的话，原也有着一种很重大的区别。词里面有两种显著的风格，一种是细致的，一种是豪爽的。温飞卿的词属于细致一类，辛弃疾的词属于豪爽的一类。这个区别比较来得扼要，将来你们多读几首词，自然能辨别出来的。——呀！天快晚了，我还要画《母亲》呢。怎么讲了这许多时候的词！哈哈，我今天又在替王先生教国文了！"

李先生立起身来，从热水瓶中倒出一杯开水一气喝尽，急急地披上了染有许多颜料渍子的画衣，走到画架旁去。李先生画《母亲》已近两个月，一壁画一壁修改，有时自己觉得不惬意，就全体涂了开始重画，或竟连画布也换过。学生中关心这幅画的人很多，特别的是爱好绘画的慧修。她前几天曾见李先生在画衣服，全体快要完成的了，这次和大家退出房间，立在门外回看时，见又换了一个新轮廓了。

"为什么又要重新改画呢？"慧修独自再回进来问。

"将来再告诉你。"李先生停了画笔这样回答。

慧修追上走在前面的三个，兴致勃勃地说：

"把刚才的谈话扼要记下来，寄给乐华看，你们说好吗？"

新体诗*

张大文和周锦华两人从蜜恋到彼此不理睬，还是周乐华离开学校以前的事情。真是极其微细的一个起因，不过锦华要到图书室里去看新到的杂志，大文手头正有事做，说了一声"我不想去看"罢了。当时锦华负气，独自跑到图书室里，拿起一本新到的《现代》在手，呆看了半天，也不曾看清楚上面印着些什么。随后大文也来了，凑近她坐下，问她可有好看的小说没有，她便愤愤地说："你既不想来看，问我做什么！"大文才知道她动怒了，百般地向她解释，她只是个不开口。这使他耐不住了，恨恨之声说："你是什么心肠？人家好端端向你说话，你却理也不理，好不怄气！"锦华听了这个话开口了，她说："你去问问自己是什么心肠吧！又不请你到什么不好的地方去，你便推三诿四说不想去。无意的流露最显得出心肠的真面目，总之你不屑同我在一起就是了！"接着是一阵的争辩，直到铃声响了，两人才各顾各地走了出来。其时图书室并没有第三个人，所以这事情没有立刻被传开去，成为学校里的当日新闻。

第二天早上，他们两人见面了。好像有谁发出了口令似的，两人同时把头旋过一点，把眼光避了开去。这就是彼此不理睬的开端了，以后每一次对面就演这一套老把戏。渐渐地，这初恋的小悲剧被同学觉察了。有的就同他们开玩笑，说他们从前怎样怎样，现在怎样怎样，多方地揶揄。有的希望他们恢复从前的情分，特地把他们牵在一起，"仍旧握着手吧。""彼此同时开口吧。"这样从旁劝说。无论揶揄或者劝说，效果是相同的，就是把两个青年男女更隔离得远远了。他们觉得被揶揄的时候固然难为情，而

---

* 本文收录于《文心》（开明书店1934年）。

被劝说的时候也并不好过，所以能够及早避开，不待面对面的时候才旋过头转过眼光，那是更好的事情。不久之后，当初的愤激在两人心头慢慢地消散了，这不可解的羞惭却越来越滋长，表现在行动上便是这一个到那里，那一个就不到那里。只有上课时候没法，两人是坐在同一教室里的，然而上课时候有教师在那里，没有人会向他们揶揄或者劝说的。"只怕彼此永远不再有交谈的机会了"，这样的想头，大文曾经有过，锦华也曾经有过。这想头分明含着懊悔的意味，跟在后头的想头不就是"如果恢复了从前的情分岂不很好吗？"他们虽然这么想，可是总被不可解的羞惭拘束住，谁也没有勇气说一声"我们照常理睬吧"；这是一种奇妙的青年心理，为一般成人所不能了解的。

锦华怀着这样的心理度过半年多的光阴，作成了好多首的新体诗，写在一本金绘封面的怀中手册上。这些诗篇一部分是怀想往日的欢爱，一部分是希望将来的重合，而对于目前的对面如隔蓬山，也倾吐了深深的惆怅。她觉得这许多情思是无人可以告诉的，只有写成诗篇，告诉这一本小册子，胸中才见得松爽一点。于是屡次作诗，不觉积有三四十首了。这本小册子平时收藏得很好，从不给人看见。当举行暑假休业式的那一天，别的同学聚作一大堆，在那里谈论会考的风潮，锦华和慧修两个却在教室里整理零星用品，这本小册子才被慧修在锦华的小皮箱里发现了，乘其不备抢到手里，便翻开来看，"你作了这许多的新体诗，也不给我欣赏欣赏。"慧修这样喊了出来。锦华立即要取还，可是慧修哪里肯还她。慧修说彼此的作文稿向来交换看的，新体诗稿无异作文稿，看看又何妨，锦华和慧修交谊原极亲密，这当儿忽然有一个新的欲望萌生在锦华的心头：她不但切盼慧修完全看她的诗，并且切盼慧修看透她作诗的心。她便和慧修要约：不可在学校里看，必须带回去看，又不可转移给旁的人看。这是很容易接受的条件，慧修都答应了，便把这本小册子放进印花白纱衫的袋子里。

慧修到了家里，一手挥着纨扇，一手按着小册子，眼光便投射到书面上去。只见题目是《校园里的石榴花》，后面歪歪斜斜写着一排诗句：

　　新染的石榴花，

　　又在枝头露笑脸了，

　　鲜红似去年，

　　娇态也不差，

　　为什么不见可爱呢？

　　去年的花真可爱，

　　在绿阴里露出热情的脸儿来，

　　旁听甜蜜的低语，

　　保证不变的爱情，

　　她们笑了，

　　至今似乎还听得她们的笑声。

　　啊，去年的花真可爱！

"原来是回想他们当初的事情。"慧修这样想着，把书页翻过来，只见题目是《无端》，诗句道：

　　无端浮来几片黑云，

　　把晴朗的天空遮暗了。

　　无端涌来几叠波浪，

　　把平静的水面搅乱了。

　　黑云有消散的时候，

　　波浪也会归于平静。

　　但是，心头的黑云呢？

　　但是，心头的波浪呢？

慧修正想再翻过来看，忽见父亲走进室中来了，便爱娇地叫声"爸爸"。

父亲新修头发。留剩的头发只有一分光景，差不多像个和尚。他舒快地抚摩着自己的头顶，走近慧修身旁问道：

"你刚从学校里回来吗？在这里看什么东西？"

慧修从没有想起刚才锦华不可转移给旁的人看的约言，却下意识地把小册子阖了拢来，拿在手里，站起来回答道：

"是周锦华作的新体诗稿。"

周锦华常到慧修家里来，慧修的父亲认识她的，他便带笑说道：

"她也爱作新体诗吗？"

慧修的父亲对于一般学艺，见解都很通达，惟有新体诗，他总以为不成东西。他也并不特地去关心这一种新起的文艺，只在报纸杂志上随便看到一点罢了；看到时总是皱起了眉头，不等完篇，眼光就跳到别处去了。此刻提起新体诗，不由得记起了前几年在报纸上看见的讥讽新体诗的新体诗，他坐定下来说道：

"我曾经看见一首新体诗，那是讥讽新体诗的，倒说得很中肯。我来念给你听：

新诗破产了！

什么诗！简直是：

啰啰唆唆的讲学语录；

琐琐碎碎的日记簿；

零零落落的感慨词典！"

"我们国文课也教新体诗呢。"慧修坐在父亲旁边，当窗的帘影印在她的衣衫上。她从口气中间辨出了父亲菲薄新体诗的意思，故意这么说。

"这东西也要拿来教学生吗？真想不到。"

"教是教得并不多，两年中间也不过十来首。"

"这东西怎么好算诗，长长短短的句子，有的连韵都不押；只是随便说几句罢了。倘若这样也算得诗，我们每时每刻都在作诗了！"

慧修平时和父亲什么都谈，可是不曾谈到过新体诗，此刻听父亲这样说，心里不免想道：料不到父亲反对新体诗的论据，竟和一般人差不了多少。她自己是承认新体诗的，有时并且要试作几首，便用宣传家一般的热心告诉父亲道：

"我们的国文教师王先生是这样说的：诗这个名称包括的东西很多，凡是含有'诗的意境'的都可以称为诗。所以从前的古风、乐府、律句、绝句固然是诗，而稍后的词和曲也是诗，现在的新体诗也是诗，只要中间确实含有'诗的意境'。他又反过来说：如果并不含有'诗的意境'，随便的几句话当然不是新体诗，就是五言、七言地把句子弄齐了，一东、二冬地把韵脚押上了，又何尝是诗呢？爸爸，你看他这个意思怎样？"

"他按'诗的意境'来说，我也可以相当承认。但是既不讲音韵，又不限字数，即使含有'诗的意境'，和普通的散文又有什么分别？为什么一定要叫它作诗呢？"

慧修的父亲说到这里，抬眼望着墙上挂的对联，声调摇曳地吟哦道：

"'不—好—诣—人 ~~ 贪—客—过—，惯—迟 ~~ 作—答—爱—书 ~~ 来 ~~。'你看，这才是诗呀！"

慧修不假思索，把纹扇支着下巴，回答道：

"关于新体诗和散文的分别，王先生也曾说过，他说诗是最精粹的语言，最生动的印象，普通散文没有那么精粹，所以篇幅大概比诗篇来得多；又并不纯取印象，所以'诗的意境'比较差一点。这就是诗和散文最粗略的分别。"

她停顿了一歇，更靠近父亲一点，下垂的头发拂着他的臂膊，晶莹的眼睛看着他的永远含着笑意的眉目，爱娇地说道：

"新体诗里有一派叫作'方块诗'，不但每行的字数整齐，便是每节的行数也是整齐的，写在纸上，只见方方的一块方方的一块；而且押着韵。"

"那我也看见过。一行的末了不一定是话语的收梢，凑满了一行便转行了，勉强押韵的痕迹非常明显。这样的东西我实在看不下去，看了几行便放开了。"

"这是受西洋诗的影响。"

"西洋的诗式便算是新的吗？"

"我们王先生也这么说呢。他说新体诗既不依傍我国从前的诗和词、曲，又何必去依傍外国的诗。新体诗应该全是新的，形式和意境都是新的。"

慧修的父亲点着一支纸烟，吸了一口，玩弄似的徐徐从齿缝间吐出白烟，带笑说道：

"你们的王先生倒是新体诗的一位辩护士。那么，我要问你了，你们曾经读过比较好一点的新体诗吗？"

慧修坐正了，缓缓地摇动着纨扇，一只手把锦华的小册子在膝上拍着，斜睨着眼睛想念头；一会儿想起来了。

"我把想得起来的背两首给爸爸听吧。一首是俞平伯作的，题目是《到家了》：

　　　　卖硬面饽饽的，

　　　　在深夜尖风底下，

　　　　这样慢慢地吆唤着。

　　　　我一听到，知道到家了！"

"北平地方我没有到过，但是读了这一首诗，仿佛看见了寒风凛冽、叫卖凄厉的北平的夜景。爸爸，你是住过北平的，觉得这一首诗怎样？"

慧修的父亲点点头，纸烟粘住在唇间，带点儿鼻音说道：

"还有点意思。"

"爸爸，你也赞赏新体诗了！"慧修推动父亲的手臂，满脸的劝诱成功的喜悦。"再有一首题目叫作《水手》，刘延陵作的，那是押韵的了：

月在天上，

船在海上，

他两只手捧住面孔，

躲在摆舵的黑暗地方。

他怕见月儿眨眼，

海儿掀浪，

引他看水天接处的故乡。

但他却想到了，

石榴花开得鲜明的井旁，

那人儿正架竹子，"

晒她的青布衣裳。"

"这一首诗印象极鲜明生动，我非常欢喜它。"

"石榴花开得鲜明的井旁，那人儿正架竹子，晒她的青布衣裳。"慧修的父亲低回地念着，神情悠然，说道：

"这倒是很有神韵的句子，念起来也顺口。像那一首《到家了》，意境虽还不错，只因没有音韵的帮助，我总觉得只是两句话语罢了。"

"我听王先生说，作新体诗的人虽不主张一定要押韵，但自然音节还是要讲究的。那些上不上口的拗强的话语固然不行，便是日常挂在嘴边的普通话语也不配入诗，必须洗练得十分精粹了的，音节又和谐，又自然，才配收容到新体诗里去。"

"只怕能够这样精心编撰的新诗人不多吧，只怕比得上刚才这两首诗的新体诗也不多吧。"慧修的父亲还是表示着怀疑。

"我们学校的图书室里，新体诗集也有好几十本呢。我是批评不来，不能说有几本好几本不好。不过既然出了诗集，里头总该有几首可以看看的。"

慧修说到这里，忽然想起了编辑《抗日周刊》的时候，每次开投稿箱看，投稿的十分之六七总是新体诗。

"爸爸，你还不知道，我们学校里有很多的新诗人呢，有的写新体诗充作文课，有的投寄到报馆和杂志社去。"

"作得像样的不多吧？"

"不多。听王先生批评，加以赞美的很少。"

"投寄出去，不见得被录取的？"

"也有被录取的，不过数目很少。大多数大概到字纸篓里去了。"

"你也去投稿了吧？"父亲用善意的探测的眼光望着慧修。

慧修只怕自己试作的新体诗给父亲看见了被说得一文不值，便连试作新体诗的事也否认了。她用上排的牙齿嗑着下唇，摇一摇头，笑颜回答道：

"我是连作都不作的，哪里会去投稿呢？"

"你们中学生无非是小孩子罢了，却大多要作诗，新体诗实在太容易了！"父亲忽然转为感叹的调子。

"关于新体诗容易不容易的话，王先生是常常说起的。他说你们不要把新体诗看得太容易了。他说随便把几句话分行写在纸上，如果没有'诗的意境'，那是算不得诗的。他说'诗的意境'的得到并不在提起笔来就写，而在乎多体验，多思想。这些话我们差不多听熟了。"

"这些话确是不错，从前作诗的人也是这么主张的。"父亲说着，捻弄着上唇的髭须。

"但是王先生并不反对我们作新体诗。他说你们的生活经验有限，好比小小的溪流兴不起壮大的波涛，作不出怎样好的新体诗来是不足为奇的。他说从前许多的诗人，他们起初执笔的时候，难道就首首是名作吗？他说你们只要不去依傍人家，单写自己的意境，就走上正路了。"

"他倒是很圆通的。"

"我们的王先生真是圆通不过的，他从不肯坚执一种意见，对于什么事情都说平心的话。同学个个和他很好呢。"

"在他的意思，你们将来也许会成为新体诗的杜工部、李太白。"

慧修抿着唇点点头，然后柔声说：

"不错，他说过这样的话。"

"在目前，新体诗的杜工部、李太白是谁呢？"

"王先生说目前还没有。不过他说，新体诗从提倡到现在，才只有十几年的历史，便要求有大诗人出现，未免太奢望了。他说旧体诗的历史多么长久，然而大诗人也只有数得清的几个呀。"

"哈哈，他对于新体诗的前途完全是抱着乐观的。"

慧修说得太起劲了，更矜夸地说下去：

"对于一般新体诗作得不见怎么好，他也有解释的。他说好诗本来像珍珠一样，并不是每采取一回总可以到手的。他说从前的诗人像杜工部、白香山、陆放翁，作的诗都非常之多，然而真是好的也只有少数的一部分，又何怪现在的新体诗不见首首出色呢？"

父亲沉吟了，他想到杜工部一些拙劣的诗篇，又想王先生这个话也是平心之论。一时室中显得很寂静，只听窗外树上噪着热烈的蝉声。

忽然父亲的眼光射到慧修手里，他说道：

"周锦华的新体诗作得怎样？拿来给我看看。"

"爸爸，请你原谅，她和我约定，叫我不要给别人看的。"慧修脸红红地说，执着小册子的一只手便缩到了背后去。

戏 剧*

"啊，你这里有这许多的戏剧书！"胡复初两手支在桌沿，额上渗出汗滴，他刚从八十多度①的阳光中跑来。

"是哥哥理出来给我的，"周锦华说，一壁掠着鬓发，使顺向耳壳后面去，"哥哥听见我们要编戏剧，就说各种戏剧的体裁应该知道一点，古时的，现代的，外国的，都约略地看一下吧。其实我们编抗日的戏剧，哪里会像这几部书一样填起曲子来，即使我们能够填，也决不干的。"

先到的朱志青和周乐华各拿着一部线装书站在那里看，锦华说时，指着他们俩手里的书。

"是什么书？"复初用手巾拭着额上的汗，走近志青身旁。

志青不回答说什么书，却抑扬顿挫地吟唱道：

"你记得跨青溪半里桥？旧红板没一条。秋水长天人过少。冷清清的落照，剩一树柳弯腰。"

"这是王先生前个星期讲过的《桃花扇·余韵》一出里的曲子呀。"

"这就是整部的《桃花扇》，"志青把手里的书扬一扬说，"我要向锦华借回去看呢。"

"你这一部又是什么？"复初转过身来问乐华。

"叫作《长生殿》。我翻了一下，约略知道是讲唐明皇和杨贵妃的事情的。"

坐在窗前的张大文将眼光从手里的书面离开，说道：

"我从那一大部的《元曲选》里抽了一本，可巧这一本戏也是唐明皇的

---

* 本文收录于《文心》（开明书店 1934 年）。

① 这里指华氏温度。

故事，叫作《唐明皇秋夜梧桐雨》。"

锦华顾盼着志青和乐华说：

"这两本戏曲虽然同样是唐明皇的故事，可是出世的年代迟早不同。《唐明皇秋夜梧桐雨》是元朝人的作品，《长生殿》是清朝一个姓洪的作的。"

"哥哥还告诉我说，"锦华有这样的脾气，把同学看得同姊妹兄弟一样，知道了一点什么总要让他们都知道，"元朝人的戏曲同《桃花扇》一类的'传奇'，体式上是有点儿不同的。一本传奇演一个故事，不限定多少出数，故事繁复的长到四五十出。元朝人的戏曲称为'杂剧'，却大抵是四出。"

志青和乐华在一张双人藤椅上坐下，各把手里的书放在膝上预备细听锦华讲。复初虽已休息了一会，还是觉得热，就拿自己的草帽当作扇子，不停地扇着。

锦华也取一柄葵扇在手，不经意地摇着，说道：

"这几天晚上，我把《元曲选》和几部传奇大略翻看，又翻看了那部专门收集京戏脚本的《戏考》。"

她说着，用葵扇指那书桌上一叠小开本的书册。

"专门收集京戏脚本的？"志青家里有着一具留声机，所有的唱片大半是京戏，现在听锦华这么说，"我本是，卧龙冈，散淡的人"，"小东人，闯下了，滔天大祸"，这一类的腔调便在他的心头摇曳起来。

"不错，《戏考》那部书是专门收集京戏脚本的，《斩黄袍》《空城计》《钓金龟》那些戏都收在里头，很丰富的。我翻看了那些杂剧、传奇和京戏，发现它们有共同的两点，是和我们在学校里表演的戏剧不相同的。我们在学校里表演的戏剧，总是几个人在那里对话，在他们的对话里，把故事的前因烘托出来，让看戏的人明白。一个人独白的时候是很少的，即使有，也大都是简短的惊叹语之类。至于一个人来到戏台上，告诉看戏的人他是戏中的某某人，他的境况怎样，他的品性怎样，眼前他遇到了一件什么事情，那是绝对没有的。"

"是的，"志青接着说，"在京戏里，这却是必不可少的节目。一出戏开场，每一个角色走上戏台，第一件事情就是向看戏的人报告他姓甚名谁，何方人氏，这么一套。"

"杂剧和传奇也都是这个样子，"锦华望着志青说，"并且，岂止在一出戏开场的时候？剧中人在那里想心思了，就把所想的一切唱出来或者说出来；在那里做一种动作了，又把所做的动作唱出来或者说出来；至于回叙故事的前因，更照例是一段独唱或者独白。所以我说，那些戏剧差不多是记叙文。记叙文把人的思想、行动和话语叙在一篇里，那些戏剧呢，把剧中人的思想、行动和话语统教演员唱出来、说出来，不是差不多吗？"

乐华听了，颇有会心，带笑说：

"这等办法，在情理上原是讲不通的。一个人想去访问张三，旁边并没有别个人，他自言自语道'我要去访问张三，就此拔脚前往'，这不是痴汉吗？然而戏剧里不这么办，难以使看戏的人明白剧中人在那里做什么，就只好这么办了。"

锦华接上说：

"但是，编剧的时候避去这等情节是可以的。把要使看戏的人知道的情节编排在对话里，像我们所表演的戏剧一样，也未尝不可。原来旧时的戏剧和现在的戏剧，在体裁上自有不同。从杂剧到京戏，那是一贯地使用着记叙文似的体裁的。这是我所发现的一点。还有一点呢？"

锦华坐到大文左旁的一只藤椅上。大文颇感兴味地看着她的娇红的脸，仿效她的声调说道：

"还有一点呢？"

"从杂剧到京戏，一出戏里往往不止一个场面。开头是一个人在路上，继而是几个人在屋子里，一会儿又是几个人在湖上的船中了；而且三个场面的时间不一定连续，也许一场是上午，一场是下午，也许一场是昨天，一场是今天。这样的例子很多；只需演员下一回场又上场，或者就在台上绕一个圈子，场面便变换了，路上变为屋子里，屋子里又变为湖上的船中了。这种体裁是和我们所表演的戏剧不同的。我们所表演的戏剧，一幕只有一个场面，路上就始终是路上，屋子里就始终屋子里；而且从开幕到闭幕，时间是一直延续下去，决不切去一段的。"

志青翻弄着书页在那里作遐想，至此，他点头说：

"你说的不错，我们所表演的戏剧和我国旧时的戏剧，体裁上是绝不相同的。"

"我们所用的体裁是从西洋的戏剧来的。"锦华指着书桌说，"那一叠是西洋戏剧的译本，我曾经看了一本《易卜生集》，一本《华伦夫人之职业》，体裁都是这样的。"

复初的额上不再出汗了，他坐在大文的右旁，用提示的声调说：

"我们要编戏剧，当然用我们用惯的体裁。锦华，你少讲点你的发现吧，今天我们商量编戏要紧。再过两星期就要表演了，剧本还没有，怎么行？"

志青接着说：

"题材是选定的了，'一·二八'战役。我们现在先要考虑一下，有几个场面是必需的。然后可以确定编多少幕，然后可以确定每一幕的内容。"

"我曾经想过了，"乐华举一举手说，"'一·二八'战役经历几十天的时间，事情是千头万绪，要全部搬上戏台去表演是万万不可能的。我们只能从这几十天中截取几小段的时间，在这几小段的时间里发生的事情，足以表示各方面的紧张空气的，拿来编成几幕戏剧。"

复初蓦地站起来，激昂地说：

"我想'一·二八'那夜的事情总得编成一幕。兵士的愤激的心情，各色居民的不同的心理，日本军队的骄横而不中用的情形，都可以在这一幕里表现出来。场面是闸北的宝山路。你们说好不好？"

"好，这一幕非有不可。"乐华击掌说。

"让我记下来。"锦华坐到书桌前，从抽屉里取出铅笔和白纸，一壁写着，一壁说："时间：'一·二八'夜。地点：闸北宝山路。内容：士兵的愤激的心情，各色居民的不同的心理，日本军队的骄横而不中用的情形。这该是第一幕。第二幕呢？"

"我想江湾、吴淞一带的战争也得表演一下。"大文走到锦华的背后，看着她的记录说。

志青点头说：

"好的。我们就规定第二幕的地点是江湾的战场。士兵都伏在战壕里。他们怎样勇敢地作战，农民怎样和他们联成一气，各界怎样送食品、运东西接济他们，以及日本的飞机、大炮怎样酷毒地压迫他们的阵地，都可以在这一幕里表现出来。"

锦华记录完毕，回转身来说：

"我想第三幕应该是'一·二八'战役的收场——我国的军队撤退到第二道防线了。"

"这样丧气的事情，还是不要编进去的好。"复初的眉头皱了起来。

"为什么不要编进去呢？"锦华立刻说，"这是事实呀。况且，我们这方面的阵地虽然毁坏到差不多不可收拾，士兵的心理却并不愿意撤退，这在报纸上有记载的。这一点应该把它表现出来。还有，什么人要他们撤退，什么人希望战事早一点收场，也该是这一幕的内容。"

"我赞成锦华的意见。"志青举起手臂，仿佛一个乐于回答教师的问题的小学生。

复初向锦华挥手示意道：

"经你这样说明，我当然也赞成有这一幕了。你记录下来吧。"

锦华便又在纸上写她的细小的字，说道：

"那么，这一幕的地点仍旧是战场了。"

"仍旧是战场，"志青接应说，"有三幕也就够了。乐华所说各方面的紧张空气，差不多已经表现出来了。"

"的确够了。"乐华沉思了一会，又说：

"我们这戏剧和别的戏剧不同，不需要一两个主人翁作为活动的中心。我们这戏剧里，每一个登场人物都是重要的。我正在这里想，第一幕开幕的时候，有三四个兵守在铁丝网和沙袋旁边，他们的对话要极有力量，足以吸住观众的注意。"

"我们一同想吧。"

室内顿时沉寂起来。急迫的蝉声在窗外噪着。

流　弹*

兰芳姑娘跟了我弟妇四太太到上海来，正是我长女吉子将迁柩归葬的前一个月。她是四太太亲戚家的女儿，四太太有时回故乡小住，常来走动，四太太自己没有儿女，也欢迎她作伴，因此和我家吉子满子成了很熟的朋友。尤其是吉子，和她年龄相仿，彼此更莫逆。吉子到上海以后，常常和她通信。她是早没有父亲的，家里有老祖父、老祖母、母亲，还有一个弟弟，一家所靠的就是老祖父。今年她老祖父病故的时候，吉子自己还没有生病，接到她的报丧信，曾为她叹息：

"兰芳的祖父死了，兰芳将怎么好啊！一家有四五个人吃饭，叫她怎么负担得起！"

这次四太太到故乡去，回来的时候兰芳就同来了。我在四弟家里看见她。据她告诉我，打算在上海小住几日，于冬至前后吉子迁柩的时候跟我们家里的人回去，顺便送吉子的葬。从四太太的谈话里知道她家的窘况，求职业的迫切，看情形，似乎她的母亲还托四太太代觅配偶的。"三伯伯，可有法子替兰芳荐个事情？兰芳写写据说还不差，吉子平日常称赞她。在你书局里做校对是很相宜的。"四太太当了兰芳的面对我说。

"女子在上海做事情是很不上算的。我们公司里即使荐得进去，也只是起码小职员，二十块大洋一月，要自己吃饭，自己住房子，还要每天来去的电车钱，结果是赔本。对于兰芳有什么益处呢？"我设身处地地说。

"那么，依你说怎样？"四太太皱起眉头来了。"兰芳已二十岁了吧，请你替她找个对手啊！做了太太，什么都解决了。哈哈！"我对了兰芳半打趣

---

* 本文收录于《十年续集》(开明书店 1936 年)。

地说。"三伯伯还要拿我寻开心。"兰芳平常也叫我三伯伯。"我的志愿，吉子姐最明白，可惜她现在死去了。我情愿辛苦些，自己独立，只要有饭吃，什么工作都愿干，到工场去当女工也不怕。"

"她的亲事，我也在替她留意，但这不是一时可以成功的，还是请你替她荐个事情吧。她如果做事情了，食住由我担任，赔本不赔本，不要你替她担心。"四太太说。"事情并不这样简单。从这里到老三的店里，电车钱要二十一个铜板，每日来回两趟，一个月就可观了；还有一顿中饭要另想法子。——况且商店都在裁员减薪，荐得进荐不进，也还没有把握。"这次是老四开口了。四太太和兰芳面面相觑，空气忽然严重起来。"且再想法吧，天无绝人之路。"我临走时虽然这样说，却感到沉重的负担。近年来早不关心了的妇女问题，家庭问题，女子职业问题等等，一齐在我胸中浮上。坐在电车里，分外留意去看女人，把车中每个女人的生活来源来试加打量，在心里瞎猜度。

吉子迁葬的前一日，家里的人正要到会馆去作祭，兰芳跑来说，四太太想过一个热闹的年，留她在上海过了年再回去。她明天不预备跟我们家里的人同回去送葬了，特来通知，顺便同到会馆里去祭奠吉子一次，见一见吉子的棺材。

从会馆回来，时候已不早，妻留她宿在这里，第二天，家里的人要回乡去料理葬事，只我和满子留在上海，满子怕寂寞，邀她再作伴几天。她勉强多留了一夜。第三天早晨我起来的时候，已不见她，原来她已冒雨雇车回四太太那里去了。吃饭桌上摆着一封贴好了邮票的信，据说是因为天雨，又不知道这一带附近的邮筒在哪里，所以留着叫满子代为投入邮筒的。

"在这里作了一天半的客，也要破工夫来写信？"我望着信封上娟秀的字迹，不禁这样想。信是寄到杭州去的，受信人姓张，照名字的字面看去，似乎是一个男子。隔了一二天，我有事去找老四，一进门，就听见老四和四太太在谈着什么"电报"的话。桌子上还摆着电报局的发报收条。

"打电报给谁？为了什么事？"我问。

"我们自己不打电报，是兰芳的。"四太太说。

"兰芳家里出了什么事？"我不安地向兰芳看。老四和四太太却都带着笑容。

"三伯伯，你看，昨天有人来了这样一个电报，不知是谁开的玩笑？"兰芳从衣袋里摸出一张电报来，电文是"上海×××路××号刘兰芳，母病，速转杭州回家"，不具发电人的名字。

"母亲没有生病吗？"我问兰芳。

"前天她母亲刚有信来，说家里都好，并且还说如果喜欢在上海过年，新年回来也可以，昨天忽然接到了这样的电报。问她，她说不知道是什么人打的。叫她从杭州转，不是绕远路吗？我不让她去，不好，让她去，也不放心。后来老四主张打一个电报到她家里去问个明白。回电来了，说家里并没有人生病。你道蹊跷不蹊跷？"素来急性的四太太滔滔地把经过说明。

"一个电报变成三个电报了，电报局真是好生意。"老四笑着说。

"那么打电报来的究竟是谁呢？"我问兰芳。

"不知道。"兰芳说时头向着地。

"电报上的地址门牌一些不错，如果你不告诉人家，人家会知道吗？你到此地以后天天要写信，现在写信写出花样来了。幸而那个人在杭州，只打电报来，如果在上海的话，还要盯梢上门呢。我劝你以后少写信了。"四太太几乎把兰芳认作自己的亲生女，忘记了她是寄住着的客人了。

兰芳赧然不作声。

"兰芳做了被人追逐的目标了。这打电报的人，前几天一定还在杭州车站等着呢。等一班车，不来，等一班车，不来，不知道怎样失望啊。这样冷的天气，空跑车站，也够受用了。"我故意把话头岔开，同时记起前几天看见的信封上的名字来。"杭州，姓张，一定是他了。"这样想时，暗暗感到读侦探小说的兴味。

第二天吃饭的时候，和满子谈起电报的故事。从满子的口头知道兰芳和那姓张的过去几年来的关系，知道姓张的已经是有妻有女儿的人了。

"这电报一定是他打来的。兰芳前回住在这里，曾和我谈到夜深，什么要和妻离婚咧，和她结婚咧，都是关于他的话。"满子说。

我从事件的大略轮廓上，预想这一对青年男女将有严重的纠纷，无心再去追求细节，作侦探的游戏了，深悔前几次说话态度的轻浮。

星期日上午，满子和邻居的女朋友同到街上去了，家里除娘姨以外只我一个人。九时以后，陆续来了好几个客，闲谈，小酌，到饭后还未散尽。忽然又听见门铃急响，似乎那来客是一个有着非常要紧的事务。

"今天的门铃为什么这样忙。"娘姨急忙出去开门。我和几位朋友在窗内张望，见来的是一个二十多岁的青年，光滑的头发，苍白的脸孔，围了围巾，携着一个手提皮箱。看样子，似乎是才从火车上下来的。

"说是来看二小姐的。"娘姨把来客引进门来。

"你是夏先生吗？我姓张，今天从杭州来，来找满子的。"

"满子出去了，可有什么要事？"我一壁请他就坐，一壁说，其实心里已猜到一半。

"真不凑巧！"他搔着头皮，似乎很局促不安。"夏先生的令弟家里不是有个姓刘的客人住着吗？我这次特地从杭州来，就是为了想找她。"

"哦，就是兰芳吗？在那里。尊姓是张，哦……那么找满子有什么事？"

"我想到令弟家里去找兰芳。听说令弟的太太很古板，直接去有些不便，所以想托满子叫出兰芳来会面。我们的关系，满子是很明白的。今天她不在家，真不凑巧。"

"那么请等一等，满子说不定就可回来的。"我假作什么都不知道。

别的客人都走了，客堂间里只我和新来的客人相对坐着。据他自说，曾在白马湖念过书，和吉子是同学，也曾到过我白马湖的家里几次，现在杭州某机关里当书记。"据说吉子的灵柩已运回去了，她真死得可惜！"他望着壁间吉子的照相说。

我苦于无话可对付，只是默然地向着客人看。小钟的短针已快将走到二点的地方，满子还不回来。"满子不知什么时候才回来，——我只好直接去了。"客人立起身来去提那放在坐椅旁的皮箱。

"戏剧快要开幕了，不知怎样开场，怎样收场！"我送客到门口。望着他的后影这样私忖。

为了有事要和别人接洽，我不久也就出去了，黄昏回来接了好几次门铃，才见满子来开门。

"爸爸，张××来找你好几次了。他到了四妈那里，要叫兰芳一淘出去，被四妈大骂，不准他进去。他在门外立了三个钟头，四妈在里面骂了三个钟头。他来找你好几次了，现在住在隔壁弄堂的小旅馆里，脸孔青青地，似乎要发狂。我和娘姨都怕起来，所以把门关得牢牢地。——今天我幸而出去了，不然他要我去叫兰芳，去叫呢还是不去叫？"

"他来找我做什么？"

"他说要托你帮忙。他说要自杀，兰芳也要自杀，真怕煞人！"

才捧起夜饭碗，门铃又狂鸣了。娘姨跑出来露着惊惶的神气。

"一定又是他。让他进来吗？"

"让他进来。"我拂着筷子叫娘姨去开门。来的果然就是张××，那神情和方才大两样了，本来苍白的脸色，加添了灰色的成分，从金丝边的眼镜里，闪出可怕的光。我请他一淘吃夜饭，他说已在外面吃过，就坐下来气喘喘地向我诉说今天下午的经过。

"我出世以来，不曾受到这样的侮辱过。恋爱是神圣的，为什么可以妨害我们？我总算读过几年书，是知识阶级，受到这样的侮辱，只好自杀了。我预先声明，我要为恋爱奋斗到底，自杀以前，必定要用手枪把骂我的人先打杀！还有兰芳，看那情形也要自杀的，说不定就在今天晚上。……"他越说越兴奋，仿佛手枪就在怀中，又仿佛自杀的惨变即在目前的样子。我默然地听他说，看他装手势，一壁赶快吃完了饭。

"请问，你现在到我这里来为了什么？"我坐在他旁边，重新改变了态度从头问。

他似乎有些清醒了。

"一来是想报告今天的经过；二来是想请先生帮忙。"

说时气焰已减退了许多。

"这经过于我无关，用不着向我报告。至于帮忙，更无从谈起。我不知道你和兰芳的情谊，兰芳又不是我的亲戚。我连做媒人的资格都没有，何况你们是恋爱！"我冷淡地说。

"先生是我们的老前辈，关于恋爱，曾翻译过好几种书，又曾发表过许多篇文章。我们对于这些著作，平日是常作经典读的。在先生看来，我们青年应该恋爱吗？""我决不反对恋爱。可是惭愧得很，自己却未曾有过恋爱的经验。关于这点，我倒应该向你受教的。听说你已结过婚，而且有了儿女了。你恋爱兰芳，本身当然有许多荆棘。你居然不怕，我真佩服你有勇气。"

他默然了一会，似乎在沉思。

"我已决定回家去离婚了。"

"那么，兰芳和你的情谊到了如何程度了呢？今天你到我弟弟家里去的时候，曾见到她吗？她曾出来招呼，向女主人介绍吗？"

"没有。我去敲门，把名片从门孔里递给女佣人，立了一刻多钟不见来开门，那位太太的骂声就起来了。兰芳不出来，也许是怕羞，说不定从中有人在阻挠，破坏我们的恋爱。我和兰芳相识已四年了，我为了她，曾奋斗到现在。"说到这里，他郑重地从衣袋里摸出一个纸包来。"唔，这里面有她和我合拍的照相，许多封给我的信。爱情这东西培养很难，破坏是很容易的。如果有人来破坏我们的爱情，我一定要和他拼命。"他又兴奋起来了。纸包摊开在桌子上，露出粉红色和淡蓝色的许多信封。我叫满子替他包好，不去看它。"据你说来，今天的事情，关系还在兰芳身上。她如果肯直直爽爽地把你当作未婚夫来介绍，就什么问题都没有了。我们的那位弟太太待兰芳并不坏，至于你们的关系如何，当然未曾明了。你知道上海的情形吗？在上海，陌生的男人上门去追逐女人叫'盯梢'，是要被打——'吃生活'的，你只受骂，还算便宜呢。哈哈！"

我不想再说什么了。拿起吃饭前已看过的晚报，无聊地来再看，把眼光放在"学生占住北站车辆，沪宁沪杭夜车停开"的标题上。客人仍是"指导"咧"帮忙"咧，说了一大套。

"你要我帮忙些什么呢？"我打着呵欠问他。"你的目的是要兰芳爱你吧？她究竟爱你不爱你，权在她自己，我有什么方法可想？至于说有人妨害你们的结合，更没有这回事。兰芳是在亲戚家里作客的，那里并没有你的情敌。你尽可放心。"

客人还没有就去的意思，低了头悄然地坐着。

"怎样？我不是已对你说得很明白了吗？你还有什么事？"

"我想叫兰芳不住在上海。兰芳这次出来原和我有约，冬至节边就回家去的。忽然说要在上海过年了，我曾打过一个电报，还是不回去。所以特地跑到上海来找她。她如果一天不回去，我也一天不回杭州，情愿死在这里。"他说到"死"字，又兴奋起来。我对于这狂热而粘韧的青年，想不出适当对付的方法来了。

"兰芳的回去不回去，照理有她的自由。你既这样说，我明天就去关照舍弟家里，叫他们不要留她，送她回去吧。好了，话说到这里为止，你可放心回旅馆去睡觉，明天也不必再来了。"

我立起身来替客人开门，他这才出门去。第二天早晨，我还睡着，又听得门铃响。那姓张的客人又来了。据娘姨说，她起来扫地的时候就见他在我家前后荡来荡去好几次了。

我披了衣服下楼去，见他已坐在客堂里，眼睛红红地，似乎昨晚不曾睡着过的样子。

"不是昨天已答应过你了吗，由我去劝四太太，叫她不再留兰芳在上海。我打算今天吃了夜饭就去说，日里是没有功夫的。——此外还有什么事？"我问他的来意。

"我怕兰芳要自杀，也许昨晚已经……"

"决不会吧。你似乎有些神经异常了。据我的意见，你在上海已没有事，可以就回杭州去了。兰芳不日也就可回到自己家里去。此后的事情，完全看你们的情形怎样。"我抑住了厌憎的情绪，这样劝说。

"我有一封信在这里，想托满子替我代为送去给兰芳，安慰安慰她。"他说着从衣袋里摸出一封厚厚的信来。"又是信！"我在心里说。我对于这种粘缠扭捏的青年男女间的文字游戏，是向所不快的，为了逃避当面的包围起见，就答应照办。笑着说：

"阿满，就替他做一回秘密邮差吧。——去去就回来，不要多讲话。"

打发满子去后，我就去穿大衣，戴帽子。客人见这样子，也就告辞而去。

正午回来吃中饭，满子尚未回转，从娘姨口里，知道那姓张的又来捺过好几次门铃；有一次从后门闯进来，独身在厨房里站了一回，拿起娘姨所用的镜子来照了又照，自叹面容的憔悴。

"这位客人样子有些痴。"娘姨毫不客气地下起诊断来。

黄昏回到家里，满子早已转来了，据说兰芳也有回信给姓张的。他下午又来守候过几次，最后一回拿了信去。兰芳在那里仍是有说有笑的，并不怪四太太。看样子似乎他们之间问题还很多，或者竟是张××的单相思。晚饭后我冒了雪到老四那里，正在和老四、四太太、兰芳围了炉谈说日来的经过，忽听见有人敲门。"一定又是那个痴子，别去理他！"四太太说。"还是让他进来吧，好当面讲个明白。"我主张说。老四和我去开门，来的果然就是他。老四和他是初见，"尊姓台甫"，一番寒暄之后，就表示日来怠慢的抱歉，且声明即日送兰芳回去，劝他放心。"兰芳，这是你的客人，你也出来当面谈谈，免得我们做旁人的为难。"老四笑着叫兰芳。

兰芳经了好几次催迫才出来，彼此相对，也不说什么。四太太在后房和娘姨在谈话，"痴子""痴子"的声音时时传到耳里来。

"现在好了。他们已声明就送兰芳回去，我答应你的事情，总算办到。今晚我还要到别的朋友那里去，你也可以放心回去了。"我这样三面交代，结束了这会见的场面。接连下了好几天的雨夹雪，姓张的到第二天还没有回去，几次来捺门铃，我却都没有见到他。

过了三天，我又到老四那里。老四一个人在灯下打五关。据说四太太昨天下午亲自送兰芳回去了，预备在兰芳家里留一夜，明天可以回到上海。本来打算等天晴了才走的，因为那姓张的只管上门来嘈杂，所以就冒着雨雪动身了。

"这样冷的天气！太太真心坚，……都是那个痴子不好。"娘姨送出茶来，这样说。

国家，家事，杂谈已到了十点多钟，雪依然在落着。正想从炉旁立起身来回家，忽听得四太太叫娘姨开后门的声音。

"回来了，好像充了一次军！"四太太扑着大衣上的雪花进来。

"为什么这样快？不是预备在兰芳家里宿一夜的吗？"老四问。

据四太太说，她和兰芳才从轿子下来，就看见那姓张的，原来他已比她们早到了那里了。四太太匆匆地把经过告诉了兰芳的母亲，看时间尚早，来得及赶乘火车，就原轿动身，在兰芳家里不过留了半个钟头。

"我们都是瞎着急，睡在鼓里。兰芳的母亲既知道女儿已有情人，为什么还要托我管这样管那样。幸而我还没有替兰芳做媒人。兰芳也不好，为什么不明明白白告诉我们。那个痴子，在她们家里似乎已是熟客，俨然是个姑爷了，还要我们来瞎淘气。"四太太很有些愤愤。因为四太太在车子里未曾吃过晚饭，娘姨赶忙烧起点心来。我也不管夜深，留在那里吃点心，大家又谈到姓张的和兰芳。

"照情理想来，这对男女的结合并不容易。男的家里已有妻和小孩，女的家境又不好，暂时要靠人帮助。为兰芳计，最好能嫁个有钱的丈夫。唉，天下真多不凑巧的事。"老四感慨地说。

"男女间的事情，不能用情理来判断，恋爱本是盲目的东西。在西洋的神话里，管恋爱的神道，眼睛永不张开，只是把箭向青年男女的心胸乱放。据说这箭是用药煮过的，中在心上又舒服又苦痛，说不出的难熬，要经爱人的手才拔得出呢。"我的话引得老四和四太太都笑了。"依你说来兰芳和那痴子都中了那位神道的箭了。那么，我们的为她们淘气，算是什么呢?"四太太笑说。"只可说是流弹了。哈哈。"我觉得"流弹"二字用得恰好。

"真是流弹。哦，电报费，来回的船钱，火车钱，轿钱，汽车钱，计算起来，很不少呢。这颗流弹也不算小了。"老四说。

"还要外加烦恼哩。前几天多少嘈杂淘气! 这样大雪天，要我去充军!"四太太又愤愤了。

"总之是流弹，如数上在流弹的账上就是了。"老四笑着说。

命相家 *

我因事至南京，住在××饭店。二楼楼梯旁某号房间里，寓着一位命相家，房门是照例关着的。这位命相家叫什么名字，房门上挂着的那块玻璃框子的招牌上写着什么，我虽在出去回来的时候必须经过那门前，却未曾加以注意。

有一天傍晚，我从外边回来，刚走完楼梯，见有一个着洋服的青年方从命相家房中走出，房门半开，命相家立在门内点头相送，叫"再会！"

那声音很耳熟，急把脚立住了看那命相家，不料就是十年前的同事刘子岐。

"呀！子岐！"我不禁叫了出来。

"呀！久违了。你也住在这里吗？"他吃了一惊，把门开大了让我进去。我重新去看门口的招牌，见上面写着"青出刘知机星命谈相"等等的文字。

"哦！刘子岐一变而为刘知机。十年不见，不料得了道了，究竟是怎么一回事？"我急忙问。

"说来话长，要吃饭，没有法子。你仍在写东西吗？教师也好久不做了吧。真难得，会在这里碰到。不瞒你说，我吃这碗饭已有七八年了。自从那年和你一同离开××中学以后，飘泊了好几处地方，这里一学期，那里一学期，不得安定，也曾挂了斜皮带革过命，可是终于生活不过去。你知道，我原是一只三脚猫，以后就以卖卜混饭了。最初在上海挂牌，住了四五年，前年才到南京来。"

"在上海住过四五年，为什么我一向不曾碰到你？上海的朋友之中也没

---

* 本文原刊于《文学》第一卷第一号（1933 年 7 月）。

有人谈及呢？"我问。

"我改了名字，大家当然无从知道了。朋友们又是一向都不信命相的，我吃了这口江湖饭，也无颜去找他们。如果今天你不碰巧看到我，你会知道刘知机就是我吗？"

我有许多事情想问，不知从何说起。忽然门开了，进来的是两位顾客：一个是戴呢帽穿长袍的，一个是着中山装的，年纪都未满三十岁。刘子岐——刘知机丢开了我，满面春风地立起身来迎上前去，俨然是十足的江湖派。我不便再坐，就把房间号数告诉了他，约他畅谈，回到了自己的房间里。

十年前的中学教师，居然会卖卜？顾客居然不少，而且大都是青年知识阶级中人。感慨与疑问乱云似地在我胸中纷纷垒起。等了许久，刘知机老是不来，叫茶房去问，回说房中尚有好几个顾客，空了就来。

"对不起，一直到此刻才空。"刘知机来已是黄昏时候了。"难得碰面，大家出去叙叙。"

在秦淮河畔某酒家中觅了一个僻静的座位，大家把酒畅谈。

"生意似很不错呢。"我打动他说。

"呃，这几天是特别的。第一种原因，听说有几个部长要更动了，部长一更动，人员也当然有变动。你看，××饭店不是客人很挤吗？第二种原因，暑假快到了，各大学的毕业生都要谋出路，所以我们的生意特别好。"

"命相学当真可凭吗？"

"当然不能说一定可凭。不过在现今这样的社会上，命相之说，尚不能说全不足信。你想，一个机关中，当科长的，能力是否一定胜过科员？当次长的，能力是否一定不如部长？举个例说，我们从前的朋友之中，李××已成了主席了。王××学力人品，平心而论远过于他，革命的功绩也不比他差，可是至今还不过一个××部的秘书。还有，一班毕业生数十人之中，有的成绩并不出色，倒有出路，有的成绩很好，却无人过问。这种情形除了命相以外，该用什么方法去说明呢？有人说，现今吃饭全靠八行书。这在我们命相学上就叫'遇贵人'。又有人挖苦现在贵人们的亲亲相阿，说是生殖器的联系。这简直是穷通由于先天，证明'命'的的确确是有的了。"刘知机玩世不恭地说。

"这样说来，你们的职业实实在在有着社会的基础的，哈哈。"

"到了总理的考试制度真正实行了以后，命相也许不能再成为职业。至于现在，有需要，有供给，乃是堂堂皇皇的吃饭职业。命相家的身份决不比教师低下，我预备把这碗江湖饭吃下去哩。"

"你的营业项目有几种？"

"命，相，风水，合婚择日，什么都干。风水与合婚择日近来已不行了。风水的目的是想使福泽及于子孙，现今一般人的心理，顾自身顾目前都来不及，哪有余闲顾到几十年几百年后的事呢？至于合婚择日，生意也清，摩登青年男女间盛行恋爱同居，婚也不必'合'，日也无须'择'了。只有命相两项，现在仍有生意。因为大家都在急迫地要求出路，等机会，出路与机会的条件不一定是资格与能力，实际全靠碰运气。任凭大家口口声声喊'打破迷信'，到了无聊之极的时候，也会瞒了人花几块钱来请教我们。在上海，顾客大半是商人，他们所问的是财气。在南京，顾客大半是'同志'与学校毕业生，他们所问的是官运。老实说，都无非为了要吃饭。唯其大家要想吃饭，我们也就有饭可吃了。哈哈……"刘知机滔滔地说，酒已半酲了，自负之外又带感慨。

"你对于这些可怜的顾客，怎样对付他们？有什么有益的指导呢？"

"还不是靠些江湖上的老调来敷衍！我只是依照古书，书上怎么说就怎么说。准不准连我自己也不知道。好在顾客也并不打紧，他们的到我这里来，等于出钱去买香槟票，着了原高兴，不着也不至于跳河上吊的。我对他说'就快交运','向西北方走','将来官至部长',是给他一种希望。人没有希望,活着很是苦痛。现社会到处使人绝望,要找希望,恐怕只有到我们这里来。花一两块钱来买一个希望,虽然不一定准确可靠,究竟比没有希望好。在这一点上,我们命相家敢自任为救苦救难的希望之神。至少在像现在的中国社会可以这样说。"话愈说愈痛切,神情也愈激昂了。

他的话既诙谐又刺激,我听了只是和他相对苦笑,对了这别有怀抱的伤心人,不知再提出什么话题好。彼此都已有八九分醉意了。

整理好了的箱子 *

他傍晚从办事的地方回家，见马路上逃难的情形较前几日更厉害了。满载着铺盖箱子的黄包车、汽车、搬场车，衔头接尾地齐向租界方面跑。人行道上一群一群地立着看的人，有的在交头接耳谈着什么，神情慌张得很。

他自己的里门口，也有许多人在忙乱地进出，里里面还停放着好几辆搬场车子。

她已在房内整理好了箱子。

"看来非搬不可了，里里的人家差不多快要搬空。本来留剩的已没几家，今天上午搬的有十三号、十六号，下午搬的有三号、十九号，方才又有两部车子开进里面来，不知道又是哪几家要搬。你看我们怎样？"

"搬到哪里去呢？听说黄包车要一块钱一部，汽车要隔夜预定，旅馆又家家客满。倒不如依我的话，听其自然吧。我不相信真个会打仗。"

"半点钟前王先生特来关照，说他本来也和你一样，不预备搬的，昨天已搬到法租界去了。他有一个亲戚在南京做官，据说这次真要打仗了。他又说，闸北一带今天晚上十二点钟就要开火，叫我们把箱子先搬出几只，人等炮声响了再说。"

"所以你在整理箱子？我和你没有什么好衣服，这几只箱子值得多少钱呢？"

"你又来了，'一·二八'那回也是你不肯先搬，后来光身逃出，弄得替换衫裤都没有，件件要重做，到现在还没添配舒齐。难道又要……"

---

* 本文原刊于《中学生》第六十号（1935 年 12 月）。

"如果中国政府真个会和人家打仗，我们什么都该牺牲，区区不值钱的几只箱子算什么？恐怕都是些谣言吧。"

"……"

几只整理好了的箱子胡乱地叠在屋角。她悄然对了这几只箱子看。

搬场汽车啵啵地接连开出以后，弄里面赖以打破黄昏的寂寞的只是晚报的叫卖声。晚报用了枣子样的大字列着"×××不日飞京，共赴国难，精诚团结有望""五全大会开会"等等的标题。

他傍晚从办事的地方回家，带来了几种报纸，里面有许多平安的消息，什么"军政部长何应钦声明对日亲善外交决不变更"，什么"窦乐安路日兵撤退"，什么"日本总领事声明决无战事"，什么"市政府禁止搬场"。她见了这些大字标题，一星期来的愁眉为之一松。

"我的话不错吧，终究是谣言。哪里会打什么仗！"

"我们幸而不搬。隔壁张家这次搬场，听说花了两三百块钱呢。还有宝山路李家，听说一家在旅馆里睏地板，连吃连住要十多块钱一天的开销，家里昨天晚上还着了贼偷。李太太今天到这里，说起来要下泪。都是造谣言的害人。"

"总之，中国人难做是真的。——这几只箱子不知道要到什么时候才有牺牲的机会呢？"

几只整理好了的箱子胡乱地叠在屋角。他悄然地对了这几只箱子看。

打破里内黄昏的寂寞的仍旧还只有晚报的叫卖声。晚报上用枣子样的大字列着的标题是："日兵云集榆关"。

黄包车礼赞 *

自从到上海作教书匠以来，日常生活中与我最有密切关系的要算黄包车了。我所跑的学校，一在江湾，一在真如，原都有火车可通的。可是，到江湾的火车往往时刻不准，到真如的火车班次既少，车辆又缺，十次有九次觅不到坐位，开车又不准时，有时竟要挤在人群中直立到半小时以上才开车。在北站买车票又不容易，要会拼命地去挤才可买得到手。种种情形，使我对于火车断了念，专去交易黄包车。

每日清晨在洗马子声里掩了鼻子走出宝山里，就上黄包车到真如。去的日子，先坐到北站，再由铁栅旁换雇车子到真如。因为只有北站铁栅外的黄包车夫知道真如的地名的。江湾的地名很普通，凡是车夫都知道，所以到江湾去较方便，只要在里门口跳上车子，就一直会被送到，不必再换车了。

从宝山里的寓所到真如须一小时以上，到江湾须一小时光景，有时遇着已在别个乘客上出尽了力的车夫，跑不快速，时间还要多化些。总计，我每日在黄包车上的时间，至少要二小时光景，车费至少要小洋七八角。时间与经济，都占着我全生活上的不小部分。

听说吴稚晖先生是不坐黄包车的。我虽非吴稚晖先生，也向不喜欢坐黄包车，当专门坐黄包车的开始几天，颇感困难，每次要论价，遇天气不好，还要被敲竹杠，特别是闸北华界，路既不平，车子竟无一辆完整的，车夫也不及租界的壮健能跑，往往有老叟及孩子充当车夫的。无论在将坐时，正坐时，下车时，都觉得心情不好。不是因为他走得慢而动气，就是

---

* 本文原刊于《秋野》创刊号（1927 年 11 月）。

因为他走得吃力而悯怜，有时还因为他敲竹杠而不平。至于因此而引起的对于社会制度的愤闷，又是次之。

可是过了一二个月以后，我对于一向所不喜欢的黄包车，已坐惯了，不但坐惯，还觉到有时特别的亲切之味了。横竖理想世界不知何日实现，汽车又是不梦想坐的，火车虽时开时不开，于我也好像无关，我只能坐黄包车。现世要没有黄包车，是不可能的梦谈。没有黄包车，我就不能妓女出局似地去上课，就不能养家小，我的生活，完全要依赖黄包车，黄包车才是我的恩人。

因为所跑的地方有一定，日日反复来回，坐车的地点也有一定，好许多车夫都认识了我，虽然我不认识他们。每日清晨一到所定的地点，就有许多老交易的车夫来"先生先生"地欢迎，用不着讲价，也用不着告诉目的地，只要随便跳上车子，就会把我送到我所要到的地方，或是真如，或是江湾。到了"照老规矩"给钱，毫无论价的麻烦，多加几个铜子，还得到"谢谢"的快活回答。

上海的行业都有帮的，如银钱业多宁绍帮，浴堂的当差的，理发匠，多镇江帮，黄包车夫却是江北帮，他们都打江北话，有许多还留着辫子。为什么江北产生黄包车夫？不待说这是个很有深远背景的问题，可惜我从他们口头得来的材料还不多，不能为正确的研究。

近来我又发现了在车上时间的利用法，不像最初未惯时的只盼快到江湾，把长长的一小时在焦切中无谓耗去了。到江湾，到真如所经过的都是旷野，只要车子一出市梢，就可纵览风景，特别是课毕回来，一天的劳作已完，悠然地把身体交付了黄包车，在红也似的夕阳里看那沿途的风物，好比玩赏走卷，真是一种享乐，有时还嫌车子走得太快。

在黄包车上阅书也好，我有好几本书都是在黄包车上看完的。一本四五百页的书，不到一星期，就可翻毕了。大家都知道，上海的学校，是只许教员跑，不许教员住的。不但住室没有，连休息室也或许没有，偶有空暇的一二小时，也只好糊涂地闲谈空过，不能看书。在自己的寓所里呢，又是客人来哪，邻居的小孩哭哪，大人又麻雀哪，非到深夜实在不便于看书。这缺陷现在竟在黄包车上寻到了弥补的方法。我相信，我以后如还想用功的话，只有在黄包车上了。

我近来又在黄包车上构文章的腹案，古人关于作文有"三上"的话，所谓三上者，记得是枕上，马上，厕上。在现在，我以为应该增加一"黄包车上"，凑成"四上"的名词。在黄包车上瞑了目就一项问题，或一种题材加以思索，因了车夫有韵律的步骤，身体受着韵律地颤动，心情觉得特别宁静，注意也很能集中于一处，很适宜作文。有一个作家，因为他的作品都是在亭子楼中伏居了做的，自怜其作品为"亭子间文学"，我此后如果不懒惰，写得出文章出来，我将自夸为"黄包车文学"了。

这样在黄包车上观风景，看书，作文，也许含有享乐的意味，在态度上对于苦力的黄包车夫，是不人道的。我常有此感觉。但一想到他们也常飞奔似地拉了人家去嫖赌，也就自安了。并且，我坐在车上观风景与否，看书与否，作文与否，于他们的劳苦，毫无关系。这种情形正如邮差一样，邮差不知递送了多少的情书，做过多少痴男怨女的实际的媒介，而他们对于自己的功绩，却毫没主张矜夸，也毫不吐说不平的。

说虽如此，但我总觉得黄包车是于我有恩的，我要有出息，才不负他们日日地拉我，虽然他们很大度，一视同仁地拉好人也拉坏蛋。

日日做我的伴侣，供给我观风景读书作文的机会的黄包车啊！我礼赞你！我感谢你！我愿努力自己，把我自己弄成一个除了给钱以外，还有别的资格值得你拉我的。

灶君与财神 *

"呀！你不是灶君吗？"

"对了。好面善！你是哪一位尊神？"

"我是财神哪！你怎么不认识我了？"

"呀！难得在半天云里相会。你一向是手执元宝的，现在怎么背起枪来了？那手里拿着的一大卷又是什么？"

"因为武财神近日忙于军事，所以由我暂时兼代。你知道我们工作上虽分文武，职务都是掌司钱财，原是一而二,二而一的。于是我就成了'有枪阶级'了。手执元宝那是一直从前的事，近来我老是手执钞票和公债证券。你从下界来，难道还不知道废两改元实行已久，市上早无元宝，银行钞票的准备金大多数就是公债证券吗？"

"哦！原来如此。因为我终日终年在人家厨房里过活，不大明白财界的情形。如果你不说明，我几乎不认识你了。"

"你的样子也与前大不相同了哩！怎么这样瘦了？你日日在厨房里受人供养，难道还会营养不良吗？"

"我一向就不像你的大腹便便，近来真倒霉，自己也知道更瘦得可怜了。连年天灾人祸，农村破产已到极度。人民有了早饭没有夜饭，结果都向都市跑，去过那亭子间及阁楼的日子。这真叫'倒灶'！灶是简直没有了，眠床便桶旁摆一个洋油炉或者煤球炉，就算是烹调的场所。有的连洋油炉煤球炉都不备，日日咬大饼油条过活。你想，这情形多难堪！回想从前乡村隆盛时的景象，真令人不胜今昔之感。我的瘦是应该的。可是也幸而瘦，

---

* 本文原刊于《文学》第二卷第一号（1934年1月）。

如果胖得像你一样，怎么能局促地蹲在洋油炉煤球炉旁去行使职务啊！"

"你的境遇说来很足同情。也曾把下界的苦况向天堂去告诉过了吗？"

"怎么不告诉！每年的今日，我都有一次定期的总报告。你看，我现在正背着一大包册子，这里面全是下界的实况。可是，天堂的情形近来也似乎有些异样了，什么都作不来主。我虽然每年忠实地把民间疾苦人心善恶报告上去，天堂总是马马虎虎，推三阻四地打官话。有时说：'这是洋鬼子在作怪，须行文去和耶稣交涉。'有时说：'交财神核办。'耶稣那里的回音如何，不知道。交你核办的案子结果怎么样？今天恰好碰着你，就乘便请问。"

"也曾有案子移下来过。因为我实在无法办，至今还是搁着不动。记得有一次交下一个'善人是富'的指令，还附着一大批善人的名单，——据说是以你的报告为根据的，——要我负责使他们富起来。这实在令我束手，这种老口号和现在的实际情形根本已不相符合，天堂自身都穷，有什么钱可送给这许多善人？这许多善人们自己又不会谋官做，不会干公债投机买航空奖券，叫我有什么方法帮助他们呢？"

"去年今日，我还上过一个提高谷价的提案。天堂没有发给你吗？"

"记得似乎有过这么一回事，详细记不清楚了。这也不关我事。我从前管领的是元宝，现在管领的是钞票和公债证券。目前是金融资本跋扈的时代，田地不值钱，货物不值钱，下界最享福的就是那些金融资本家。金融资本是流动的，今天在甲的手里，明天就可流入乙的手里。这笔流水账已把我忙煞了，像谷物价目一类的事怎么还能兼顾呢？况且这事难得讨好，谷价贱了固然大家叫苦，从前米卖二十块钱一石的那几年，不是大家也曾叫过苦吗？"

"近来农村里差不多分分人家都快倒灶了。你没有救济的方法吗？提高谷价的路既然走不通，那么借外债来恢复农村，如何？"

"我何尝不这么想！也曾和地狱里商量过，可是不行。"

"为什么要和地狱商量呢？地狱里拿得出钱吗？"

"耶稣曾说过，'富人入天国，比骆驼穿针孔还难。'富人照例是不能进天堂的，都住在地狱里，所以地狱成了天下最富的地方。我曾和地狱当局者作过好几次谈判，终于因为他们的条件太苛刻了，事情没有成功。当此盛唱'打倒不平等条约'的当儿，谁愿接受那种屈辱的条件啊！"

"复兴农村的口号近来不是唱得很响吗？你有机会也得常到农村里去看看实际的状况，看有什么具体的救济策没有？"

"近来，我在都市里执行职务的时候多，不大到农村里去。农村衰疲的消息虽曾听到，终于没有工夫去考察。其实，倒灶的何尝只是农村，都市里也大大不景气哩！你知道，我是管领钱财的，农村愈破坏，钱财愈集中到都市来，我在都市的事也就更多。公债涨停板或跌停板了，我要到。航空奖券开奖了，我要到。哪里还顾得到农村里去？你是每年板定今天上来的，我下去的日子，每年向来是正月初五，可是近来时常要作不定期的奔波。这次的下去，就因为有许多临时的事务的缘故。"

"正月初五仍须再下去吧？"

"也许事务多，一直要在下界住到那时候。如果事务完毕了就上来，初五下去不下去，只好再看。现在什么都是双包案似地弄不清楚，连正月初五也有两个了，多麻烦。下界人们真该死，他们还在一厢情愿，把肉咧，鱼咧，蚶子咧，橄榄咧，唤作元宝，要想用了这些假元宝来骗我手里的真元宝呢。——其实我的手里早已没有元宝了，哈哈。"

"他们的待你，比待我不知要好几倍。我愈弄愈倒灶，你是现代的红角儿。这世界是你的。多威风啊！"

"哪里的话，我目前已苦于无法应付，并且前途大可悲观哩。下界嫌我处置得不均，正盛唱着什么'社会主义'。听说这种主义，世间已有一处地方在实行了。如果这种主义一旦在我们的下界实现起来，我的地位就将根本摇动，你是管领民食的，前途倒比我安全得多。无论在什么世界，饭总是非吃不可的罗！"

"未来的事，何必过虑！咿哟！我到天堂还有一半路程，误了不好。再会吧。"

"我也有事呢！今日下午公债跌得停板了，明日又是航空奖券开奖之期啊。再会。"

钢铁假山 *

案头有一座钢铁的假山，得之不费一钱，可是在我室内的器物里面，要算是最有重要意味的东西。

它的成为假山，原由于我的利用，本身只是一块粗糙的钢铁片，非但不是什么"吉金乐石"，说出来一定会叫人发指，是"一·二八"之役日人所掷的炸弹的裂块。

这已是三年前的事了。日军才退出，我到江湾立达学园去视察被害的实况，在满目凄怆的环境中徘徊了几小时，归途拾得这片钢铁回来。这种钢铁片，据说就是炸弹的裂块，有大有小，那时在立达学园附近触目皆是。我所拾的只是小小的一块，阔约六寸，高约三寸，厚约二寸，重约一斤。一面还大体保存着圆筒式的弧形，从弧线的圆度推测，原来的直径应有一尺光景，不知是多少磅重的炸弹了。另一面是破裂面，巉削凹凸，有些部分像峭壁，有些部分像危岩，锋棱锐利得同刀口一样。

江湾一带曾因战事炸毁过许多房子，炸杀过许多人。仅就立达学园一处说，校舍被毁的过半数。那次我去时，瓦砾场上还见到未被收殓的死尸。这小小的一块炸弹裂片，当然参与过残暴的工作，和刽子手所用的刀一样，有着血腥气的。论到证据的性质，这确是"铁证"了。

我把这铁证放在案头上作种种的联想，因为锋棱又锐利摆不平稳，每一转动，桌上就起磨损的痕迹。最初就想配了架子当作假山来摆。继而觉得把惨痛的历史的证物变装为古董性的东西，是不应该的。古代传下来的古董品中，有许多原是历史的遗迹，可是一经穿上了古董的衣服就减少了

---

* 本文原刊于《中学生》第五十二号（1935年2月）。

历史的刺激性，只当作古董品被人玩耍了。

这块粗糙的钢铁不久就被我从案头收起，藏在别处，忆起时才取出来看。新近搬家整理物件时被家人弃置在杂屑篓里，找寻了许久才发现。为永久保藏起见，颇费过些思量。摆在案头吧，不平稳，而且要擦伤桌面。藏在衣箱里吧，防铁锈沾惹坏衣服，并且拿取也不便。想来想去，还是去配了架子当作假山来摆在案头好。于是就托人到城隍庙一带红木铺去配架子。

现在，这块钢铁片已安放在小小的红木架上，当作假山摆在我的案头了。时间经过三年之久，全体盖满了黄褐色的铁锈，凹入处锈得更浓。碎裂的整块的，像沈石田的峭壁，细杂的一部分像黄子久的皴法，峰冈起伏的轮廓有些像倪云林。客人初见到这座假山，都称赞它有画意，问我从什么地方获得。家里的人对它也重视起来，不会再投入杂屑篓里去了。

这块钢铁片现在总算已得到了一个处置和保存的方法了，可是同时却不幸地着上了一件古董的衣裳。为减少古董性显出历史性起见，我想写些文字上去，使它在人的眼中不仅是富有画意的假山。

写些什么文字呢？诗歌或铭吗？我不愿在这严重的史迹上弄轻薄的文字游戏，宁愿老老实实地写几句记实的话。用什么来写呢？墨色在铁上是显不出的，照理该用血来写，必不得已，就用血色的朱漆吧。今天已是二十四年的一月十日了，再过十八日，就是今年的"一·二八"。我打算在"一·二八"那天来写。

良乡栗子*

"请，趁热。"

"啊！日子过得真快！又到了吃良乡栗子的时候了。"

"像我们这种住弄堂房子的人，差不多是不觉得季候的。春、夏、秋、冬，都不知不觉地让它来，不知不觉地让它过去。前几天在街上买着苹果柿子、良乡栗子，才觉到已到深秋了。"

"向来有'良乡栗子，难过日子'的俗语，每年良乡栗子上市，寒风就跟着来了。良乡栗子对于穷人，着实是一个威胁哩。"

"今年是大荒年，更难过日子吧。咿哟，这几个年头儿，穷人老是难过日子，不管良乡栗子不良乡栗子。'半山梅子'的时候，何曾好过日子？'奉化桃子'的时候，也何曾好过日子？"

"对了，那原是几十年前的老话罢咧。世界变得真快，老是良乡栗子，也和从前不同了。"

"有什么不同？"

"从前的良乡栗子是草纸包的，现在改用这样牛皮纸做的袋子了，上面还印得有字。栗子摊招徕买主，向来是一块红纸上写金字的挂牌，后来加用留声机，新近留声机已不大看见，都改为无线电收音机了。几乎每个栗子摊都有一架收音机。"

"这不是进步吗？"

"进步呢原是进步，可惜总是替外国人销货色。从前的草纸红纸，不消说是中国货，现在的牛皮纸、收音机，是外国货。良乡栗子已着洋装了！

---

* 本文原刊于《中学生》第四十七号（1934 年 10 月）。

你想，我们今天吃两毛钱的良乡栗子，要给外国赚几个钱去？外国人对于良乡栗子一项，每年可销多少牛皮纸？多少收音机？还有印刷纸袋用的油墨和机器？……"

"这是一段很好的提倡国货演说啊！去年是国货年，今年是妇女国货年，明年大概是小孩国货年了吧。有机会时你去上台演说倒好！"

"可惜没人要我去演说。演说了其实也没有用。中国的军备、交通、卫生、文化、教育、工艺，哪一件不是直接间接替外国人推销货色的玩意儿？"

"唉！——还是吃良乡栗子吧。——这是'良乡栗子大王'，你看，纸袋上就印着这几个字。"

"这也是和从前不同的一点，从前是叫'良乡名栗''良乡奎栗'的，现改称'大王'了。外国有的是'钢铁大王''煤油大王''汽车大王'，我们中国有的是'瓜子大王''花生米大王''栗子大王'再过几天，'湖蟹大王'又要来了。什么都是'大王'，好多的'大王'呵！"

"还有哩！'鸦片大王''麻将大王''牛皮大王'……"

"现在不但大王多，皇后也多。什么'东宫皇后'咧，'西宫皇后'咧，名目很多；至于'电影皇后''跳舞皇后'，更不计其数。"

"这是很自然的，自古说'一阴一阳之为道'，有这许多'大王'，当然要有这许多'皇后'才相称。否则还成世界吗？"

"哈哈！"

幽默的叫卖声 *

住在都市里，从早到晚，从晚到早，不知要听到多少种类多少次数的叫卖声。深巷的卖花声是曾经入过诗的，当然富于诗趣，可惜我们现在实际上已不大听到。寒夜的"茶叶蛋""细沙粽子""莲心粥"等等，声音发沙，十之七八似乎是"老枪"的喉咙，困在床上听去颇有些凄清。每种叫卖声，差不多都有着特殊的情调。

我在这许多叫卖者中，发现了两种幽默家。

一种是卖臭豆腐干的。每日下午五六点钟，弄堂口常有臭豆腐干担歇着或是走着叫卖，担子的一头是油锅，油锅里现炸着臭豆腐干，气味臭得难闻。卖的人大叫"臭豆腐干！""臭豆腐干！"态度自若。

我以为这很有意思。"说真方，卖假药"，"挂羊头，卖狗肉"，是世间一般的毛病，以香相号召的东西，实际往往是臭的。卖臭豆腐干的居然不欺骗大众，自叫"臭豆腐干"，把"臭"作为口号标语，实际的货色真是臭的。言行一致，名副其实，如此不欺骗别人的事情，怕世间再也找不出来吧！我想。

"臭豆腐干！"这呼声在欺诈横行的现世，俨然是一种愤世嫉俗的激越的讽刺！

还有一种是五云日升楼卖报者的叫卖声。那里的卖报的和别处不同，没有十多岁的孩子，都是些三四十岁的老枪瘪三，身子瘦得像腊鸭，深深的乱头发，青屑屑的烟脸，看去活像个鬼。早晨是不看见他们的，他们卖的总是夜报。傍晚坐电车打那儿经过，就会听到一片发沙的卖报声。

---

* 本文原刊于《太白》第一卷第一期（1934 年 9 月）。

他们所卖的似乎都是两个铜板的东西，如《新夜报》《时报号外》之类。叫卖的方法很特别，他们不叫"刚刚出版××报"，却把价目和重要新闻标题联在一起，叫起来的时候，老是用"两个铜板"打头，下面接着"要看到"三个字，再下去是当日的重要的国家大事的题目，再下去是一个"哪"字。"两个铜板要看到十九路军反抗中央哪！"在福建事变起来的时候，他们就这样叫。"两个铜板要看到日本副领事在南京失踪哪！"藏本事件开始的时候，他们就这样叫。

在他们的叫声里任何国家大事都只要花两个铜板就可以看到，似乎任何国家大事都只值两个铜板的样子。我每次听到，总深深地感到冷酷的滑稽情味。

"臭豆腐干！""两个铜板要看到××××哪！"这两种叫卖者颇有幽默家的风格。前者似乎富于热情，像个矫世的君子，后者似乎鄙夷一切，像个玩世的隐士。

谈 吃*

说起新年的行事，第一件在我脑中浮起的是吃。回忆幼时一到冬季就日日盼望过年，等到过年将届就乐不可支，因为过年的时候，有种种乐趣，第一是吃的东西多。

中国人是全世界善吃的民族。普通人家，客人一到，男主人即上街办吃场，女主人即入厨罗酒浆，客人则坐在客堂里口嗑瓜子，耳听碗盏刀俎的声响，等候吃饭。吃完了饭，大事已毕，客人拔起步来说"叨扰"，主人说"没有什么好的待你"，有的还要苦留："吃了点心去"，"吃了夜饭去"。

遇到婚丧，庆吊只是虚文，果腹倒是实在。排场大的大吃七日五日，小的大吃三日一日。早饭，午饭，点心，夜饭，夜点心，吃了一顿又一顿，吃得来不亦乐乎，真是酒可为池，肉可成林。

过年了，轮流吃年饭，送食物。新年了，彼此拜来拜去，讲吃局。端午要吃，中秋要吃，生日要吃，朋友相会要吃，相别要吃。只要取得出名词，就非吃不可，而且一吃就了事，此外不必有别的什么。

小孩子于三顿饭以外，每日好几次地向母亲讨铜板，买食吃。普通学生最大的消费不是学费，不是书籍费，乃是吃的用途。成人对于父母的孝敬，重要的就是奉甘旨。中馈自古占着女子教育上的主要部分。"食不厌精，脍不厌细""沽酒，市脯""割不正"，圣人不吃。梨子蒸得味道不好，贤人就可以出妻。家里的老婆如果弄得出好菜，就可以骄人。古来许多名士至于费尽苦心，别出心裁，考案出好几部特别的食谱来。

不但活着要吃，死了仍要吃。他民族的鬼只要香花就满足了，而中国

---

* 本文原刊于《中学生》第一号（1930 年 1 月）。

的鬼仍依旧非吃不可。死后的饭碗，也和活时的同样重要，或者还更重要。普通人为了死后的所谓"血食"，不辞广蓄姬妾，预置良田。道学家为了死后的冷猪肉，不辞假仁假义，拘束一世。朱竹垞宁不吃冷猪肉，不肯从其诗集中删去《风怀二百韵》的艳诗，至今犹传为难得的美谈，足见冷猪肉牺牲不掉的人之多了。

不但人要吃，鬼要吃，神也要吃，甚至连没嘴巴的山川也要吃。有的但吃猪头，有的要吃全猪，有的是专吃羊的，有的是专吃牛的，各有各的胃口，各有各的嗜好，古典中大都详有规定，一查就可知道。较之于他民族的对神只作礼拜，似乎他民族的神极端唯心，中国的神倒是极端唯物的。

梅村的诗道"十家三酒店"，街市里最多的是食物铺。俗语说"开门七件事"，家庭中最麻烦的不是教育或是什么，乃是料理食物。学校里最难处置的不是程度如何提高，教授如何改进，乃是饭厅风潮。

俗语说得好，只有"两脚的爷娘不吃，四脚的眠床不吃"。中国人吃的范围之广，真可使他国人为之吃惊。中国人于世界普通的食物之外，还吃着他国人所不吃的珍馐：吃西瓜的实，吃鲨鱼的鳍，吃燕子的窠，吃狗，吃乌龟，吃狸猫，吃癞虾蟆，吃癞头鼋，吃小老鼠。有的或竟至吃到小孩的胞衣以及直接从人身上取得的东西。如果能够，怕连天上的月亮也要挖下来尝尝哩。

至于吃的方法，更是五花八门，有烤，有炖，有蒸，有卤，有炸，有烩，有醉，有炙，有熘，有炒，有拌，真正一言难尽。古来尽有许多做菜的名厨司，其名字都和名卿相一样煊赫地留在青史上。不，他们之中有的并升到高位，老老实实就是名卿相。如果中国有一件事可以向世界自豪的，那么这并不是历史之久，土地之大，人口之众，军队之多，战争之频繁，乃是善吃的一事。中国的肴菜已征服了全世界了。有人说中国人有三把刀为世界所不及，第一把就是厨刀。

不见到喜庆人家挂着的福禄寿三星图吗？福禄寿是中国民族生活上的理想。画上的排列是禄居中央，右是福，寿居左。禄也者，拆穿了说就是吃的东西。老子也曾说过："虚其心实其腹"，"圣人为腹不为目。"吃最要紧，其他可以不问。"嫖赌吃着"之中，普通人皆认吃最实惠。所谓"着威风，吃受用，赌对冲，嫖全空"，什么都假，只有吃在肚里是真的。

吃的重要更可于国人所用的言语上证之。在中国，吃字的意义特别复杂，什么都会带了"吃"字来说。被人欺负曰"吃亏"，打巴掌曰"吃耳光"，希求非分曰"想吃天鹅肉"，诉讼曰"吃官司"，中枪弹曰"吃卫生丸"，此外还有什么"吃生活""吃排头"等等。相见的寒暄，他民族说"早安""午安""晚安"，而中国人则说："吃了早饭没有？""吃了中饭没有？""吃了夜饭没有？"对于职业，普通也用吃字来表示，营什么职业就叫做吃什么饭。"吃赌饭""吃堂子饭""吃洋行饭""吃教书饭"，诸如此类，不必说了。甚至对于应以信仰为本的宗教者，应以保卫国家为职志的军士，也都加吃字于上。在中国，教徒不称信者，叫做"吃天主教的""吃耶稣教的"，从军的不称军人，叫做"吃粮的"，最近还增加了什么"吃党饭""吃三民主义"的许多新名词。

衣食住行为生活四要素，人类原不能不吃。但吃字的意义如此复杂，吃的要求如此露骨，吃的方法如此麻烦，吃的范围如此广泛，好像除了吃以外就无别事也者，求之于全世界，这怕只有中国民族如此的了。

在中国，衣不妨污浊，居室不妨简陋，道路不妨泥泞，而独在吃上分毫不能马虎。衣食住行的四事之中，食的程度远高于其余一切，很不调和。中国民族的文化，可以说是口的文化。

佛家说六道轮回，把众生分为天、人、修罗、畜生、地狱、饿鬼六道。如果我们相信这话，那么中国民族是否都从饿鬼道投胎而来，真是一个疑问。

| 第三编 |

读书与冥想

小说的开端 *

小说的开端，是作家所最苦心的处所，凡是名作家，无有不于开端的文字加以惨淡经营的。

在日本的作家中，我近来所耽读的是岛崎藤村氏的作品。岛崎氏在文章上的造诣，实堪惊叹，他的开端的文字，尤为我所佩服，随举数例如：

> 莲华寺是兼营着寄宿舍的。

《破戒》的开端

> 桥本的家的厨房里，正在忙着做午饭。

《家》的开端

> 拿到钟表店里去修的八角形的挂钟，又在室内柱间，依旧发出走声来了。

《出发》的开端

什么说明都不加，开端就把阅者引入事情的深处，较之于凡手的最先叙景，或介绍主人公的来历等的作法，实在高明得多。

藤村是个自然主义作家，这种笔法，原也就是一般自然主义文学的格调，并不足异。但在藤村却似别有所自。藤村在其感想集《待着春》中，有一节就是说着这小说开端的文字的。

> 片上伸君的近著里有一卷《托尔斯泰传》。其中有托尔斯泰家人共读普希金的小说的一节。
>
> "恰好托尔斯泰进来了，偶然拿起书来一看，翻开着的恰是普希金

---

* 本文原刊于《一般》第四卷第一期（1928年1月）。

的某散文的断片，开端写着：'客人群集到村庄来了。'托尔斯泰见了说：'开端要这样才好，普希金才是我们的教师，开始就把读者诱入事件的中心趣味。如果是别个作者，也许会先细写一个一个的客人，可是普希金却单刀直入地进入事件的中心了。'这时在旁有一个人说：'那么请你也像这样写了试试如何？'托尔斯泰立刻走进自己的书斋里，把《安娜·卡列尼那》的开端写好了。这书初稿的开端是：'阿勃隆斯希氏的家里，什么都骚乱了。'到了后来，才像现在的样子，上面又加了'凡幸福的家庭彼此相似，不幸的家庭，皆各别地不幸，'一行的前置。"

读了这，托尔斯泰所求的东西大概可窥见了吧。又可知道这并不是偶然的事了吧。爱托尔斯泰的不应只爱读他的著作，还应求他所求的东西。

"普希金才是我们的教师。"觉得这是托尔斯泰风的良言。

看了这段记载，可恍然于藤村文章上的见解。他的作风的所以如此，实非无故。对于托尔斯泰，虽如此共鸣，总不肯在文章上加主观的解释，这就是藤村的所以为 realist 的地方吧。

《鸟与文学》序 *

　　壁上挂一把拉皮黄调的胡琴与悬一张破旧的无弦古琴，主人的胸中的情调是大不相同的。一盆芬芳的蔷薇与一枝枯瘦的梅花，在普通文人的心目中，也会有雅俗之分。这事实可用民族对于事物的文学历史的多寡而说明。琴在中国已有很浓厚的文学背景，普通人见了琴就会引起种种联想，胡琴虽时下流行，但在近人的咏物诗以外却举不出文学上的故事或传说来，所以不能为联想的原素。蔷薇在西洋原是有长久的文学的背景的，在中国，究不能与梅花并列。如果把梅花放在西洋的文人面前，其感兴也当然不及蔷薇的吧。

　　文学不能无所缘，文学所缘的东西，在自然现象中要算草虫鸟为最普通。孔子举读诗的益处，其一种就是说"多识乎鸟兽草木之名"。试翻毛诗来看，第一首《关雎》，是以鸟为缘的，第二首《葛覃》，是以草木为缘的。民族各以其常见的事物为对象，发为歌咏或编成传说，经过多人的歌咏及普遍的传说以后，那事物就在民族的血脉中，遗下某种情调，呈出一种特有的观感。这些情调与观感，足以长久地作为酵素，来温暖润泽民族的心情。日本人对于樱的情调，中国人对于鹤的趣味，都是他民族所不能翻译共喻的。

　　事物的文学背景愈丰富，愈足以温暖润泽人的心情。反之，如果对于某事物毫不知道其往昔的文献或典故，就会兴味索然。故对于某事物关联地来灌输些文学上的文献或典故，使对于某事物得扩张其趣味，也是青年教育上一件要务。祖璋的《鸟与文学》，在这意义上，不失为有价值的书。

---

　　* 本文收录于贾祖璋著《鸟与文学》(开明书店 1931 年 4 月)。

小泉八云（Lafcadio Hearn）曾著了一部有名的《虫的文学》，把日本的虫的故事与诗歌和西洋的关于虫的文献比较研究过。我在往时读了很感兴趣。现在读祖璋此书，有许多地方，令我记起读《虫的文学》的印象来。

读诗偶感*

数年前，经朱佩弦君的介绍，求到了黄晦闻（节）氏的字幅。黄氏是当代的诗家，我求他写字的目的，在想请他写些旧作，不料他所写的却不是自己的诗，是黄山谷的《戏赠米元章》二首。那诗如下：

　　万里风帆水着天。麝煤鼠尾过年年。沧江静夜虹贯月。定是米家书画船。

　　我有元晖古印章。印刓不忍与诸郎。虎儿笔力能扛鼎。教字元晖继阿章。

字是写得很苍劲古朴的，把它装裱好了挂在客堂间里，无事的时候，一个人看着读着玩。字看看倒有味，诗句读读却感到无意味，不久就厌倦了，把它收藏起来，换上别的画幅。

近来，听说黄氏逝世了，偶然念及，再把那张字幅拿出来挂上，重新看着读着玩。黄氏的字仍是有味的，而山谷的诗句仍感到无意味。于是我就去追求这诗对我无意味的原因。第一步，把平日读过的诗来背诵，发现我所记得的诗里面，有许多也是对我意味很少或竟是无意味的；再去把唐宋人的集子来随便翻，觉得对我无意味的东西竟着实不少。

文艺作品的有意味与无意味，理由当然不很简单，说法也许可以各人不同吧。我现在所觉到的只是一点，就是对我的生活可以发生交涉的，有意味，否则就无意味。让我随便举出一首认为有意味的诗来，如李白的《静夜思》：

　　床前明月光，疑是地上霜。举头望明月，低头思故乡。

---

*　本文原刊于《中学生》第五十五号（1935 年 5 月）。

　　这首诗从小就记熟，觉得有意味，至今年纪大了，仍觉得有意味。第一，这里面没有用着一定的人名，任何人都可以做这首诗的主人公。"疑"，谁"疑"呢？你疑也好，我疑也好，他疑也好。"举头""望""低头""思"，这些动作，任凭张三李四来做都可以。诗句虽是千年以前的李白做的，至今任何人在类似的情景之下，都可以当作自己的创作来念。心中所感到的滋味，和作者李白当时所感到的可以差不多。第二，这里面用着不说煞的含蓄说法，只说"思故乡"，不加"恋念""悲哀"等等的限定语。为父母而思故乡也好，为恋人而思故乡也好，为战乱而思故乡也好，什么都可以。犹之数学公式中的 X，任凭你代入什么数字去都可适用。如果前人的文学作品可以当遗产的话，这类的作品的确可以叫做遗产的了。

　　再回头来读山谷的那两首诗：第一首是写米元章的船中书画生活的。米元章工书画，当时做着名叫"发运司"的官，长期在江淮间船上过活，船里带着许多书画，自称"米家书画船"。第二首是说要将自己所郑重珍藏的晋人谢元晖的印章赠与米元章的儿子虎儿（名友仁），说虎儿笔力好，可取字"元晖"，使用这印章，继承父业。这两首诗在山谷自己不消说是有意味的，因为发挥着对于友人的情感。在米元章父子也当然有意味，因为这诗为他们而作。但是对千年以后的我们发生什么交涉呢？我们不住在船中，又不会书画，也没有古印章，也没有"笔力能扛鼎"的儿子，所以读来读去，除了记得一件文人的故事和诗的平仄音节以外，毫不觉得有什么了。如果用遗产来作譬喻，李白的《静夜思》是一张不记名的支票，谁拿到了都可支取使用，籴米买菜；山谷的《戏赠米元章》二首是一张记名的划线支票，非凭记着的那人不能支取，而这记着的那人却早已死去了。于是这张支票捏在我们手里，只好眼睛对它看看而已。

　　山谷的集子里当然也有对我们有意味的诗，李白的集子里也有对我们无意味的诗，上面所说的，只是我个人现在的选择见解。依据这见解把从来汗牛充栋的诗集文集词集来检验估价，被淘汰的东西将不知有若干；以前各种各样的选本，也不知该怎样翻案才好。这对于古人也许是一种忤逆，但为大众计，是应该的。我们对于前人留下来的文艺作品，要主张有读的权利，同时要主张有不读的自由。

坪内逍遥 *

　　明治维新以后，日本的文化界现出长足的进步，这进步不能不归功于几个特志的先驱者。就文艺方面说，近代日本文艺史上，如果没有了高山樗牛、正冈子规、国木田独步、二叶亭四迷、坪内逍遥、夏目漱石、森鸥外等几个，日本的新文艺决没有今日的成果是可以断言的。这几个人在各方面给予青年以新刺激，树立了文艺上的各种新基础，可以说是日本文艺界的恩人。

　　在这几个人里面，坪内逍遥是死得最后的一个。他名雄藏，号逍遥，又号小羊；生于安政六年（1859），本年二月二十八日逝世，享年近八十岁。他原是一个政治科的大学生；因为平日多与小说接近，遂把趣味倾向到文学上去。日本当时离维新不久，各方面都有崇尚欧化的倾向，这时代的青年，尤其是大学生，皆以新文化的建设者自待，坪内氏是文艺革新的先驱者。

　　坪内氏的功绩，第一步是对于小说界的贡献。明治初期的日本小说有着两种倾向，一是封建时代残余下来的劝善惩恶的主旨，二是政治主张的宣传，即所谓政治小说。前者是他们模仿汉学的遗影，后者是当时维新的政治上变革的影响。坪内氏于学生时代耽读司各德、莎士比亚等的西洋作品，一壁试行写作，于明治十八年（1885）发表《当世书生气质》。这是模仿了西洋小说写成的东西，和从来的日本小说大异其趣。里面所写的是八个求学的青年在首都东京过着奔放生活的情形，以维新后的新空气做着背景。这小说现在早已没人读了，技巧上也未脱旧小说的窠臼，可是在那时

---

　　*　本文原刊于《中学生》五十六期（1935 年 6 月）。

是划时代的作品。日本的写实风的小说，第一部就是这《当世书生气质》。

《当世书生气质》一时颇引起文坛的议论，同年，坪内氏又发表了一本《小说神髓》，主张小说的主眼在人情的描写，排斥从来劝善惩恶政治宣传的主义，并论及小说的起源、变迁及批评等等。这部书一方面是《当世书生气质》的解释，一方面又是指导小说的原理的东西。给后来的日本文坛，开了一条先路，在文学史上很是有名的。

坪内氏在《当世书生气质》以后，也曾写过好几篇小说，可是都不曾出名。把他的《小说神髓》里的主张应用在小说上而成功的，是二叶亭四迷。二叶亭四迷的《浮云》，出世比《小说神髓》稍后，是至今还有人喜读的小说，全体用现代语写，技巧远在《当世书生气质》以上。坪内氏见了《浮云》，就断念于小说的创作。他说："有了二叶亭，我不必再从事于这方面了。"真可谓有自知之明的人。

他断念于小说以后，专心在戏剧上努力。他所作的剧本，第一部是明治二十九年出版的《桐一叶》，此外，如《孤城落日》《牧者》《义时的结局》《名残星月夜》《阿夏狂乱》《良宽与保姆》等，都很有名。他所作的戏剧，大部分是所谓"新歌舞伎剧"，立脚于史实，用日本传统的"歌舞伎剧"的方法表演。他在戏剧上的功绩在历史剧的确立和悲剧的开拓。他的埋头于莎士比亚的研究，目的就在这上面，因为莎士比亚的作品中有不少的史剧与悲剧。朗读法，言语术，是他最所关心的方面。据说，他在教室中对学生讲读莎士比亚剧本的时候，常用戏子在舞台上说白的口吻；与人杂谈，也往往会模仿某剧中某角色的调子。他对于新派剧演员的不讲究言语的工夫，很是不满，曾说："戏剧是言语的艺术，言语的质、种类、调子都得选择。"他对于言语的苦心可见一斑了。

他被认为日本戏剧界的恩人，可是他所作的剧本，并没有全体上演。那最使他出名的《桐一叶》，排演也在发表后的十几年。因为新歌舞伎剧不比新剧，是需要特种的演员的。他的最可惊异的成功的工作，倒是莎士比亚剧本的翻译。他的对于莎士比亚的造诣，不但在日本没有第二个，在全世界也是有数的人。因而他死去的时候，英国驻日本的公使曾亲往吊唁，在吊辞中盛称他对于英国文献的劳绩。他研究莎士比亚剧，差不多有五十年之久，翻译的剧本，几十年前早已陆续刊行了，只管订正，只管修改，到去年全部才有定本，由中央公论社出版。这与其说翻译，不如说是创作。原来，他是从事于新歌舞伎剧的，莎士比亚的剧本经他翻译，言语的调子已毫无英语色彩，全部成了日本新歌舞伎剧中的说白了。他所译的莎士比亚剧，可以由新歌舞伎的戏子演出，而于原文的意义却要力求不差，这是何等艰苦的事！

坪内氏不但是文学上有功的人，在教育上也值得记忆。他最初做过塾师，执过中学的教鞭，后来任早稻田大学教授数十年。他的塾徒，有丘浅次郎、长谷川如是闲等的名人。早稻田大学出身的学生里更有不少在各方面杰出的分子。

坪内氏在剧本以外还有几种著作，《小羊漫言》《文学这时那时》《英文学史》等较有名。最近出版的还有随笔集《柿的蒂》。他在热海有一个别庄，名叫双柿舍，《柿的蒂》盖由此命名的。

日本的障子 *

编者要我写些关于日本的东西，题材听我自找所喜欢的。我对于日本的东西，有不喜欢的，如"下驮"之类，也有喜欢的，如"障子"之类。既然说喜欢什么就写什么，那么让我来写"障子"吧。

所谓"障子"就是方格子的糊纸的窗户。纸窗是中国旧式家屋中常见到的，纸户纸门却不多见。中国家屋受了洋房的影响，即不是洋房，窗户也用玻璃了。日本则除真正的洋房以外，窗户还是用纸，不用玻璃。障子在日本建筑中是重要的特征之一。

据近来西洋学者的研究，太阳的紫外线通过纸较通过玻璃容易，纸窗在健康上比玻璃窗好得多。我的喜欢日本的障子，并非立脚于最近的科学上的研究，只是因为它富于情趣的缘故。

纸窗在我国向是诗的题材，东坡的"岁云尽矣，风雨凄然。纸窗竹屋，灯火荧荧。时于此中，得稍佳趣"，是能道出纸窗的情味的。姜白石的"等恁时重觅幽香，已入小窗横幅"，当然也是纸窗特有的情味。这种情味是在玻璃窗下的人所不能领略的，尤其是玻璃窗外附装着铁杆子的家屋的住民。

日本的障子比中国的纸窗范围用得更广，不但窗子用纸糊，门户也用纸糊。日本人是席地而坐的，室内并无桌椅床坑等类的家具，空空的房子，除了天花板、墙壁、席子以外，就是障子了。障子通常是开着的，住在室内，不像玻璃窗户的内外通见，比较安静得多。阳光射到室内，灯光映到室外，都柔和可爱。至于那剪影似的轮廓鲜明的人影，更饶情趣，除了日

＊　本文原刊于《宇宙风》第二十五期（1936 年 9 月 16 日）。

本，任何地方都难得看到。

日本障子的所以特别可爱，似乎有几个原因。第一是格孔大，木杆细，看去简单明了。中国现在的纸窗，格孔小，木杆又粗，有的还要拼出种种的花样图案，结果所显出的纸的部分太少了。第二是不施髹漆，日本家屋凡遇木材的部分，不论柱子，天花板，廊下地板，扶梯，都保存原来的自然颜色，不涂髹彩。障子也是原色的，木材过了若干时，呈楠木似的浅褐色，和糊上去的白纸，色很调和。第三是制作完密，拉移轻便。日本家屋的门户用不着铰链，通常都是左右拉移。制作障子有专门工匠，用的是轻木材，合笋斗缝，非常准确。不必多费气力，就能"嘶"地拉开，"嘶"地拉拢。第四是纸质良好。日本的皮纸洁白而薄，本是讨人欢喜的。中国从前所用的糊窗纸，俗名"东洋皮纸"，也是从日本输入的，可是质料很差，不及日本人自己所用的"障子纸"好。障子纸洁白匀净，他们糊上格子去又顶真，拼接的地方一定在窗棂上，看不出接合的痕迹。日常拂拭甚勤，纸上不留纤尘，每年改糊二三次，所以总是干净洁白的。

日本趣味的可爱的一端是淡雅。日本很有许多淡雅的东西，如盆栽，如花卉屏插，如茶具，如庭园布置，如风景点缀，都是大家所赞许的。我以为最足代表的是障子，如果没有障子，恐怕一切都会改换情调，不但庭园、风景要失去日本的固有的情味，屏插、茶具等等的原来的雅趣也将难以调和了吧。

日本的文化在未与西洋接触以前，十之八九是中国文化的摹仿。他们的雅趣，不消说是从中国学去的。即就盆栽一种而论，就很明白。现在各地花肆中所售的盆栽恶俗难耐，古代的盆栽一定不至恶俗如此。前人图画中所写的盆栽都是很有雅趣的，《浮生六记》里关于盆栽与屏插尚留有许多方法。因此我又想到障子，中国内地还有许多用纸窗的家屋，可是据我所见所闻，那构造与情味远不如日本的障子，也许东坡、白石所歌咏的纸窗，不像现在的样子吧。我们在前人绘画中，偶然也见到式样像日本障子的纸窗。

我喜欢日本的障子。

并存和折中 *

从小读过《中庸》的中国人，有一种传统的思想和习惯，凡遇正反对的东西，都把他并存起来，或折中起来，意味的有无是不管的。这种怪异的情形，无论何时何地，都可随在发现。

已经有警察了，敲更的更夫依旧在城市存在，地保也仍在各乡镇存在。已经装了电灯了，厅堂中同时还挂着锡制的"满堂红"。剧场已用布景，排着布景的桌椅了，演剧的还坐布景的椅子以外的椅子。已经用白话文了，有的学校同时还教着古文。已经改了阳历了，阴历还在那里被人沿用。已经国体共和了，皇帝还依然坐在北京……这就是所谓并存。

如果能"并行而不悖"原也不妨。但上面这样的并存，其实都是悖的。中国人在这里有一个很好的方法来掩饰其悖，使人看了好像是不悖的。这方法是什么？就是"巧立名目"。

有了警察以后，地保就改名"乡警"了；行了阳历以后，阴历就名叫"夏正"了；改编新军以后，旧式的防营叫做"警备队"了；明明是一妻一妾，也可以用什么叫做"两头大"的名目来并存；这种事例举不胜举，实在滑稽万分。现在的督军制度，不就是以前的驻防吗？总统不就是以前的皇帝吗？都不是在那里借了巧立的名目，来与"民国"并存的吗？以彼例此，我们实在不能不怀疑了！

至于折中的现象，也到处都是。医生用一味冷药，必须再用一味热药来防止太冷；发辫剪去了，有许多人还把辫子底根盘留着，以为全体剪去也不好；除少数的都会的妇女外，乡间做母亲的有许多还用"太小不好，

* 本文原刊于《东方杂志》第十九卷第十号（1922 年 5 月），原题为《误用的并存和折中》。

太大也不好”的态度，替女儿缠成不大不小的中脚。“某人的话是对的，不过太新了”，“不新不旧”也和“不丰不俭”“不亢不卑”……一样，是一般人们底理想！“于自由之中，仍寓限制之意”，“法无可恕，情有可原”……这是中国式的公文格调！“不可太信，不可太不信”，这是中国人底信仰态度！

这折中的办法是中国人的长技，凡是外来的东西，一到中国人底手里就都要受一番折中的处分。折中了外来的佛教思想和中国固有的思想，出了许多的“禅儒”；几次被他族征服了，却几次都能用折中的方法，把他族和自己的种族弄成一样。这都是历史上中国人的奇迹！

“中西”两个字触目皆是：有“中西药房”，有“中西旅馆”，有“中西大菜”，有“中西医士”，还有中西合璧的家屋，不中不西的曼陀派的仕女画！

讨价一千，还价五百，不成的时候，就再用七百五十的中数来折中。不但买卖上如此，到处都可用为公式。什么“妥协”，什么“调停”，都是这折中的别名。

变法几十年了，成效在哪里？革命以前与革命以后，除一部分的男子剪去发辫，把一面黄龙旗换了五色旗以外，有什么大分别？迁就复迁就，调停复调停，新的不成，旧的不成，即使再经过多少年月，恐怕也不能显著地改易这老大国家的面目吧！

我们不能不诅咒古来“不为已甚”的教训了！我们要劝国民吃一服“极端”的毒药，来振起这祖先传下来的宿疾！我们要拜托国内军阀：“你们如果是要作孽的，务须快作，务须作得再厉害一点！你们如果是卑怯的，务须再卑怯一点！”我们要恳求国内的政客：“你们底‘政治’应该极端才好！要制宪吗？索性制宪！要联省自治吗？索性联省自治！要复辟吗？复辟也可以！要卖国吗？爽爽快快地卖国就是了！”我们希望我国军阀中，有拿破仑那样的人；我们希望我国"政治家"中，有梅特涅那样的人。辛亥式的革命，袁世凯式的帝制，张勋式的复辟，南北式的战争，忽而国民大会，忽而人民制宪，忽而联省自治等类不死不活不痛不痒的方子，愈使中华民国的毛病陷入慢性。我们对于最近的奉直战争，原希望有一面倒灭的，不料结果仍是一个并存的局面，仍是一个折中的覆辙！

社会一般人的心里都认执拗不化的人为痴呆，以模棱两可，不为已甚的人为聪明。中国人实在比一切别国的人来得聪明！同是圣人，中国的孔子比印度弃国出家的释迦聪明得多，比犹太的为门徒所卖身受磔刑的耶稣也聪明得多哩！

我希望中国有痴呆的人出现！没有释迦、耶稣等类的大痴呆也可以，至少像托尔斯泰、易卜生等类的小痴呆是要几个的！现在把痴呆的易卜生底呆话，来介绍给聪明的同胞们吧：

"不完全，则宁无！"

读书与冥想[*]

如果说山是宗教的，那么湖可以说是艺术的、神秘的，海可以说是革命的了。

梅戴（特）林克的作品近于湖，易卜生的作品近于海。湖大概在山间，有一定数目的鳞介做它的住民，深度性状也不比海的容易不一定。幽邃寂寥，易使人起神秘的妖魔的联想。古来神妖的传说多与湖有关系：《楚辞》中洞庭的湘君，是比较古的神话材料。西湖的白蛇，是妇孺皆知的民众传说。此外如巢湖的神姥（刘后村《诗话》：姜白石有《平调满江红》词，自序云："《满江红》旧词用仄韵，多不协律……予欲以平韵为之，久不能成。因泛巢湖……祝曰：'得一夕风，当以《平韵满江红》为迎送神曲。'言讫，风与笔俱驶，顷刻而成"）、芙蓉湖的赤鲤（《南徐州记》："子英于芙蓉湖捕得一赤鲤，养之一年生两翅。鱼云：'我来迎汝。'子英骑之，即乘风雨腾而上天，每经数载，来归见妻子，鱼复来迎"）、小湖的鱼（《水经注》："谷水出吴小湖，径由卷县故城下。《神异传》曰：'由拳县，秦时长水县也。'始皇时县有童谣曰：'城门当有血，城陷没为湖。'有老妪闻之忧惧，旦往窥城门，门侍欲缚之，妪言其故。后，门侍杀犬以血涂门。妪又往，见血走去，不敢顾。忽又大水长欲没县，主簿令干入白令。令见干曰：'何忽作鱼？'干又曰：'明府亦作鱼'，遂乃沦为谷矣"）、白马湖的白马（《水经注》："白马潭深无底。传云：创湖之始，边塘屡崩，百姓以白马祭之，因以名水。"又，《上虞县志》：晋县令周鹏举治上虞有声，相传乘白马入湖仙去）等都是适当的例证。湖以外的地象，如山、江、海等，虽也各有关联的传

---

[*] 本文原刊于《春晖》第三期、第十二期（1922 年 12 月 1 日、1923 年 5 月 1 日）。

说，但恐没有像湖的传说的来得神秘的和妖魔的了，可以说湖是地象中有魔性的东西。

将自己的东西给予别人，还是容易的事，要将不是自己的东西当作自己的所有来享乐，却是一件大大的难事。"虽他乡之洵美兮，非吾土之可怀"，就是这心情的流露。每游公园名胜等公共地方的时候，每逢借用公共图书的时候，我就起同样的心情，觉得公物虽好，不及私有的能使我完全享乐，心地的窄隘，真真愧杀。这种窄隘的心情，完全是私有财产制度养成的。私有财产制度一面使人能占有所有，一面却使人把所有的范围减小，使拥有万象的人生变为可怜的穷措大了。

熟于办这事的曰老手，曰熟手，杀人犯曰凶手，运动员曰选手，精于棋或医的人曰国手，相助理事曰帮手，供差遣者曰人手，对于这事负责任的曰经手，处理船务的曰水手……手在人类社会的功用真不小啊。

人类的进化可以说全然是手的恩赐。一切机械就是手的延长。动物虽有四足，因为无手的缘故，进步遂不及人类。

近来时常作梦，有儿时的梦，有遇难的梦，有遇亡人的梦。

一般皆认梦为虚幻，其实由某种意义看，梦确是人生的一部分，并且有时比现实生活还要真实。白日的秘密，往往在梦呓中如实暴露。在悠然度日的人们，突然遇着死亡疾病灾祸等人世的实相的时候，也都惊异的说："这不是梦吗？""好比做了一场梦！"

梦是个人行为和社会状况的反光镜。正直者不会有窃物的梦，理想社会的人们不会有遇盗劫受兵灾的梦。

高山不如平地大。平的东西都有大的涵义。或者可以竟说平的就是大的。

人生不单因了少数的英雄圣贤而表现，实因了芸芸平凡的民众而表现的。啊，平凡的伟大啊。

沙翁戏曲中的男性几乎没有一个完全的人。《阿赛洛》中的阿赛洛，《叙利·西柴》中的西柴等，都是有缺点的英雄；《哈姆雷特》中的哈姆雷特，是空想的神经质的人物，《罗密欧与朱丽叶》中的罗密欧是性急的少年。

但是，他的作品中的女性几乎没有一个不是聪明贤淑，完全无疵的人。《利亚王》中的可莱利亚，《阿赛洛》中的代斯代马那，《威尼斯商人》中的朴尔谢等，都是女性的最高的典型（据拉斯京的《女王的花园》）。

沙翁将人世悲哀的原因归诸人性的缺陷，这性格的缺陷又偏单使男性负担。在沙翁剧中，悲剧是由男性发生，女性则常居于救济者或牺牲者的地位。

教师对于学生所应取的手段，只有教育与教训二种：教育是积极的辅助，教训是消极的防制。这两种作用，普通皆依了教师的口舌而行。要想用口舌去改造学生，感化学生，原是一件太不自量的事，特别地在教训一方面，效率尤小。可是教师除了这笨拙的口舌，已没有别的具体的工具了。不用说，理想的教师应当把真心装到口舌中去，但无论口舌中有否笼着真心，口舌总不过是口舌，这里面有着教师的悲哀。

能知道事物的真价的，是画家，文人，诗人。凡是艺术，不以表示了事物底形象就算满足，还要捕捉潜藏在事物背面或里面的生命。近代艺术的所以渐渐带着象征的倾向，就是为此。

生物学者虽知把物分为生物与无生物，其实世间的一切都是活着的。泥土也是活的，水也是活的，灯火也是活的，花瓶也是活的，都有着力，都有着生命。不过这力和生命，在昏于心眼的人却是无从看见，无从理会。

学画兰花只要像个兰花，学画山水只要像个山水，是容易的，可是要他再好，是不容易的了。写字但求写得方正像个字，是容易的，可是要他再好是不容易的了。

真要字画文章好，非读书及好好地做人不可，不是仅从字面文章上学得好的。那么，有好学问或好人格的人都可以成书画家文章家了吗？那却不然，因为书画文章在某种意义上是艺术的缘故。

学说思想与阶级 *

据说，衣服商作就一种新式花样的衣服的时候，常雇人穿了去在街上及热闹的游戏场行走，使所作出的花样成为流行，引人购买，而自己从中取利。帽子的忽平顶忽圆顶，眼镜的忽大忽小，妇女衣襟的忽直忽圆，以及衣料颜色花样的忽这么忽那么，在遵从者自以为流行时髦，其实这所谓流行时髦，是由制物商操纵而成的。一般趋向流行时髦的人只是上当罢了。

记得有一年，我在杭州，五月中的一天，天气很热，我穿了一件夏布长衫出去，一般讲究衣服的朋友们及街路上的人见了都大以为怪。特别是走过绸庄门口的时候，店员都用手指我，好像在那里批评嘲笑我什么。其实，那时街上已很多赤膊的人了，绸庄店员自己也有许多赤膊的。夏天早到，穿夏布原是合理的事，有什么可嗤笑的呢？可以赤膊而不可以穿夏布长衫，这是何等的矛盾？但在那讲究衣服的及绸庄店员看来，的确是一件不大佳妙的事。如果一到立夏节以后，大家都穿起夏布来，那么那漂亮朋友们的什么纺绸衫、春纱衫、夹纱衫、熟罗衫等将出不来风头，而绸庄也快要关门了！我常计算中国衣服的种类，自夏布长衫起到大毛袍子止，其间共有三十等光景，各有各的时命，不容差次。夏布是要到大伏天才穿的。这种麻烦的等差，在只穿一件竹布长衫过四季的穷人原不算什么，拥护这制度的全是那些漂亮朋友和衣服商人。这情形和夏天暴雨后天气凉得要穿夹衣的时候，而卖凉粉或西瓜的总是赤着膊大声叫卖一样。

即小可以见大，由以上的例看来，可知社会上所流行的存在的一切东西——制度、风俗以及学说思想等等，都有它的根据。别的且不讲，今夜

＊　本文原刊于《春晖》第二十八期（1924 年 5 月 1 日）。

只讲学说思想。

学说思想本身的成因有二：一是时代的要求，二是个人的倾向。所谓个人，又是时代的产物，无论如何的豪杰，都逃不掉"时代之儿"一句话。即在成因上说，所谓学说思想已不是纯粹不杂的东西。至于一学说一思想成就以后，有的被尊崇，有的被排斥，尊崇与排斥似乎另有标准，与学说思想的本身好坏差不多是无关的。

这标准是什么？老实点说，就是要看这学说思想对于某种阶级有利与否，所谓"各人拜各人的菩萨"。譬如四季只穿竹布长衫的穷人当然不主张衣服的时节的等差，绸庄主当然要反对五月穿夏布长衫。

不过，阶级之中有有权力的阶级，也有无权力的阶级。被权力阶级所拥护的思想学说，当然比无权阶级所拥护的要来得优胜。并且事实上，权力阶级能支配无权阶级，要他怎样就怎样，所以结果只有权力阶级能拥护利用思想学说，思想学说也只有被权力阶级拥护利用了以后才能受人尊崇，存在流行。

我并不敢说学者的思想学说都是为替权力阶级捧场而发生的。（不用说，为捧场而创学说的尽多。）他们创作一学说，构成一思想，也许心中很纯洁，不趋附权势，但是到了后来，自然会有人利用。这是他们所不料及的。

古往今来这种例证尽多，先讲中国的吧。

凡是中国人，无论男的女的，读过书的不读过书的，都知道尊敬崇拜孔夫子、关夫子、岳老爷、朱夫子。我们不敢说这几个圣贤不必崇敬，但所以成一般崇敬的对象，不能不认为别有原因。孔夫子的主张君臣名分，关夫子与岳老爷的为一姓尽力，朱夫子的在《通鉴纲目》中以蜀为正统，都是配皇帝的胃口的。袁世凯在要做皇帝的前一年，令学校读经，令人民崇祀关岳，不是为了这个缘故吗？孟夫子因为说过"民为贵，社稷次之，君为轻"，"闻诛一独夫纣，未闻弑君也"，"君之视臣如草芥，则臣视君如寇仇"等类的话，曾被明太祖逐出圣庙。这是很明白的反证。

"天"这一个字，在中国很带着浓厚的宗教意味。皇帝是"天子"，皇帝的命运叫"天命"，皇帝的杀人叫"天罚天讨"，有了这样的一个"天"字的假设，皇帝就被装扮得像人以上的东西了。皇帝祭天，叫人民敬天，自己却在那里"靠天吃饭"。

此外，如所谓"礼""命""风水""星相"等种种的东西，也逃不了同样的嫌疑。叔孙通帮汉高帝作朝仪，汉高帝说，"吾乃今日知为皇帝之贵也！"这是他从"礼"得到好处的自己招供。唯其穷人受苦的时候，能自认八字不好，命运不好，祖坟风水不好，贵族和资本家才有安稳饭吃。否则他们的养尊处优就要失了根据及理由，而世界也就或者早已不能如此"太平"了！

同样的例证，在外国也可随时可见，随举数则于下！

中世纪的哲学完全替基督教建筑基础，这是谁都知道的哲学史上明显的事实。黑格尔哲学在德国皇家保护之下发达，他的"一切实在的都是合理的，一切合理的都是实在的"一句原则，被德皇解作"现存的是正当的"了。亚当·斯密的经济说，马尔萨斯的人口论，是资本阶级所拥护的。因为亚当·斯密主张利用个人的利己心，放任自由，不加干涉，这在资本家看来真是最好没有的学说。马尔萨斯说人口是依几何级数倍加，食物只依算术级数增加，人口每二十五年增加一倍，食物断不能增加一倍，人不能没有食物，结果必至自相残杀，无论如何救济，斯世终是个可悲观的局面。这思想在主张用社会主义以改造现世的人实是很大的打击。如果事实真是如此，社会主义就要失去基础，而在资本家方面，却因此得了暂时的缓冲地了。

最有趣的是犯罪学上的例。意大利犯罪学者中，差不多同时有两个人，一个叫龙勃罗梭，一个叫佛尔利，都于犯罪学上有所发现。龙氏的犯罪学是以骨相术为基础的。他以为凡是犯罪的人，都是骨相异常的人，凡骨相异常的人，先天的就非作恶犯罪不可的。佛尔利呢，把犯罪的原因分有三类：一、人类学的原因，二、风土的原因，三、社会的原因。其中所谓人类学的原因，和龙氏所说大致相类，至于风土的原因和社会的原因，实是龙氏所未发的创见。在学说的精粗上，佛氏当然胜于龙氏。可是龙氏的犯罪学为一般人所推崇，而佛氏却受人冷遇。因为龙氏把犯罪的原因全归诸犯罪者先天的骨相，社会上的特权阶级对于犯罪者可以不负责任，龙氏的所说不啻替特权阶级辩护罪恶。佛氏于犯罪的原因中列着社会的原因，他说："在人的身心上，没有再胜于饥饿的害恶的。饥饿是一切非人情的反社会的感情之源，饥饿存在之时，什么爱，什么人情，都不可能。"这正触着特权阶级的痛处了。在特权阶级握着势力的期内，他的被世人冷遇宁是当然的事。

此外可举的例证很多，仅上面的若干事例，已足窥见大概了吧。如果用了这眼光去观察一切，我们实不能不把一切怀疑。法律、男女道德等的所以如此，觉得都另有原因，并不是非如此不可的。

阶级的权力总有时可以移转。马克思的经济学说，渐有取亚当·斯密而代之的状况了，女子的势力如果再发展一点，男女间的关系或许更改。东洋留学生势盛的时候，学校一切制度都流行日本式，现在是美国留学生得意的时代，学校一切制度当然要变成美国风。不信，但看现在大吹大擂的新学制！

我们对于世间一切须有炯眼，须看出一切的狐狸尾巴，不要被瞒过了。

我之于书 *

二十年来，我生活费中至少十分之一二是消耗在书上的。我的房子里比较贵重的东西就是书。

我一向没有对于任何问题作高深研究的野心，因之所买的书范围较广，宗教，艺术，文学，社会，哲学，历史，生物，各方面差不多都有一点。最多的是各国文学名著的译本，与本国古来的诗文集，别的门类只是些概论等类的入门书而已。

我不喜欢向别人或图书馆借书。借来的书，在我好像过不来瘾似的，必要是自己买的才满足。这也可谓是一种占有的欲望。买到了几册新书，一册一册地加盖藏书印记，我最感到快悦的是这时候。

书籍到了我的手里，我的习惯是先看序文，次看目录。页数不多的往往立刻通读，篇幅大的，只把正文任择一二章节略加翻阅，就插在书架上。除小说外，我少有全体读完的大部的书，只凭了购入当时的记忆，知道某册书是何种性质，其中大概有些什么可取的材料而已。什么书在什么时候再去读再去翻，连我自己也无把握，完全要看一个时期一个时期的兴趣。关于这事，我常自比为古时的皇帝，而把插在架上的书譬诸列屋而居的宫女。

我虽爱买书，而对于书却不甚爱惜。读书的时候，常在书上把我所认为要紧的处所标出。线装书大概用笔加圈，洋装书竟用红铅笔画粗粗的线。经我看过的书，统体干净的很少。

据说，任何爱吃糖果的人，只要叫他到糖果铺中去做事，见了糖果就

---

* 本文原刊于《中学生》第三十九号（1933 年 11 月）。

会生厌。自我入书店以后，对于书的贪念也已消除了不少了，可是仍不免要故态复萌，想买这种，想买那种。这大概因为糖果要用嘴去吃，摆存毫无意义，而书则可以买了不看，任其只管插在架上的缘故吧。

"中"与"无"*

我在数年前，曾因了一时的感想，作过一篇题曰《误用的折中和并存》的文字（见《东方杂志》第十九卷第十号），对于国人凡事调和不求彻底的因袭的根性有所指摘，对于误解的"中"的观念有所攻击，但却未曾说及"中"字的正解。近来读书冥想所及，觉得"中"可与老子的"无"作关联的说明的。不揣浅陋，发为此文。

先把我的结论来说了吧："中"与"无"是同义而异名的东西，是一物的两面。"中"就是"无"，"无"就是"中"。

"中"字在我国典籍上最初见于《易》的"时中"，《论语》有"允执其中"，说是尧舜禹相传的话，可是《尚书》里却不见有此。《洪范》说"极"而不说"中"，"极"义似"中"。其"无偏无党，王道荡荡，无党无偏，王道平平，无反无侧，王道正直"几句，似乎亦就是"中"字的解释。把"中"字说得最丁宁反复者，不用说要推子思的《中庸》了。

尧舜禹的是否历史上实有的人物，《洪范》的真伪，以及《中庸》的是否为子思所作，老子的所谓"无"是否印度思想，这样烦琐的考证学上的议论，这里预备一概不管。姑承认"中"与"无"是中国古代的两种的思想，如果不承认，那么说世界上曾有过这两种思想也可以。因为我所要说的只是这两种思想的异同，并不想涉及其史的关系。并且"中"的观念也不是中国独有的。

事实上，"中"字在佛教的典籍里比儒书用得更多。我们只要略翻佛乘，就随处可见到"中"字。天台宗的所谓"空""假""中"三谛，法相宗于

---

* 本文原刊于《民铎》第八卷第五号（1929年4月1日）。

教相判释上以中道为最后之佛说，所谓第三时教，就是中道，都用着"中"字。至于龙树的《中论》，那是专论"中"字的书了。

"中"是甚么？世人往往以妥协调和为"中"，这大错特错。"中"决不是打对折的意思，决不是微温的态度，决不是任何数目、程度或方向的中央部分。"中"的观念，非把它作为一元的，非把它提高到绝对的地位，竟是无法解释的东西。

"中"是具否定的性质的，"未""不""空"等都与"中"相近似。"中"的解释，至少要乞灵于这类的否定辞。换句话说，"中"就是"无"。以下试就典籍来略加论证。

先就《中庸》说，《中庸》谓"喜怒哀乐之未发谓之中"，所谓"未"，已是否定的了。朱子把"中"解作"不偏不倚，无过不及"，这和《洪范》的"无偏无党""无党无偏""无反无侧"几乎是同样的话，也都用着否定辞。孔子称舜"执其两端，用其中于民"，赞之曰："无为而治者其舜也与！"又《中庸》用"诚"字来说明"中"字，而同时说："诚者不勉而中，不思而得。"试看，"中"字与否定辞的关系何等密切啊！

不但《中庸》如此，《论语》亦然。"时中"二字见于《易》孔子是"圣之时"者，又是主张中庸的，当然是能体得中道的人了。而他说："予欲无言。"子贡问："子如不言，则小子何述焉？"他说："天何言哉？四时行焉，百物生焉。天何言哉？"这和说了几千卷的经的释迦，自谓"一字不说"，几乎是同样的风光了。至于《论语》中所载的尧舜禹相传的心法"允执其中"，表面上虽没有否定语气，但实则和"无"是同义语，是一观念的两面。世间种种的名相，原为分别起见，对它而有的，既"中"了，就除此以外别无所有，也就等于"无"，当然用不着再立别的名称了。

老子是"无"字的创说者。他在《道德经》里反复说"无"，"无"就是他的根本思想，但也偶然有"中"字出现。如云"多言数穷，不如守中"，

"守中"就是沉默，就是不说，就是"无"。老子的所谓"无"不是什么都没有，乃是什么都有。他说："无为而无不为。""无"就是"自然"之意，随顺自然，不妄用己见，虽为等于不为。前面所说的孔子的"予欲无言"和释迦的所谓"一字不说"，都是和老子的"无"同样意味的话。《中庸》开端说"天命之谓性，率性之谓道"，"率性"就是自然。自然了，就无为而无不为。老子说："不自见故明，不自是故彰"，《中庸》也说："不见而章，不动而变，无为而成"，可谓一鼻孔出气的说法了。

就以上所举的例证来看，说"中"就是"无"，"无"就是"中"，似乎已不是牵强附会的事了吧。"中"的有否定性，到佛乘上更明白，"中"的否定性也因佛家的说法才更彻底更明显。

龙树《中论》反复论"中"，他在"中"字上加了"八不"二字，叫做"八不中道"。所谓"八不"者，乃"不生亦不灭，不常亦不断，不一亦不异，不来亦不去"。这是两边否定，所谓"是非双遣"，比之于儒的"不偏""不倚""无过""无不及"和老的"不言之教""无为"之但否定一边者，不是更彻底了吗？不但《中论》如此，凡是佛典上的究竟语，无不带彻底的否定口气。佛家口里只有"否"，没有"是"，所谓"离四句，绝百非"。如《维摩诘经观阿閦佛品》，维摩诘述其观如来的风光云："不一相，不异相，不自相，不他相，非无相，非取相……不此，不彼，不以此，不以彼……无晦无明，无名无相，无强无弱，非净非秽，不在方不离方，非有为非无为，无示无说，不施不悭，不戒不犯，不忍不恚，不进不怠，不定不乱，不智不愚，不诚不欺，不来不去，不出不入，一切言语道断。"满纸但见"非""不""无"等字，这也不是，那也不是，横也不是，竖也不是，所谓真理者毕竟只是个"无所得"的"空"的东西。

"中"是否定的，"中"就是"无"。为什么根本原理的"中"是否定的，而不是肯定的呢？推原其故，实不能不归咎于我们人类的言语的粗笨。言语原是我们所自豪的大发明，人类的所以自诩为万物之灵，最重要的一种资格就是能造言语。可是这人类所自命为了不得的巧妙的言语，在究竟原理上竟是个无灵的东西。

言语原是一种符号，人类为了要达到传授思想感情的目的，不得不用言语来作手段。但像有人自己招供"难以言语形容"的样子，这所用的手段往往不能达预定的目的；不，有时还会因了手段抛荒目的。大概世间所谓争论者，就是从言语的不完全而生的无谓的把戏。言语的功用在分别，分别是相对的。如说大，就有中、小或非大来作它的对辞；说草，就有木、花或非草来作它的对辞。至于绝对的东西，无论如何不是言语所能表示的。把生物与无生物包括了名之为物；试问：再把物与非物包括了，名之为什么？

绝对的东西是"言语道断"的，无法立名，不得已只好权用比较近似的名称来代替。所用的名称是相对的，二元的，而其所寄托的内容是一元的，绝对的，张冠李戴，好比汽水瓶里装了醋，很是名实不符。恐怕人执名误义弄出真方假药的毛病来，于是只好自己说了，自己再来否定。

"中"是个绝对的观念。叫作"中"，原是权用的名称。名称是相对的，于是只好用否定的字来限制解释。"中"在根本上不是"偏""倚""过""不及"等的对辞，世人误解作折中调和固然错了，朱子解作"不偏不倚，无过不及"，也未彻底。"中"不是"偏"，亦不是"不偏"，不是"倚"，亦不是"不倚"，不是"过"，亦不是"不过"，不是"不及"，亦不是"非不及"。龙树《中论》云："因缘所生法，我说即是空，亦名为假名，亦是中道义。""中""空""假"是圆融一致的。这是他们有名的"三谛圆融"的教理。

同样，"无"亦不是"有"的对辞，彻底地说，"无"是应该并"无"而"无"之的。庄子就已有"无无"的话了。儒家释"中"，老子说"无"，都只否定一面，确不及佛家的双方否定"是非双遣"来得彻底。

在究竟的绝对的上说，好像沉默胜过雄辩的样子，否定的力大于肯定。"中"与"无"是同义而异名的东西，可是在字面上看来，"无"字比"中"字要胜得多。因为"无"字本身已是否定的，不像"中"字的再须别用"不""非""无"等否定辞来作限制的解释了。老在学说上比儒痛快，也许就在直接用了这否定性质的"无"字。神秀的"身是菩提树，心如明镜台，时时勤拂拭，勿使惹尘埃"，所以不及慧能的"菩提本非树，明镜亦无台。原来无一物，何处惹尘埃"者，不是因为神秀是肯定，而惠能却以否定出之的缘故吗？

否定！否定！否定之义大矣哉！我说到这里不觉记起易卜生的话来了，曰"一切或无"；又不觉记起尼采的话来了，曰"善恶的彼岸"。宁可被人诮我牵强附会，我想，这样说："一切"就是"无"。"一切或无"，是否定一边的见解；"善恶的彼岸"，是"是非双遣"。前者近于儒老的表出法，后者近于佛家的表出法。

中国的实用主义 *

前天，本校数学教师刘心如先生和我说："有一个学生问我，数学学了有什么用？"我听了他的话，不觉想起了从书上看见过的一件故事来。几何学的老祖宗欧几里得曾聚集了许多青年教授几何，其中有一青年对于几何学也发生学了有什么用的疑问来，去问欧几里得。欧几里得叫人拿两个铜币给他。这青年莫名其妙起来。欧几里得和他说："你不是问'用'吗？铜币是可'用'的，你拿去用吧！"

刘先生在本校所用的数学教科书是美国布利士的混合数学。美国是以重实用出名的国度，哲学上的实用主义，美国很有几个大家，美国的教育全重实用。这重实用的布利士的数学教科书，学了还怕没有用，中国人的实用狂，程度现在在美国以上了！

中国民族的重实利由来已久，一切学问、宗教、文学、思想、艺术等等，都以实用实利为根据。

一、学问。中国古来少有独立的学问：历史是明君臣大义的；礼是正人心的；乐是易风移俗的；考据金石之学是用以解经的……哪一件不是政治或圣人之经的奴隶？这就是各种学问的用处！

二、宗教。中国古来宗教的对象是天，"畏天""敬天"等语时见于古典中。可是中国人对于天的敬畏，全是以吉凶祸福为标准的，以为天能授福，能降凶，畏天敬天就是想转凶为吉，避祸得福。这种功利的宗教心，和他民族的绝对皈依的宗教心全异其趣。佛教原是无功利的色彩的，一传入中国也蒙上了一层实利的色彩。民众间的求神或为求子，或为免灾。所

---

* 本文原刊于《春晖》第五期（1923 年 1 月 1 日）、《民国日报》副刊《觉悟》（1923 年 1 月 18 日）。

谓"急来抱佛脚"，都是想"抛砖引玉"，取得较多的报酬。

三、思想。中国无唯理哲学。《易经》总算是论高远的哲理的，但也并不是为理说理，是以为明了理可以致用的。什么吉，什么凶，什么祸福等类的词，充满于全书中。可见《易经》虽说抽象的哲理，其目的所在仍是具体的实用，怪不得到现在流为占卜的工具了。到了孔子，这实用主义越发明白表示了。"未知生，焉知死"，"子不语怪力乱神"，是何等现世的，实利的！孟子以后，这实利主义更加露骨。孟子教梁惠王齐宣王行仁义，都是以"利"或富国强兵为钓饵的。

和孔孟相较，老子的思想似乎去实用较远，其实内面仍充满着实利的分子。老子表面上虽主张无为，而其目的却在提倡了"无为"去做到"无不为"；在某种意义上，实利的欲望可谓远过于孔孟，观法家思想的出于老子，就可知道老子的精神所在了。

四、文学。"文以载道"的中国当然少有纯粹的文学。我们试看上古的文学内容怎样，不是大多数是讽政治之隆污，颂君后之功德的吗？一部《诗经》中纯粹的抒情诗有几？偶然有几首人情自然流露如男女恋爱的诗，也被注家加上别的解释了。《诗经》以后的诗虽实利的分子较少，但往往被人视为小道，视为雕虫小技，除一二所谓"好学者"外是少有兴味的。戏曲小说也是这样，教做劝善惩恶或移风易俗的奴隶。无论如何龌龊的戏剧和小说，只要用着什么"报"字为名，就都可当官演唱，毫无顾忌。做小说戏曲的人也要用"言之者无罪，闻之者足戒"为标语。因为文人作文是要有益于世道人心的，无益于世道人心的文字在中国是不能存在的！

五、艺术。中国虽是古国，可是艺术很不发达，因为艺术和实用是不相调和的。中国历史上的旧建筑物只有城垒等等，至于普通家屋，到现在还不及世界任何的文明国。佛教传入以后，带了许多的佛教艺术来，造像、塔、寺殿等，到中国后虽无远大进步，仍不失为中国艺术上的重要部分。

中国对艺术皆用实利的眼光去看，替艺术品穿上一件实利的衣裳。秦汉以来金石上的吉祥语就是这心情的表现。再看中国画上的题句吧！画牡丹花的，要题什么"玉堂富贵"；画竹子的，要"华封三祝"。水墨龙画是可以避火的，钟馗像是可以避邪的，所以大家都喜欢挂在厅堂里。

中国的实利主义的潮流发源可谓很远，流域也很广泛，滔滔然几乎无孔不入。养子是为防老，娶妻是为生子，读书是为做官，行慈善是为了名声……除用"做什么是为什么"来做公式外，实在说也说不尽！中国对于事情非有利不做，而所谓利，又是眼前的、现世的、个人的利。凡事要用利来引诱才得发生兴趣，所谓"利之所在，人必趋之"。凡事要讲"用"，凡事要问"有什么用？"怪不得现在大家流行所谓"利用"的手段了！

中国人经商向来是名闻全球的。其实，中国人是天生的好商人，即不经商的官僚、兵卒、学者、教师，也都含有商人性质的。

这样传统的实利实用思想，如果不除去若干，中国是没有什么进步可说的！我们生活在地球上，要绝对地不管实用原是不可能的事，但不应只作实用实利的奴隶。世界的文明有许多或是由需要而成的，例如因为要避风雨就发明了房屋，因为要充饥就发明了饮食等。但我们究不应说房屋只要能避风雨就够，饮食只要能充饥就够的。中国人的实用实利主义，实足扑杀一切文明的进化。

又，文明之中，有大部分是发明者先无所为，到了后来却有大用大利的。瓦特用心研究蒸汽力时，何尝想造火车头？居里研究镭，何尝想造夜光表？化学学者在试验室里把试验管用心观察，发明了种种事情，何尝是为了开工场作富翁？发明电气的何尝料到可以驶电车？

人类有创造的冲动，种种文明都可以说是创造冲动的产物。中国人的创造冲动都被浅薄的实利实用主义压灭了！你看，孜孜于实用实利的中国人，有像瓦特、居里那样的文明的创造者发明者吗？旧有的文明有进步吗？

火药是中国发明的，在中国不是只做鞭炮吗？罗盘是中国发明的，不是到现在只用来看风水吗？

惟其以实用实利为标准，结果愈无利可得，无用可言。因为对于一切的要求太低，当然不会发生较高的欲望来。例如中国人娶妻的目的在生子，那么就只要有生殖机关的女子就不妨作妻了！社会上实际情形确是如此。你看这要求何等和平客气，真是所谓"所欲不奢"了！

中国人因为几千年抱实利实用主义的缘故，一切都不进化。无纯粹的历史，无纯粹的宗教，无纯粹的艺术，无纯粹的文学，并且竟至于弄到可用的物品都没有了！国民日常所用的物品，有许多都要仰给外人，金钱也流到外人的手里去！

几千年来抱着实利实用主义的中国人啊！你们的"用"在哪里？你们的"利"在哪里？

中国书业的新途径 *

　　全国事业经过八年的战祸，无一不受到巨大的创伤。胜利以后，亟待复兴。但所谓复兴者，不只是恢复原状而已，要较原状有所改进才对。笔者侧身书业，敢就本业发抒私见，供同业先进与全国关心文化事业之业外人士采择。

　　书业以传达文化，供给精神食粮为职志。书店之业务可分为二部，一是将有价值的著述印制成为书籍，这叫做出版；二是将所印制成的书籍流通开去，供人阅读，这叫做发行。就出版方面说，著述可收外稿，原不必一一由书店自己编辑。但一书店有一书店的目标，为便利计，皆设有编辑所。排印书籍原为印刷所之事，本无须由书店自己兼营。但书店为呼应便利计，大都附办印刷所。就发行方面说，书店所制成的书籍原可与别种商品一样，除门售外，批发给贩卖商销行到外埠去，不一定要在外埠自设分店。但书店为了要防止放帐上的危险及其他种种原因，皆于总店以外在重要城市另设分店。故向例一家书店机构很是庞大。总店本身要具有编辑所、印刷所、发行所三部；总店以外，还要具有许多分店才算骨格完整，规模粗具。

　　书店的机构庞大如是，非有巨大资本不能应付。可是按之实际，书店的资本薄弱得很。在战前，全国最大的书店如商务印书馆资本只五百万元，中华书局是四百万元，其他的各书店只不过数十万元而已。以如是薄弱的资本，要想转动其全部机构来实现文化上的使命，当然力有未逮。于是只好缩短阵线，大家把眼光集中于销路比较可靠而成本不大的书籍上。第一

---

　　* 本文原刊于《大公报》（1945 年 12 月 17 日）。

是中小学的教本，次之是不要稿费或版税的旧书翻印，行有余力，然后轮到别的新书。各家所出版之书籍既互相重复，发行上竞争自然激烈，或用巨幅广告来号召，或违背同业定章，抑低折扣滥放客帐来倾销，结果发行费用非常浩大，利润随而减少。

这种情形于书店当然不利，而整个文化界也受到不良的影响。因为书店财力有限，所出版的十之八九只是些中小学教本与旧书，自无力来介绍日新月异的学术思想，也无暇顾及社会各方面的需要。譬如说，关于新兵器的书，关于台湾、澎湖的书，关于内蒙、西藏、新疆的书，现在很需要，可是书店里不大多见。中国是以农立国的，可是任何农学部门都找不到一部像样得用的书。此外如音乐、绘画、雕刻、建筑、医药、航空、造船等门类，也都为了太冷僻太专门的缘故，不被书店所顾及。即使有人撰写好了稿子去委托出版，也大概会遭到拒绝。笔者有一位研究音乐的朋友，现为国立音乐院教授，他费了多年的光阴与气力写好了两部书，一部叫对位法，一部叫音乐史，自以为很有价值，想出版，遍询书店都不要。中国虽有许多家书店，而书籍的种类不多。除教本外，一般书籍的销数也有限，每一本书，销数好的不过几千，坏的只几百或几十。因为书店营业的目光偏在教本，无暇顾及一般的所谓"杂书"；并且推销上全靠门市与自设的几处分店，无力把书籍伸入全国各地去的缘故。若与他国相较，中国所出版的书籍在品种上和销行数量上都有落后之观。

以上所指摘的是书店过去的情形。今后是否将再这样继续下去呢？原来机构已大受损伤，有的已失去了印刷所，有的已解散了编辑所，至于各地的分店大都也已毁去了十之七八，如果要一一恢复旧观，恐各家书店都无此财力。试看仅仅几种国定教本，以七家书店来联合承印，犹嫌资金不足，要向政府贷款，书店财力之薄弱可知。书店向以教本为主要营业，今则教本已改为国定，为教育前途计，我们也希望其永为国定。国定教本理宜由国家规定办法，让大家承印。从前由七家书店与教部订立契约，联合承印，是战争时期不得已的办法。此后情形改变，当然未必能够继续下去，在教科书以外，应该决定营业的方针。

情势如此，书业若重循故辙，前途将遭遇许多障碍。为今之计，亟宜另觅一条新途径。新途径是什么？即将原来机构改组，把出版机关与发行机关分立。其办法大致如下：

一、以上海现有书店为发起人，在上海组织联合书店（假定之名）股份有限公司，资本十亿元（假定之数），任各方投资。

二、联合书店不出版书籍，但以发行为业务，在全国各省市各县设立分店，其普遍应如邮局。

三、现有各书店各自动改称为出版社。出版社专营出版事业，其资本可大可小。各出版社以所出版之书籍批发与联合书店发行，不自设总店门市部与各地分店。

四、联合书店营业以现款交易为原则，于收到各出版社所出之书籍时，即按批发折扣，以定价几分之几付给现款，余额按期结清。

这只是个大纲，详细办法与实际上的技术问题，无暇在本文中叙说。书业若如此改组，在出版与发行二方面有许多好处：

一、发行效力大可增加，假定一部新书每县销行十册，全国二千余县合计可销行二万册。印数既多，造货成本自廉，可使读者减轻负担。

二、推广费及管理费可以减少，无滥放回头及吃倒帐等流弊。

三、资金周转灵活。

四、任何著作者可纠合同志或独力以小资本经营出版社，依各自的兴趣刊行各门类的书籍，不必一定再委托书店出版。书籍的种类将因此大大增多。其委托书店出版者，亦可于成书时即取得版税。

五、营业统一，无垄断可言。书籍之销行与否，全视其内容与定价如何。各出版家将专在书籍的内容上成本上互相竞争，促成文化的向上。

　　仅就上面所举的几点来看，好处已经很多。为各家书店减轻原来笨重的负荷计，今后的发展计，为整个文化界的利益计，这条途径似乎平坦可行，是值得采取的。

　　也许有人要顾虑，以为书店发行部既化零为整，各家发行部的从业员将有失业之忧了。这层是不足虑的。联合书店将遍设各地，犹如邮局，所需要的人员比现在不知要多若干倍，原来的从业员决无过剩之理。也许还有人要顾虑，以为联合书店规模巨大，整个出版界或将为此一机关所操纵，对出版界前途不无影响。这亦不足为虑。联合书店本身不出版书籍，出版之事仍操在出版家手中。联合书店所得的只是百分之几的批发折扣，不致夺尽出版家的利益。联合书店资本既大，其股票势必在股票市场流通，艳羡联合书店的利润者尽可购买其股票，取得股东乃至董事监察人之资格。

　　在抗战八年中，他业多有大发其财者，书业不但不发财，且损失极大，可告无罪于国家社会。胜利以后，书业被一班敏感者认为大有希望的事业。他们以为西南西北各省教育远较战前发达，且中国台湾、东北重新收复，营业范围可大加开拓，别种商品将来都有舶来外货与之竞争，而书籍则不致遭逢外来劲敌，不错，书业的前程确是远大的，问题就在书业自身怎样去迎合这远大的前程。

　　笔者怀此意见已久，平日言谈所及，知同业中亦不乏共鸣之士，整个正在着手复兴。改弦易辙，奋发向上，今正其时。笔者此文就算是一个公开的提议。

一九一九年的回顾 *

一九一九年，到今日为止，就要告终了！这一年的历史，在将来世界史上不知要占什么样的位置？这个问题就是历史家，恐怕一时也不容易下一个简单的猜测。世界史上最可纪念的事件大概要算"文艺复兴""宗教改革""法国革命"……这几件。这种事件可以纪念的理由并不在它事件的本身，是在它所发生出来的各方面的影响，因为事件本身是有空间与时间的限制的，它的影响是可以不受时间与空间的限制，可以继续、变形随处发展的。一九一九年中所经过的事故，在政治、经济、社会、思想、生活各方面，都受着一种空前的刺激，而且这种刺激，无论哪一民族哪一国家，直接或间接的多少也都受着一点。这一年对将来的关系实在不小。有人说，"一九一九年的一年，可以抵从前的一个世纪。"据我的感想，觉得这句夸大的话还不能够形容这一年中的经过！

我们生在二十世纪，能够和世界上的人一同经过这多事的一九一九年，究竟还是"躬逢其盛"，还是"我生不辰"？姑且不要管它。我们且用我们的记忆，于一九一九年将要完了的时候作一瞥的回顾。

这一年的经过，从世界方面说：有大战和议、各国罢工、过激战争、劳动会议……等等，从中国说：有青岛问题、福建问题、西藏问题、抵制日货、学生罢课、商人罢市、白话出版物、国民大会、学生联合会、南北不和不战、教员罢课……等等，从浙江一省说：有议员加薪、学生罢课、提前放假、商人罢市、虎列拉、焚毁日货、国民大会……等等，实在可算得一个"多事之秋"！我也说不得许多，姑且限定范围，从中国方面说——

---

* 本文原刊于《校友会十日刊》第九号（1920 年 12 月 30 日）。

姑且从中国的教育方面说：

一九一九年中国教育界空前的一桩事，就是"五四运动"。"五四运动"的影响，不但教育界受着，不过教育界是它的出发点，自然影响受得更大。从前的教育界的空气何等沉滞！何等黑暗！经过了"五四运动"以后，从前底"因袭""成规"，都受了一种破产的处分，非另寻方法重立基础不可。虽然还有许多违背时事的教育者，"螳臂当车"地在那里要想仍旧用老规矩，来抵抗这磅礴的怒潮，但是我们总不能承认它是有效的事业。据我所晓得，大多数学校自本学年起，教授上管理上多少都有点改动，不过改动的程度和分量有点不同罢了。

有人说："五四运动以后的学风，比较以前嚣张，旧法已经破坏，新精神还没有确立，教授上管理上新的效力完全不能收得，反生出从前未有的恶风来。这种现象，难道可以乐观么？"我想现在的教育界，平心讲来，也究竟还没有完全上正当的轨道。不过从本学年起，已经有了一个"动"字，"动"得好，固然最好没有了；"动"得不好，也不该就抱悲观：因为"动"总比以前的"不动"好得多。天下本来不应该有"完全无缺"的事，逐渐改动，就是渐与"完全无缺"接近的方法，固滞不动，那是没有药医的死症！我对于一九一九年的教育界，所最纪念的就是一个"动"字！

但是，"动"有"动"的方向和程度。一九一九年的教育界于"动"的方向和程度上面，还有未满人意和我们理想的地方，自然应当想法改"动"。即使没有不满足的地方，也应该想法再"动"。这都是应该从一九二零年做起的事！所以我既然回顾了一九一九年的教育界，还要掉过头来迎接一九二零年的教育界！

一种默契 *

走到街上去，差不多每一条马路上可以见到"关店在即拍卖底货"的商店。这些商店之中，有的果然不久就关门了，有的老是不关门，隔几个月去看，玻璃窗上还是贴着"关店在即拍卖底货"的红纸，无线电收音机在嘈杂地响。

商店号召顾客的策略，向来是用"开幕""几周年纪念""春季""秋季"或"冬至"等的美名来做廉价的借口的，现在居然用"关店"的恶名来做幌子了。有的竟异想天开，并不关店，也假冒着"关店"的恶名。最近在报上看见一家皮货铺的"关店大贱卖"的大幅广告，后面还登着某律师代表该皮货铺清算的启事。这大概因为恐怕别人不信他们的关店是真正的关店，所以再附一个律师代表清算的广告，表明他们真是要关店了，并不假冒。

在上海，关店门寻常叫做"打烊"，如果你对某商店的人问："你们晚上几点钟关店门？"那店里的人就会怪你不识相，说不定会给你吃一记耳光。凡是老上海，都懂得这规矩，不说"你们晚上几点钟关店门"，改说"你们晚上几点钟打烊"，因为"关店"是不吉利的话。这一向讨人厌恶的"关店"，现在居然时髦起来了，关店的坦白地自己声明"关店"，不关店的也要借了"关店"来号召，甚至还有怕别人不肯相信，在"关店"广告上叫律师来代表清算，证明关店之实。商业上一向怕提的"关店"一语，到今日差不多已和废历除夕所贴的"关门大吉"一样，是吉祥的用语了。这一个月来，我们日日可以在报上看到关店的广告，有银行，有钱庄，有公司，有各式各样的店。他们所说的话千篇一律地是"本店受市面不景气的影响，以致周

---

* 本文原刊于《太白》第一卷第一期（1935 年 3 月）。

转不灵……"的一套。说的人态度很坦然，毫不难为情，我们看的人也认为很寻常，觉得并无什么不该。似乎彼此之间，已自然而然地发生了一种的默契了。

这默契如果伸说起来，范围实在可以扩充得很广。大学生毕业了没事做，社会上认为当然，本人也不觉得有什么可怪。工人商人突然失业了，亲友爱莫能助，本人也觉得无可如何，只好挨了饿来忍耐。房租好几个月付不出，住户及邻居都认为常事，房东虽不快，近来也只能迁就，到了公堂上，法官因市面不好，也竟无法作严厉的判断。穷困，走投无路，已成为现在的实况，彼此因了境况相似和事实明显，成就了一种默契。从来的道德、习惯等等，在这默契之下，恐将不能再维持它的本来面目了。

再过几时，也许"穷""苦"等可憎的话，会转成时髦漂亮的称谓呢。

闻歌有感*

　　一来忙，开出窗门亮汪汪；

　　二来忙，梳头洗面落厨房；

　　三来忙，年老公婆送茶汤；

　　四来忙，打扮孩儿进书房；

　　五来忙，丈夫出门要衣裳；

　　六来忙，女儿出嫁要嫁妆；

　　七来忙，讨个媳妇成成双；

　　八来忙，外孙剃头要衣装；

　　九来忙，捻了数珠进庵堂；

　　十来忙，一双空手见阎王。

　　十一岁的阿吉和六岁的阿满又在唱这俗谣了。阿满有时弄错了顺序，阿吉给伊订正。妻坐在旁边也陪着伊们唱，一壁拍着阿满，诱伊睡熟。

　　这俗谣是我近来在伊们口上时常听到的，每次听到，每次惆怅，特别是在那夏夜的月下，我的惆怅更甚。据说，把这俗谣输入到我家来的是前年一个老寡妇的女佣。那女佣从何处听来，不得而知了。

　　几年前，我读了莫泊桑的《一生》，对女主人公的一生的经过，感到不可言说的女性的世界苦。好好的一个女子，从嫁人，生子，一步一步地陷入到"死"的口里去。因了时代和国土，其内容也许有若干的不同，但总逃不出那自然替伊们预先设好了刻版的铸型一步。怪不得贾宝玉在姐妹嫁人的时候要哭了！

---

　　* 本文原刊于《新女性》第七号（1926 年 7 月）。

《一生》现在早已不读，并且连书也已散失，不在手头了，可是那女性的世界苦的印象，仍深深地潜存在我心里，每次见到将结婚或是结婚了的女子，将有儿女或是已有儿女的女子，总不觉要部分地复活，特别是每次听到这俗谣的时候，竟要全体复活起来。这俗谣竟是中国女性的"一生"！是中国女性"一生"的铸型！

我的祖母，我的母亲，已和一般女性一样都规规矩矩地忙了一生，经过了这些刻版的阶段，陷到"死"的口里去了。我的妹子，只忙了前几段，以二十七岁的年纪，从第五段一直跳过到第十段，见阎王去了！我的妻正在一段一段地向这方走着！再过几年，眼见得现在唱这歌的阿吉和阿满也要钻入这铸型去！

记得有一次，我那气概不可一世的从妹对我大发挥其毕生志愿时，我冷笑说：

"别做梦吧！你们反正是要替孩子抹尿屎的！"

从妹那时对于我的愤怒，至今还记得。后来伊结婚了，再后来，伊生子了，眼见伊一步一步地踏上这阶段去！什么"经济独立"，"出洋求学"等等，在现在的伊已如春梦浮云，一过便无痕迹。我每见了伊那种憔悴的面容，及管家婆的像煞有介事的神情，几乎要忍不住下泪。可是伊却反不觉什么，原来"家"的铁笼，已把伊的野性驯服了！

易卜生在《海得加勃勒》中，借了海得的身子，曾表示过反对这桎梏的精神。苏特曼在《故乡》中也曾借了玛格娜的一生，描写过不甘被这铁笼所牢缚的野性，且不说世间难得有这许多的海得、玛格娜样的新妇女，即使个个都是，结果只是造成了第三性的女子，在社会看来也是一种悲剧。国内近来已有了不少不甘为人妻的"老密斯"，和不愿为人母的新式夫人。女性的第三性化似已在中国的上流社会流行开始了！如果给托尔斯泰或爱伦卡女士见了，不知将怎样叹息啊！

贤妻良母主义虽为世间一部分所诟病，但女性是免不掉为妻与为母的。说女性于为妻与为母以外还有为人的事则可以，说女性既为了人就无须为妻为母决不成话。既须为妻为母，就有贤与良的理想的要求，所不同的只是贤与良的内容解释罢了。可是无论把贤与良的内容怎样解释，总免不掉是一个重大的牺牲，逃不出一个"忙"字！

自然所加给女性的担负真是严酷。《创世记》中上帝对于第一对男女亚当夏娃的罚，似乎待女性的比待男性的苛了许多。难道真是因为女性先受了蛇的诱惑的缘故吗？抑是女性真由男性的肋骨造成，地位价值根本上不及男性？

中馈，缝纫，奉夫，哺乳，教养……忙煞了不知多少的女性。个人自觉不发达的旧式女性一向沉没在自然的盲目的性意识里，千辛万苦，大半于无意识中经过，比较地不成问题。所最成问题的是个人自觉已经发展的新女性。个人主义已在新女性的心里占着势力了，而性的生活及其结果，在性质上与个人主义却绝对矛盾。这性与个人主义的冲突，就是构成女性世界苦的本质。故愈是个人自觉发达的新女性，其在运命上所感到的苦痛也应愈强。国内现状沉滞麻木如此，离所谓"儿童公育""母性拥护"等种种梦想的设施还很远很远，无论在口上笔上说得如何好听，女性在事实上还逃不掉家庭的牢狱。今后觉醒的女性在这条满是铁蒺藜的长路上将怎样去挣扎啊！

叫新女性把个人的自觉抑没了，来学那旧式女性的盲目的生活，减却自己的苦痛吗？社会上大部分的人们也许在这样想。什么"女子教育应以实用为主"，什么"新式女子不及旧式女子的能操家政"，种种的呼声都是这思想的表示。但我们断不能赞成此说，旧式女性因少个人的自觉，千辛万苦都于无意识中经过，所感到的苦痛不及新女性的强烈，这种生活自然是自然的，可是与普通的生物界有何两样！如果旧式女性的生活可以赞美，那么动物的生活该更可赞美了。况且旧式女性也未始不感到苦痛，这俗谣中所谓"忙"，不都是以旧式女性为立场的吗？

一切问题不在事实上，而在对于事实的解释上。女性的要为妻为母是事实，这事实所给予女性的特别麻烦，因了知识的进步及社会的改良，自然可除去若干，但断不能除去净尽。不，因了人类欲望的增加，也许还要在别方面增加现在所没有的麻烦。说将来的女性可以无苦地为妻为母，究是梦想。

我不但不希望新女性把个人的自觉抑没，宁愿希望新女性把这才萌芽的个人的自觉发展强烈起来，认为妻为母是自己的事，把家庭的经营，儿女的养育，当作实现自己的材料，一洗从来被动的屈辱的态度。为母固然是神圣的职务，为妻是为母的预备，也是神圣的职务。为母为妻的麻烦不是奴隶的劳动，乃是自己实现的手段，应该自己觉得光荣优越的。

"我有男子所不能做的养小孩的本领！"

这是斯德林堡某作中女主人公反抗丈夫时所说的话。斯德林堡一般被称为女性憎恶者，但这句话却足以为女性吐气。我们的新女性，应有这自觉的优越感才好。

苦乐不一定在外部的环境，自己内部的态度常占着大部分的势力。有花草癖的富翁不但不以晨夕浇灌为苦，反以为乐，而在园丁却是苦役。这分别全由于自己的与非自己的上面，如果新女性不彻底自觉，认为妻为母都不是为己，是替男子作嫁，那么即使社会改进到如何的地步，女性面前也只有苦，永无可乐的了。

心机一转，一切就会变样。《海上夫人》中，爱丽妲因丈夫梵格尔许伊自决去留，说"这样一来，一切事都变了样了！"伊就一变了从前的态度，留在梵格尔家里，死心塌地做后妻，做继母。这段例话通常认作自由恋爱的好结果，我却要引来作心机一转的例。梵格尔在这以前并非不爱爱丽妲，可是为妻为母的事，在爱丽姐的心里，总是非常黯淡。后来一转念间，就"一切都变了样了！"所谓"烦恼即菩提"，并不定是宗教上的玄谈啊！

妇女解放的声浪在国内响了好几年了，但大半都是由男子主唱，且大半只是对于外部的制度上加以攻击。我以为真正妇女问题的解决，要靠妇女自己设法，好像劳动问题应由劳动者自己解决一样。而且单攻击外部的制度，不从妇女自己的态度上谋改变，总是不十分有效的。老实说，女性的敌就在女性自身！如果女性真已自己觉得自己的地位并不劣于男性，且重要于男性，为妻，产儿，养育，是神圣光荣的事务，不是奴隶的役使，自然会向国家社会要求承认自己的地位价值，一切问题应早已不成问题了。唯其女性无自觉，把自己神圣的奉仕认作屈辱的奴隶的勾当，才致陷入现在的堕落的地位。

有人说，女性现在的堕落是男性多年来所驯致的。这话当然也不能反对。但我认为无论男性如何强暴，女性真自觉了，也就无法抗衡。但看娜拉啊！真有娜拉的自觉和决心，无论谁做了哈尔茂亦无可奈何。娜拉的在以前未能脱除傀儡衣装，并不是由于哈尔茂的压迫，乃是娜拉自身还缺少自觉和决心的缘故。"小松鼠""小鸟儿"等玩弄的称呼，在某一意义上可以说是娜拉甘心乐受，自己要求哈尔茂叫伊的啊！

正在为妻为母和将为妻为母的女性啊！你们正"忙"着，或者快要"忙"了。你们在现在及较近的未来，要想不"忙"是不可能的。你们既"忙"了，不要再因"忙"反屈辱了自己，要在这"忙"里发挥自己，实现自己，显出自己的优越，使国家社会及你们对手的男性，在这"忙"里认识你们的价值，承认你们的地位！

原始的媒妁 *

媒妁者叫做"月老"，这典故据说出于《续幽异录》所载唐韦因的故事。据那故事：月下老人执掌人间婚姻簿册，对于未来有夫妻缘分的男女，暗中给他们用红丝系在脚上。月下老人就是司男女婚姻的神。

古今笔记中常见有"跳月"的记载，说野蛮民族每年择期作"跳月"之会，聚未婚男女在月下跳舞，彼此相悦，即为配偶。陆次云有一篇《跳月记》，述苗人跳月的情形非常详尽。

把上面两段话联结了看来，月亮与男女的结合，似乎很有关系。男女的结合发生于夜，婚姻的"婚"字原作"昏"，就是夜的意思。说虽如此，黑夜究有种种不便，在照明装置还非常幼稚或竟缺如的原始社会，月亮就成了婚姻的媒介者。中国月下老人的传说，也许是唐以后就有的，无非是把月亮来加以拟人化罢了。月下老人其实就是月亮的本身。

在已开化的我们现代，"跳月"的风习原已没有了，可是痕迹还存在。日本有所谓"盆踊"（bonadori）者，至今尚盛行于各地。"盆"即"于兰盆"之略语，为民间祭名之一。日期在旧历七月十五，日本每至七月十五前后，各地举行盆祭，男女饮酒跳舞为乐，较我国之兰盆会热狂得多，因此常发生攸关风化的事件。中国各乡间迎神赛会，日期亦常在月圆的望日。吾乡（浙东上虞）的会节，差不多都在旧历月半。如"正月半""三月半""六月半""八月半""九月半""十月半"之类。届时家家迎亲接眷，男女都盛装了空巷而往。观于从来有"好男不看灯，好女不游春"之诫，足以证明这是"跳月"的变形了。吾乡最盛的会是"三月半"，无妻的男子向有"看过

---

* 本文原刊于《中学生》第三十七号（1933 年 9 月）。

三月半，心里宽一半"的谣谚。意思是说：会场上有女如云，不怕讨不着老婆。

月亮对于男女的关系，似并不偶然，莫泊桑有一篇描写性欲的短篇，就叫《月光》。由此类推去看，古来名句"月上柳梢头，人约黄昏后"是具着有机的技巧的，那都会中作为男女情场的跳舞厅与影戏院中的电灯光，其朦胧宛如月夜，也是合乎性心理的了。

论单方面的自由离婚*

这两年来，自由离婚的呼声很响，别的不必说，在我知友之中也常有关于这切身问题的商量，并且有的已由商量而进于实行了。无论结合的方式怎样，已经结合了的夫妇，至于非离不可，这其间当然有不能忍耐的苦楚。我们对于知友们的附骨的苦楚，当然同情，但究不能不认离婚是一种悲剧，特别于男子离女子时，在现制度中，觉得是一种沉痛阴郁的悲剧。

我们即抛了现制度不管，单就自然状态说，觉得即使在圆满的婚姻中，婚姻一事在女子已是有损害的。妊娠，分娩，乳育，哪一件不是女子特有的枷锁？"自然"给予女子的枷锁，我们原无法替女子解除净尽，但人为地使女子受枷锁的事，我们如可避免，当然是应该避免的。女子在自然状态中，在现制度中，都是弱者。欺侮惯女子的男子，要牺牲一女子来逞他的所谓"自由"，原算不得什么。不过，人应不应牺牲了他人去主张自己的自由，究是一个疑问。

在某一意义上，旧家庭中的儿子打老子，可以说是好事，因为足以促进家庭的改良；暴兵杀平民，可以说是好事，因为足以彰兵的罪恶。依了这理由，有人说，男子可以自由离弃女子，女子愈苦痛，愈可以促婚姻制度的改善。但这话只有掌握进化大权的"自然"或者配说，人们恐无此僭越权吧！我们立在喜马拉雅山顶上去什么都可以说得，都可以提创得，一到了人间，立在受损害者的地位，就觉得不能无所顾虑了！

夫不爱妻，或积极地与妻诟谇，或消极地把妻冷遇，结果给予生活费若干，离妻别娶（其中也有一种聪明人，专用冷遇的手段，使妻一方面来

---

* 本文原刊于《民国日报》副刊《妇女评论》第五十七期（1922年9月6日），原题为《男子对于女子的自由离婚》。

提出愿离的），这大概是一般中流以上的男子离弃女子的普通过程吧。这种离婚的方式一向就有，现在居然加了"自由"的两个形容字了！据我所知，近来男女订婚时，女子很多要求男子支给学费的。离婚的时候，在现制度中，女子势又不能不要求男子支给生活费。结婚脱不出买卖，离婚也脱不出买卖，买卖式的离婚有什么自由可说呢？

我们自信不至于顽固到反对自由离婚，但不能承认买卖离婚是自由离婚，尤不敢承认男子牺牲女子去逞他的所谓"自由"是应该的事。我们以为：非到了女子再嫁不被社会鄙笑的时候，后母后父不歧视前夫或前妻之子女的时候，女子不赖男子生活的时候，自由离婚是无法实现的。即使能实现，也不过是几个有特别境遇的男女们罢了。

我们以自由离婚作为解决夫妻间种种纠葛的目标，努力来创造这新的时代吧。不算旧帐，忍了苦痛，创造新的环境，使后人不至再受这苦，这是过渡时代人们所应该做的事。

那么，将何以救拯现在夫妇间的苦痛呢？这正难言。但是，夫妇的爱即不存在，只要对于人类还有少许的爱的人们，总不至于有十分惨酷的行为吧！理想原和事实不同，我们的理想虽如此，不能使世间的事实不如彼。不，正唯其世间的事实如彼，所以我们才有如此的理想。我们虽不能立即使事实符合理想，但总期望事实与理想渐相接近。同一买卖式的强迫离婚中，程度固有高低，同一牺牲对手，手段也有凶辣和忠厚的不同。能少使对手者受苦，是我们所祈祷的。能让男女大家原谅弱点，把有缺陷的夫妇关系修补完好，尤是我们所祈祷的。

现世去理想尚很辽远。如果有不顾女子的苦痛离弃女子的，我们也只认为这是世间的事实，不加深责。但要申明一事，这不是我们所理想的自由离婚。

人所能忍受的温度 *

一到盛暑到处听到"热杀了热杀了"的呼号；一到严寒到处听到"冷杀了冷杀了"的呼号。热杀与冷杀的人每年都有。究竟热到了怎样程度会热杀，冷到怎样程度会冷杀呢？

在下等的动物或植物中，颇有能在很高的或很低的温度之中生活的。生物学者爱伦伯尔西氏曾在意大利耐泊利附近的伊西达岛的温泉，发现过蓝藻和硅藻和纤毛虫在摄氏八十一至八十五度的热泉中生活着的事实。据说蓝藻类植物即在摄氏八十七度的温度亦能生活。又德国的可蒿博士曾发现细菌的孢子，有至摄氏百度亦不死的。

生物体中的主要成分，其一即为蛋白质。蛋白质在摄氏六十度至八十度之间已要凝结。那些生物何以至八十度以上尚能生活呢？这是学者间所尚未解决的问题了。

对于寒冷，据记录：有一种鱼能在摄氏零下二十度生活，蛙能在零下二十八度生活，蜗牛中有一种竟能在零下一百二十度生活。有一个名叫兰姆的学者，曾在摄氏零下二百七十三度（物理学上绝对温度）的寒液中发现生活着的纽虫、轮虫，及其他的原生动物。

下等动物是冷血的，它们能因周围的温度而变化其体温，故比较地能忍受高温度与低温度。至于人，身体的构造极其复杂，殊难顺应过高过低的温度，因之其身体的温度常自相调节，使有一定，叫做体温。体温通常为三十七度左右，但因了身体的部分并不平均。散热容易的部分，比较低些，鼻端的温度为二十九度至三十三度，耳壳为二十二度至二十四度。反

---

* 本文原刊于《中学生》第二十六号（1932 年 7 月）。

之，肝脏等为三十八度至三十九度。

体温究由何来？为什么是三十七度呢？原来一个成人欲保持其一日的生命，就需要二千四百"卡洛里"的热量。人在二十四小时中在体内生产这许多热量，结果体温就常为三十七度左右。这温度大都由筋肉中及肝脏肾脏的新陈代谢的化学变化而起。运动时觉得体温增高者，就是因为运动时新陈代谢作用增进的缘故。至于肝脏等的生热，可以从血液来证明。血液流入肝脏，再由肝脏流出，由肝脏出来的血液比之未入肝脏前的温热。

体温因身体的部分而不同，又在一日之中亦有若干的变化。但在大体上，不论东洋人，西洋人，住在赤道附近的南洋人，以及住在零下几十度的寒地的爱斯克马人，体温都在三十六度至三十七度之间。除了特别的情形以外，可以说是一定的。

外界的温度虽然变化，而体温能自己调节至某一定的程度，这是恒温动物的特征。下等动物并没如此的装置。人的头脑间有一种"温度调节中枢"，这又分为温中枢与寒中枢二者，专司温度的高低，使常保持一定的度数。

外界温度过低的时候，一，分布在皮肤中的血管就收缩起来，使其中流注的血液量减少，发散于身体表面的热量也跟了减少。二，体内的营养分——特别是脂肪等旺盛地燃烧，发出多量的热来。又，身体接触寒气，因了战栗的结果，筋肉中发生一种自然运动，也会生热。人在冬季的喜食肉类与瑟瑟地作寒态，就为了此。

反之，外界温度过高的时候，一，皮肤的血管扩张，血液多量流注血管，把热旺盛地从身体表面发散。二，汗的分泌量增多，因其蒸发把热发散。

因有这样的调节，人体的温度得以保持平均。此外还有补助这调节的方法，如冬日着毛裘，加项围，夏日着薄衣，携扇子等都是。这样，人因了自然的与补助的方法调节其体温，使之一定。但这所谓一定究是有限度的，对于非常的高温度或低温度，情形自当别论。

在同一季节里，住在热带的人到温带地方来就觉得凉，住在寒带的人到温带地方来则觉得热。这并不是热带的人与寒带的人体温不同，他们的体温都在三十六度至三十七度之间。体温相同而对外界的温度感觉各异者，实因人对于温度的感觉本来是比较的缘故。我们试把左手浸在冷水里，右手浸在热水里，过了若干时候，再把两手齐浸入于温水之中，则左手觉得热而右手觉得冷了。人对于温度的感觉不同，可用此理由来说明。

又，同一温度，因了热的传导的难易，人的感觉也大有差异。例如，人对于同一的温度的空气与水，感觉就大不相同。空气在十八度时，对于人恰好，自二十五度至二十八度就觉温暖，二十八度以上则颇觉得热了。至于水，十八度时很觉得冷，自十八度至二十九度还觉得冷，三十四度至三十九度，对于人恰好，三十五度半以上才觉得温暖，三十七度半以上才觉得热。

空气一到华氏百度，大家就叫热，要想法避暑，其实华氏百度只相当于摄氏三十七度七，比体温相差不满一度。要是空气变了水，便毫没有什么。这样温度的浴水，我们浸在里面并不觉过热。又，同是空气，因了干燥与潮湿，感觉也大不同，潮湿的空气分外使人感到热。在热的时候，皮肤血管扩张，血液多量流动，汗汁的分泌旺盛，因了蒸发作用，体热得以发散而感到凉爽。可是空气潮湿时，外界水蒸气的含量较多，压迫皮肤血管，汗的分泌因而困难，于是就格外觉得热了。黄梅天气的比伏天难熬，就因为这理由。人对于冷热的感觉何等不正确啊！

人的体温有一定的调节，而对于温度的感觉又有种种差异。但这都是有限度的，外界的温度过高或过低时，调节就会失其效力，差异也无从说了。据可靠的研究，人的体温超过摄氏四十二度就要热死，降到十九度以下就要冷死。人所能忍受的体温，只在四十二度与十九度之间。外界温度过高时，体温来不及发散，只管上升，结果中枢神经麻痹，至于人事不省，昏晕倒毙。温度过低时，那本来会收缩的血管因酷寒而麻痹，反而扩大，血液分外多量向血管集注，结果引起脑贫血，昏迷僵死。

蟋蟀之话 *

"志士悲秋"，秋在四季中确是寂寥的季节，即非志士，也容易起感怀的。我们的祖先在原始时代曾与寒冷饥饿相战斗，秋就是寒冷饥饿的预告。我们的悲秋，也许是这原始感情的遗传。入秋以后，自然界形貌的变化反应在我们心里，引起这原始的感情来。

天空的颜色，云的形状，太阳及月亮的光，空气的触觉，树叶的色泽，虫的鸣声，凡此等等都是构成秋的情绪的重要成分。其中尤以虫声为最有力的因子，古人说"以虫鸣秋"，鸣虫实是秋季的报知者，秋情的挑拨者。

秋季的鸣虫可分为螽斯与蟋蟀二类，这里想只说蟋蟀。说起蟋蟀，往往令人联想到寂寥与感伤。"蟋蟀在堂"，"今我不乐"，三百首中已有这样的话。姜白石咏蟋蟀《齐天乐》云："庾郎先自吟愁赋，凄凄更闻私语。……哀音似诉。正思妇无眠，起寻机杼。曲曲屏山，夜凉独自甚情绪。……候馆迎秋，离宫吊月，别有伤心无数。……写入琴丝，一声声更苦。"凡是有关于蟋蟀的诗歌，差不多都是带着些悲感的。这理由是什么？如果有人说，这是由自然的背景与诗歌上的传统口吻养成的观念情绪，也许的。实则秋季鸣虫的音乐，在本质上尚有可注意的地方。

蟋蟀的鸣声，本质上与鸟或蝉的鸣声大异其趣。鸟或蝉的鸣声是肉声，而蟋蟀的鸣声是器乐。"丝不如竹，竹不如肉"，我国从来有这样的话，意思是说器乐不如肉声。其实就音乐上说，乐器比之我们人的声带，构造要复杂得多，声音的范围也广得多。声带的音色决不及乐器的富于变化，乐器所能表出的情绪远比声带复杂。箫笛的表哀怨，可以胜过人的悲吟；鼓

---

*　本文原刊于《中学生》第三十八号（1933 年 10 月）。

和洋琴的表快悦，可以胜过人的欢呼。鸟的鸣声是和人的叫唱一样，同是由声带发出的，其鸣声虽较人的声音有变化，但既同出于肉质的声带，与人声究有共同之点。蝉虽是虫类，其鸣声由腹部之声带发出，也可以说是肉声。

蟋蟀等秋虫的鸣声比之鸟或蝉的鸣声，是技巧的，而且是器械的。它们的鸣声由翅的鼓动发生。把翅用显微镜检查时，可以看见特别的发音装置，前翅的里面有着很粗糙的状部，另一前翅之端又具有名叫"硬质部"的部分，两者磨擦就发声音。前翅间还有一处薄膜的部分，叫做"发音镜"，这是造成特殊的音色的机关。秋虫因了这些部分的本质和构造，与发音镜的形状，各奏出其独特的音乐。其音乐较诸鸟类与别的虫类，有着如许的本质的差异。

螽斯与蟋蟀的发音样式大同小异：螽斯左前翅在上，右前翅在下；蟋蟀反之，右前翅在上，左前翅在下。又，螽斯的状部在左翅，硬质部在右翅；而蟋蟀则两翅有着同样的构造。此外尚有不同的一点：螽斯之翅耸立作棱状，其发音装置的部分较狭；蟋蟀二翅平叠，因之其发音部分亦较为发达。在音色上，螽斯所发的音乐富于野趣，蟋蟀的音乐却是技巧的。

无论鸟类、螽斯或蟋蟀，能鸣只有雄，雌是不能鸣的。这全是性的现象，雄以鸣音诱雌。它们的鸣，和南欧人在恋人窗外所奏的夜曲同是哀切的恋歌。蟋蟀是有耳朵的，说也奇怪，蟋蟀的耳朵不在头部，倒在脚上。它们共有三对脚，在最前面的脚的胫节部具着附有薄膜的细而长的小孔，这就是它们的耳朵。它们用了这"脚耳"来听对手的情话。

蟋蟀的恋歌似乎很能发生效果。我们依了蟋蟀的鸣声，把石块或落叶拨去了看，常发现在那里的是雌雄一对。石块或落叶丛中是它们的生活的舞台，它们在这里恋爱，产卵，以至于死。

　　蟋蟀的生活状态在其自然生活中观察颇难，饲养于小瓦器中，可观察到种种的事实。蟋蟀的恋爱生活和他动物及人类原无大异，可是有一极有兴趣的现象：它们是极端的女尊男卑的，雌对于雄的威势，比任何动物都厉害。试把雌雄二蟋蟀放入小瓦器中，彼此先用了触角探知对方的存在以后，雄的即开始鸣叫。这时的鸣声与在田野时的放声高吟不同，是如泣如诉的低音，与其说是在伺候雌的意旨，不如说是一种哀恳的表示。雄的追逐雌的，把尾部向雌的接近，雌的犹淡然不顾。于是雄的又反复其哀诉，雌的如不称意，犹是淡然。雄的哀诉，直至雌的自愿接受为止。交尾时，雌的悠然爬伏于雄的背上，雄的自下面把交尾器中所挟着的精球注入雌的产卵管中，交尾的行为瞬时完毕。饲养在容器中的蟋蟀，交尾可自数次至十余次，在自然界中想必也是这样。这和蜜蜂或蚕等只交尾一次而雄的就死灭的情形不同了。说虽如此，雄蟋蟀在交尾终了后，不久也就要遇到悲哀的运命。就容器中饲养的蟋蟀看，结果是雌的捧了大肚皮残留着，雄的所存在者只翅或脚的碎片而已。这现象已超过女尊男卑，入了极端的变态性欲的范围了。雄的可说是被虐待狂的典型，雌的可说是虐待狂的典型了吧。

　　原来在大自然看来，种的维持者是雌，雄的只是配角而已。有些动物的雄，虽逞着权力，但不过表面如此，论其究竟，负重大牺牲的仍是雄。极端的例可求之于蜘蛛或螳螂。从大自然的经济说，微温的人情——虫情原是不值一顾的，雄蟋蟀的悲哀的凤命和在情场中疲于奔命而死的男子相似。

　　蟋蟀产卵，或在土中，或在树干与草叶上。先入泥土少许于玻璃容器，把将产卵的雌蟋蟀储养其中，就能明了观察到种种状况。雌蟋蟀在产卵时，先用产卵管在土中试插，及找得了适当的场所，就深深地插入，同时腹部大起振动。产卵管是由四片细长的薄片合成的，卵泻出极速，状如连珠，卵尽才把产卵管拔出。一个雌蟋蟀可产卵至三百以上。雌蟋蟀于产卵后亦即因饥寒而死灭，所留下的卵，至次年初夏孵化。

蟋蟀在昆虫学上属于"不完全变态"的一类，由卵孵化出来的若虫差不多和其父母同形，只不过翅与产卵管等附属物未完全而已。这情形和那蝶或蝇等须经过幼虫、蛆蛹、成虫的三度变态的完全两样。（像蝶或蝇等叫做"完全变态"的昆虫。）自若虫变为成虫，其间须经过数次的脱皮，不脱皮不能生长。脱皮的次数也许因种类而有不同，学者之间有说七次的，有说八次或九次的。每次脱皮以前虽没有如蚕的休眠现象，可是一时却不吃东西，直至食道空空，身体微呈透明状态为止。脱皮时先从胸背起纵裂，连触角都脱去，剩下的是雪白的软虫，过了若干时，然后回复其本来特有的颜色。这样的脱皮经过相当次数，身体的各部逐渐完成。变为成虫以后，经过四五日即能鸣叫，其时期因温度地域种类个体而不同，大概在立秋前后。它们由此再像其先代的样子，歌唱，恋爱，产卵，度其一生。

蟋蟀能草食，也能肉食。普通饲养时饲以饭粒或菜片，但往往有自相残食的。把许多蟋蟀置入一容器中，不久就会因自相残食而大减其数。

雄蟋蟀富于斗争性，好事者常用以比赛或赌博。他们对于蟋蟀鉴别甚精，购求不惜重价，因了品种予以种种的名号。坊间至于有《蟋蟀谱》等类的书。我是此道的门外汉，无法写作这些斗士的列传。

春日化学谈 *

一、关于日光

　　每年到了三月，偏在南方低低地逼近了地平线运行着的太阳，渐渐升高了地位回归向北方来，万物也就从沉睡状态中苏醒了。春的恩惠，一言以蔽之，结果归着于太阳的赐惠加多。太阳不但给予我们以光明与温热，还给予我们以食物与能。

　　我们的食物中，有植物性的谷类和蔬果与动物性的乳、肉和卵。动物不能在自己体内制造食物，植物却有在体内制造自身所需要的养分的能力。这植物所制造的，就是动物当作食物赖以维持生命的东西。

　　我们只要耕田下种，施以适当的栽培，就不难获得食物。这食物从何处来，怎样造成的呢？不消说是由被根所吸收的土中的水分与无机成分，和被叶所吸收的空气里的碳酸气中的碳素造成的。将这些化学成分制成食物，是植物的叶绿素的功用，有叶绿素的叶子无异是食物的合成工场。说虽如此，仅是叶绿素还不够，根本的力量要推太阳。这些化学成分非加以日光的能，才会行合成作用，叶绿素只不过是捕集日光的能，巧妙地加以利用而已。这时日光的能变形了，在合成的物质之中潜伏着。植物为食物之根本，日光为植物合成工程上必不可缺的要素，可以说，我们是靠日光而生活着的。

　　空气中的碳酸气不多，只 0.03％ 光景。植物仅吸了这一点，合成上所

_____

　　* 本文原刊于《中学生》第四十四号（1934 年 4 月 1 日）。

需要的碳素已尽能供给了。因为叶吸收碳酸气的速度非常快速，最易吸收碳酸气的普通常推苛性钾的浓溶液，叶的吸收力可与相比。有些植物的叶，每一平方米的表面一小时可合成一克的淀粉。植物这样地合成糖类（淀粉、糖等），合成脂肪，合成蛋白质，这三者都是人类必要的食物的主成分。此外如维他命之类，亦非动物所能制造，全是直接或间接由植物摄取而来的东西。植物的所以能供给这种重要成分，不消说又要归功于日光的能。人类可不依赖植物的有无机盐、水和氧。但素菜类含着丰富的无机盐，人类事实上仍多量取之于植物。

世间任何事物没有能就不会活动。例如电车利用了电能，把它转变为机械能而行驶，蒸汽机关与内燃机关利用了煤或汽油的能，把它的热能转变为机械能而旋转。人类和别的动物是从食物获得运动的能的。植物的叶制造我们的食物时，所吸收的日光的能转变为化学的能，潜伏于新化合物之中。这食物一入人体里，被消化吸收了达到细胞，原来潜伏着的化学的能重新再变形而出现了。变形的场所就是细胞，一部分变形为热能。使我们有一定的温度，一部分变形为机械能，使我们全身会活动。我们的一切动作与活动，都是食物中潜伏的化学的能的变形使然，而这化学的能本来就是日光中光线的能。这样说来，我们的温热与活动，可以说就是日光的化身了。不但人类如此，一切生物所营的生活现象，直接或间接都与日光的能有密切的关系。

那个灼热的太阳，原是一个有六千度高热的大火球，其中当然没有我们通常所称的"生命"。可是地上的一切生命却都是它给予的。

二、关于植物

把土中的空气分析了看，其中有着碳酸气。这碳酸气的分量，在冬季是0.5%以下，一到春季就激增起来，三月中是2%，四五月最高，约3%以上，从七八月起又逐渐减少。又，大气中碳酸气的量在春季亦见增加。这原因有二：一是由于植物的根在土中所行的呼吸旺盛，二是由于冬季入土的落叶因热而开始腐败分解，发出碳酸气来。腐败起于细菌的繁殖，碳酸气的发生结果可以说即是细菌的呼吸作用。土中除使落叶腐败的菌类外，尚有许多菌类，都在旺盛地呼吸着。

种子通常呈假死状态，在寒冷而干燥着的时候差不多是没有呼吸的。说虽如此，普通任何干燥的种子仍含着 3.5% 至 13% 的水分，在平常的温度中亦营着呼吸，会放出碳酸气来。一公斤的大麦在一小时可出 0.04% 公斤的碳酸气，如果把其水分增至 33% 一小时可出 83 公斤的碳酸气。

呼吸可以生热，从空中取入氧素把体内的碳化合物燃了起来，结果就排出碳酸气。我们把木质就火燃烧，就发生热与碳酸气。生物的体内也很平顺地营着这种作用。

只要遇到水分和温热，种子随时都能发芽。我们常见橘子的种子在橘子中发芽，新收获的麦穗因雨亦可有发芽的事。充分干燥的种子能长久保持其生命，据说有人从印度五千年前的古墓里得了一粒麦种，播种下土居然发芽，结了九个穗。那麦是和现代的麦异其种类的。

种子得了水分与温热，种子中所贮的淀粉就因糖化酵素转化为糖分去养胚。种子中的淀粉粒，在显微镜下的形状因植物的种类而不同，但其性质却是同样的。化学的成分是 $(C_6H_{10}O_5)n$，种子发芽的时候，原有的淀粉粒同糖化酵素的作用渐渐变为葡萄糖而流去消失，葡萄糖的化学成分等于把淀粉分割成若干（n）个，加入一个水（H_2O）进去，就是 $C_6H_{12}O_6$，我们平常嚼饭的时候常觉到甜味，因这时唾液中的糖化酵素已在把淀粉转化为葡萄糖了。

植物的芽，不论是从种子发生的或春来新换的，都与种子同样需要日光和水分，只是养分的贮藏的场所和种子不同罢了。芽的养分贮藏在茎或根里。芽不能像种子地永生着，把植物置在冬季同样的低温度之中使不发芽，究能维持生命到几年？这事至今尚未有人实验过。种子如果充分干燥，即到零下两百度仍能不死，至于芽，普通在零下一百度即死。不消说，这时的芽是无法使它干燥的，就高温度说，种子能耐到六七十度，而芽则至四五十度即死。含水的淀粉在 66 度时即成糊状，可是干燥的淀粉虽热至百七十度，亦可不起何等的变化。

新芽得着日光，获得了叶绿素，营其奇妙不可思议的化学作用，从水（H_2O）与碳酸气（CO_2）造成甲醛（CH_2O），再由甲醛合成糖类、淀粉、脂肪或蛋白质。用光来将水与碳酸气造出甲醛，这已是人工所能办的了，但像植物的自由制造糖或淀粉，脂肪或蛋白质，在今日尚为人智所不及。

三、关于动物

普通在冬眠中的动物差不多没有呼吸，也没有血液循环。有毒的蛇在冬眠中，即使咬人也无危险。春天到来，冬眠的各种动物才觉醒。最先觉醒的是蛙类，有些蛙类会在还冰冻着的池沼中产细长如丝的卵。动物从冬眠觉醒转来的时候，因为长久不吃东西的缘故，常用猛烈的行动去找寻食物。

动物活动的原动力不消说是食物。食物的所以会使动物活动，实是酵素的功劳。动物体中，不论唾液、胃液、胆汁，都含有酵素，能以微妙的作用把食物来消化摄取。

此外，那些营内分泌的各种内脏里，也各有特种的酵素，发挥各种各样的机能。动物在一方面能从各种东西摄取必要的养分，在他方面能把自己身体的旧组织废去改换新组织，也都是酵素的作用。

酵素种类甚多，它的构成元素今日已经知道，至于其组列的形状如何尚未明白。酵素自身并不会起任何作用，一与他物相遇就能使起变化。每种酵素各有其特殊的对象物，唾液中名叫 Ptyalin 的酵素只能变淀粉为麦芽糖，对于脂肪或蛋白质是不起任何作用的。胃液中名叫 Pepsin 的酵素，只对于蛋白质有作用；胆汁中名叫 Lipose 的酵素，只能分解脂肪。酵素和生物相似，在温度三十八度时作用最活泼，热到八十度就丧失其作用。又，如果遇到了毒物，作用也就会死灭的。

"桃花流水鳜鱼肥"。不但鳜鱼，一切动物在产卵的时季，脂肪旺盛，滋味都较平时鲜美。可是，在产卵期内，动物往往有毒，不可不知。吃河豚的往往丧失性命，秋季食蟹亦常有中毒的事。动物在产卵期中，卵与卵巢等大概有毒，很适合于保存种族。不但动物，有些植物在嫩芽或根里也有毒，像马铃薯就是一个例。

四、关于微生物

草木逢春发芽开花，叫我们欢悦，可是植物之中有逢春不发芽开花，生活在我们看不见的地方，为我们尽力，如酵母就是。酵母是下等植物的一种，在显微镜下看去，呈圆形或椭圆形，大批集群着时候，发糟粕或酒类的气味。这菌类和普通植物不同，不在地上繁殖，要在培养液中才能旺盛地繁殖。酵母的种类不少，现在试单就酿酒时所必要的 Saccharomyces 属的酵母来说吧。

酵母的培养液中，须加糖类、氨、磷酸钾等，主要成分为麦芽（令大麦发芽为曲），酵母繁殖时在其圆形或椭圆形的母细胞上先生细小的突起，渐渐长大，长大到与母细胞同样的时候，即分立而成独立的细胞。细胞的分裂，在摄氏四度须二十小时，在十三至十五度须十小时半，在二十三度须六小时半。酵母发芽所需要的温度最低可至零度，最高是四十度左右。

酒在太古时代已被发明，可是酵母的发现却在十九世纪。因了德法诸学者的研究，才知道酒的发酵主体是一种酵母。现在更进一步，知道酿酒酵母中含有名叫 Zymase 的酵素，这酵素对糖液发生了作用，才起酒精发酵。

酒对于人类于陶醉的快乐以外，曾给予以种种道德上身体上的恶影响，可是酵母是无罪的。因了时代的进展与实际的需要，酿酒酵母为我们尽力的方面正多，可以说是我们的恩人呢。

石碳总有干竭的一日，液体燃料的石油汽油也是有限的东西，无法用人工来增加。能用人工制造的燃料，现在只有酒精。酒精的原料甚多，如马铃薯、山薯、高粱、玉蜀黍、谷类都是。把这类含有淀粉的东西加入酸类，先使淀粉化糖，再加酵母发酵，就可取得酒精。这种酒精的原料本是我们重要的食粮，如果能利用废物或更廉价的原料来制造酒精，那么酵母对于人类的功绩将愈显出了。

酵母本身含有着蛋白质、磷、维他命 B 等，把它直接充作食物，也是很有价值的。历来曾有过许多考案，想把微生物转化为食粮。所困难的就是制造酵母先须用淀粉和糖类，这些原料本身就是贵重的食粮；并且酵母在培养上也有种种复杂的问题，这理想的实现，恐只好待之于将来了。

| 第四编 |

爱的教育

文学的力量[*]

文学的有力量是事实。在几千年前，我们中国就知道拿文学来做移风易俗、改革社会的工具，这用现在的用语来说，就是所谓文艺政策。足见文学的力量，自古就已经大家承认的了。到了现在，因了印刷与交通的进步，识字者的增多，文学的力量愈益加增。我们可以说，文学的力量是非常之大的，只要看《黑奴吁天录》一书使黑奴得到解放，青年人读《少年维特的烦恼》有因而致自杀者，便可以明了。所以文学之有力量已是明白的事实，无须费词。今天所要讲的是以下三点：第一，文学的力量从何而来；第二，文学力量的特点；第三，文学对于读者发生力量需要什么条件。

一、文学的力量从何而来

我以为要讲文学的力量发生，应先讲文学的本身。文学的作品如诗歌小说之类，和"等因奉此"的公文，"天地玄黄、宇宙洪荒"的千字文性质不同。文学的特性第一是"具象"。我们平常说话不一定是文学的，但如果用文学的方法来说，便成为文学的了。譬如我们说："日子过得很快。"这句话语不足称为文学。如果我们要使它文学化，第一就应当使其能够使人感觉到，即是使其具象化。于是我们便说："流光容易把人抛，红了樱桃，绿了芭蕉。"这样便成为文学的说法了。为什么？因为后边的一句是具象化的："抛"，"红""绿""樱桃""芭蕉"都是可用感觉机关来捉摸的事象，比"日子过得很快"的说法有声有色得多。再好像我们听见人家说某某地方打仗，死了很多人。这句话当然使我们感动，但若我们果然亲身到了那个地方，

---

　　* 本文收录于《上海市教育局无线电播音演讲集》（1933 年 8 月 31 日）。

眼睛看见累累的尸身，狰狞可怖，那我们所得的印象一定更深了。可见愈具象的事情愈能使人感动。文学的力量也是同样发生的。通常说，中国人胆子小，爱面子，爱虚荣，因为了这些劣根性，于是中国人到处吃亏。但是只讲我们中国人有这些不良的品性，我们听了感动甚少。经鲁迅氏在《阿Q正传》中，假了名叫阿Q的一个人，加以一番具体的描写，便深刻多了。文学的力量是从"具象"来的，不具象就没有力量。文学的特性，第二是情绪的。这情绪也是使文学有力的一个条件。大凡告诉人家一件事情使他去做，有好几种的方法，或是用知识，或是诉之于情感。知识能够使人知道"如此这般"，但是很不容易使人实行。如果用情感就不同了。我们用情感使人做一件事，若是能使对方动情，对方自然便去做了。所谓"情不自禁"者，就是指这现象的话。文学的作品并不告诉人家如何如何，只把客观的事实具象的写下来，使人自己对之发生一种情绪，取得其预期的效果。

以上是讲文学本身发生力量的缘由。次之，文学的力量还可以从文学作者发生。文学作者的敏感，也是使文学有力量的原因。所谓文学作者，便是那些感情和观察力比较常人来得敏捷的写作的人：普通人看不见的，他们能够看见；普通人感觉不到的，他们感觉得到；普通人想不到的，他们也想得到。因为文学作者对于社会、对于事物的观感，比常人特别强，所以社会有变动时，先觉者往往是文学作者。世间事件所含奥秘，一般人往往不能见到，经文学作者提醒以后，方才注意及之。譬如讲到妇女解放问题，最初发动的是文学作者易卜生，他的名剧《娜拉》便是妇女解放的先声。美洲的黑奴解放，普通人都归功于《黑奴吁天录》一书。因为人生很微细的地方，文学作者都能看得到，因而把他的敏感观察得到的东西发挥创作，自然会使人佩服，对读者有力量了。

所以，文学的力量的来源，可以分做两部分，第一从文学本质而来的，由于具象，由于情绪；第二是从文学作者方面来的，便是由于作者的敏感。

二、文学力量的特点

文学的力量是感染的力量，不是教训。教训的力量是带有强迫性的，文学的力量是没有强迫性的，是自由的。近来常有一种作品，带着浓厚的教训性，露骨地显露着某种的教训。这些作品往往缺乏具象与真实的情绪，与其说是文学作品，不如说是口号的变装。口号是一种号令，具有强烈的强迫性，真正的文学的力量，性质决非如此。文学并非全没教训，但是文学所含的教训乃系诉之于情感。文学对于世界，显然是负有使命的。文学之收教训的结果，所赖的不是强制力，而是感染力。良师对于子弟，益友对于知己，当施行教训的时候，常极力避用教训的方式，而用感化的方法，结果往往得到更大的功效。文学的力量亦正如此。

三、文学对读者发生力量的条件

文学的力量是不普遍的。文学需要着读者，某作家做了一本小说，如果国内读的人有了一万万，这一万万人也许都受了这本小说的感动，而还有三万万人没读这本小说的，是无法直接感动的。并且，一种文学作品并非对于任何读者都能发生效力。文学作品要对于读者发生效力，其主要条件是作者和读者之间的"共鸣"。作品对于读者有共鸣作用的便有力量，没有共鸣作用便无力量。这共鸣作用因空间时间而不同，因人的思想环境有别而各异。譬如讲失恋故事的作品，在我这个未曾尝过恋爱滋味的人读了，是不甚会发生共鸣的；西洋小说里面讲基督教的部分，在不懂基督教的人看来是不会发生兴趣的。一个作品里所表现的东西常有一般的与特殊的两种，大概描写一般的人性的东西，容易使多数人感动，对多数人发生有力量；至于叙写特殊的境遇的东西，如失恋的痛苦、孤儿的悲哀之类的东西，非孤儿和未曾尝过恋爱的滋味的人看了，感动要比较少。《红楼梦》是一部著名的小说，写林黛玉有许多动人的地方，但是这书在一百年前的闺秀眼中，和在现今的"摩登"小姐眼中，情形便不一样，她们的感受一定不大相同。某种作品有某种读者，《啼笑因缘》的读者和《阿 Q 正传》的读者，根本上是不同的人。

把上面的话归纳起来，就是：文学是有力量的。文学的力量由具象、情绪和作者的敏感而来；文学的力量，其性质是感染的，不是强迫的；文学作品对于读者发生力量，要以共鸣作用为条件。

教育的背景 *

不论绘画戏剧小说，凡是一种艺术，大概都应当有背景。背景就是将事物的情况烘托显现出来，叫人不但看见事物，并且在事物以外，受着别种感动刺激的一种周围的景象。事物的好坏，不是单独可以判定的，必须摆入一种背景的当中，方才可以认得它的真相，了解它的意义。所以在艺术上，这个背景很有重要的位置。

中国人一向不大讲究背景：画地是白的；戏剧里面的开门关门，光是用手装一个样子；车子只有两扇旗子，骑马也只有一支马鞭就算了。近来虽已经加了布景，但是不管戏情，用来用去，总是这几种老样式，也可算不讲究背景的证据了。至于古来的诗词，却颇多用背景的。用了背景，就添出许多的情趣。譬如"风萧萧兮易水寒，壮士一去兮不复还"，这可算得最悲壮的文字了。但是离开了第一句，便失却它悲壮的意味，因为第一句就是第二句的背景的缘故。其余如"暝色入高楼，有人楼上愁""落日照大旗，马鸣风萧萧"等许多好文章，也都可以用这个道理来说明它的好处。

从此看来，背景差不多可算艺术的生命了。教育从一种意义说也是一种艺术，主张这一说的人近来很多。就是当初将教育组成为一种科学的海尔把尔脱也有这个意见：也应当有背景。没有背景的艺术不能叫做艺术。没有背景的教育也不能叫做教育。

什么叫做教育的背景？这个问题可分几层解释。第一，我们所行的教育是人的教育，当然应当用人来做背景。人究竟是个什么？这原是最古的疑问，到现在还没有十分解决。原来人有两种方面：一种是动物的方面，

---

* 本文原刊于《教育潮》第一卷第一期、第二期（1919年4月、6月）。

就是肉的方面；一种是理性的方面，就是灵的方面。古今东西的哲人都从这两方面来解释人。因为注重的地方不同，就生出种种的意见来了。西洋史上显然有这两个潮流：希腊及罗马初期的人注重肉的方面；基督教徒注重灵的方面，就是前一潮流的反动。这两种主张彼此冲突，结果就变了宗教战争。文艺复兴以后到十九世纪，就是主肉主义全盛的时代，近来学者大概主张灵肉一致了。这个灵肉一致，在我们中国却是已经有过的思想。孔子所谓"从心所欲不逾矩"，就是灵肉一致的状态。

这个人字的解释将来不知还要如何变迁，现在的理想大概是灵肉一致了。所以我们看人不可看得太高，也不可看得太低。进化论一派的学者说人不过为生物的一种，这样看人未免太低。但是用一般所说的人为万物之灵、可以支配一切的看法来看人，也未免看得太高。这两种都不是人的真相。人原本是两面兼有的：一面有肉欲的本能，一面还有理性的本能；一面有利己的倾向，一面还有利他的倾向；一面有服从的运命，一面还有自由的要求。这两方面使他调和一致，不生冲突，这就是近代人的理想。近来伦理学上主张自我实现，教育上主张调和发达，也无非想满足这个要求。"不管学生将来入何等职业，先使他成功一个人。"卢梭这句话说在百年以前，到现在还是真理。现在普通教育中所列的科目，都是养成人的材料，不是教育之目的物，也不是学问。地理是从面的方面解释人生的，历史是从直的方面解释人生的，数学是锻炼人的头脑的，理科是说明人的周围及人与自然界之关系的，语言文字是了解人与人的思想的，体操是锻炼人的身体意志的，其他像手工农业等，虽似乎有点带着职业的色彩，但是在普通教育中，仍是注重陶冶品性的一面。总之，现在普通教育上所列的科目，除了以人为背景以外，完全是毫无意义的。若当做教育之目的物看，当做学问看，那就大错了。

我们中国办学已经二十年光景，这个道理好像大家还没有了解。社会上大概批评学校里的课程无用。有几种父兄竟要求学校说："我的子弟只要叫他学些国文算学。体操手工没有什么用场，不必叫他学的。"普通学校里的学生也有专欢喜国文的，也有专欢喜数学的，也有专欢喜史地的。遇着洒扫劳动的作业，大家就都不耐烦。这种都是将材料当做目的物看，当做学问看，不当它养成人的方便看的缘故。不但社会和学生不晓得这个道理，就是教育者，不晓得这个道理的也很多。现在大多的教育者，无非将体操当作体操教，将算术当作算术教，将手工当作手工教罢了。课程自课程，人自人，这种无背景的教育，就是再办几十年也没有什么效果。所以教育上第一件是要以人为背景。人是教育第一种的背景了。无论何物，不能离开空间与时间的两大关系，这个空间时间，在人就是境遇和时代了。不论英雄豪杰，都逃不了境遇和时代的支配。印度地处热带，山川动植物皆极伟大，自然界恍如扑倒人生，所以有佛教思想。中欧气候温和，山川柔媚，所以有自由思想。批评家看见绘画诗文，就是无名的，也能大略辨别它是哪代的制作。这都是人不能离开境遇和时代的证据。所以教育上，第二应当以境遇和时代为背景。

从前斯巴达以战争立国，奖励敏捷，教育上至提倡盗窃。这虽是已甚的例，足见时代和境遇所要求的知识，才是有用的知识。现在是何等时代，我们现在是何等境遇，这都是教育家所应当考求的问题。教育家虽然不能促进时代，改良境遇，断不可违背大势而误人子弟。已经这个时候了，还要去讲春秋的大义，冕旒的制度，教人读《李斯论》《封建论》的文章，出《岳飞论》《始皇论》的题目，学少林、天台派的拳棒，使学生变成半三不四的人物，学了几年，一切现在的制度，生活上应有的常识，仍旧茫然。这不是现在教育界的罪恶么？八股时代有一句讥诮读书人的话，说道"八股通世故不通"，现在的教育界能逃避这个讥诮么？

一国有一国的历史，自然不能样样模仿他人，但是一般的趋势，也应该张开眼来看看。一味的保守因袭，便有不合时宜、阻止进步的流弊。旧材料并非不可用，就是用这个材料的态度，很宜注意。原来一切历史上事实，无非人文进化的过程。这个过程，并无可宝贵的价值。若用了这些材料来说明现在的文化的来历，使人了解所以有新文化的道理和新文化的价值，自然是应该的事。若食古不化，拘泥了这个过程，这就是于现在生活无关系的，这种教育就是无背景的教育了。时势既到了今，不能再回到古去。历史上虽然也有复活的事实，但所谓复活者，并不是与前次一式一样，毫无变易的。譬如以前衣服流行大的，后来流行小的，近来又渐渐地流行大的了。近来的大的与以前的大的，究竟式样不同，以前的大，却不失为现在的大的过程。但若是要想拿来混充新的，这是万不能够的事。现在教育家只求博古，不屑通今，所以教育界中完全是尊古卑今的状态。十几岁的学生一动着笔便是古者如何，今则如何，居然也有"江河日下，世风不古"的一种遗老的口吻。这虽是他们思想枯窘聊以塞责的口头禅，也可算是教育不合时势的流毒了。所以要主张以境遇时代为教育的背景。

上面两种背景以外，还有第三种的背景，就是教育者的人格。现在的学校教育是学店的教育，教育者与被教育者的中间但有知识的授受，毫无人格上的接触；简直一句话，教育者是卖知识的人，被教育者是买知识的人罢了。机械的大家卖来卖去，试问这种知识有什么用处？真正的教育需完成被教育者的人格，知识不过人格一部分，不是人格的全体。现在学校教育何尝无管理训练，但是这个管理训练与教授绝对的无关系。教育者大概平日只负教授的责任，遇着管理训练的时候，便带起一幅假面具，与平时绝对成两样的态度了。这种管理训练除了以记过除名为后盾以外，完全不能发生效力。而且愈发生效力，结果愈不好，因为于人格无关系的缘故。

人格恰如一种魔力，从人格发出来的行动，自然使人受着强大的感化。同是一句话，因说话者人格的不同，效力亦往往不同。这就是有人格的背景与否的分别。空城计只好让诸葛亮摆的，换了别个便失败了；诸葛亮也只好摆一次的，摆第二次便不灵了。

"以言教者讼，以身教者从"，教育者必须有相当的人格，被教育者方能心悦诚服。只靠规则是靠不住的。我说这句话的意思，并不是凡是教育者必须贤人圣人。理想的人物本是不可多得的，我并不要求教育者皆有完美之人格。原来学校所行的教育，都不过是一种端绪，一切教科，无非是基本的事项，不是全体。所以教育者于人格方面，也只求能表示基本的端绪够了。这个人格的基本端绪，比了教科的基本端绪成就虽难，但是不能说这是无理的要求。

这三种是教育的背景，教育离开了这三种，就无意义。试问现在的教育用什么做背景？有没有背景？

《爱的教育》译者序言 *

这书给我以卢梭《爱弥儿》、裴斯泰洛齐《醉人之妻》以上的感动。我在四年前始得此书的日译本，记得曾流了泪三日夜读毕，就是后来在翻译或随便阅读时，还深深地感到刺激，不觉眼睛润湿。这不是悲哀的眼泪，乃是惭愧和感激的眼泪。除了人的资格以外，我在家中早已是二子二女的父亲，在教育界是执过十余年的教鞭的教师。平日为人为父为师的态度，读了这书好像丑女见了美人，自己难堪起来，不觉惭愧了流泪。书中叙述亲子之爱，师生之情，朋友之谊，乡国之感，社会之同情，都已近于理想的世界，虽是幻影，使人读了觉到理想世界的情味，以为世间要如此才好。于是不觉就感激了流泪。

这书一般被认为是有名的儿童读物，但我以为不但儿童应读，实可作为普通的读物。特别敢介绍给与儿童有直接关系的父母教师们，叫大家流些惭愧或感激之泪。

学校教育到了现在，真空虚极了。单从外形的制度上方法上，走马灯似的更变迎合，而于教育的生命的某物，从未闻有人培养顾及。好像掘池，有人说四方形好，有人又说圆形好，朝三暮四地改个不休，而于池的所以为池的要素的水，反无人注意。教育上的水是什么？就是情，就是爱。教育没有了情爱，就成了无水的池，任你四方形也罢，圆形也罢，总逃不了一个空虚。

因了这种种，早想把这书翻译。多忙的结果，延至去年夏季，正想鼓兴开译，不幸我唯一的妹因难产亡了。于是心灰意懒地就仍然延搁起来。

---

* 本文收录于《爱的教育》（开明书店 1924 年 10 月 1 日）。

既而，心念一转，发了为纪念亡妹而译这书的决心，这才偷闲执笔，在《东方杂志》连载。中途因忙和病，又中断了几次，等全稿告成，已在亡妹周忌后了。

这书原名《考莱》，在意大利语是"心"的意思。原书在一九〇四年已三百版，各国大概都有译本，书名却不一致。我所有的是日译本和英译本，英译本虽仍作《考莱》，下又标《一个意大利小学生的日记》几字，日译本改称《爱的学校》（日译本曾见两种，一种名《真心》，忘其译者，我所有的是三浦修吾氏译，名《爱的学校》的）。如用《考莱》原名，在我国不能表出内容，《一个意大利小学生的日记》，似不及《爱的学校》来得简单。但因书中所叙述的不但是学校，连社会及家庭的情形都有，所以又以己意改名《爱的教育》。这书原是描写情育的，原想用《感情教育》作书名，后来恐与法国佛罗贝尔的小说《感情教育》混同，就弃置了。

译文虽曾对照日英二种译本，勉求忠实，但以儿童读物而论，殊愧未能流利生动，很有须加以推敲的地方。可是遗憾得很，在我现在实已无此功夫和能力。此次重排为单行本时，除草草重读一过，把初刷误植处改正外，只好静待读者批评了。

《东方杂志》记者胡愈之君，关于本书的出版，曾给予不少的助力，邻人刘熏宇君，朱佩弦君，是本书最初的爱读者，每期稿成即来阅读，为尽校正之劳；封面及插画，是邻人丰子恺君的手笔。都足使我不忘。

春晖的使命 *

　　啊！春晖啊！今日又是你的诞辰了！你堕地不过一年零几个月，若照人的成长比拟起来，正是才能匍匐学步的时期，你现在正跨着你的第一步，此后行万里路，都由这一步起始。你第一步的走相，只要不是厌嫉你的人们，都说还不错。但是第一步总究是第一步，怯弱的难免，即在爱你的人，也是不能讳言的。

　　怯弱倒不要紧，方向却错不得！你须知道，你有你从生带来的使命！你的能否履行你的使命，就是你的运命决定的所在。你的运命，要你自己创造！

　　你的使命，是你随生带来的，自己总应明了。我们为催促你和为你向大众布告起见，特于今日大声呼说，一面也当作对于你的祝福，但愿你将来是这样：

　　你是生在乡间的，乡村运动，不是你本地风光的责任吗？别的且不讲，你可晓得你附近有多少不识字的乡民？你须省下别的用途，设法经营国民小学、半日学校等机关，至少先使闻得你钟声的地方，没有一个不识字的人，才是真的。至于你现在着手的农民夜校，比起来那只可说是你的小玩意儿，算不得什么的。

　　你是一个私立的，不比官立的凡事多窒碍。当现在首都及别省官立学校穷得关门，本省官立中等学校有的为了争竞位置、风潮叠起、丑秽得不可向迩的时候，竖了真正的旗帜，振起纯正的教育，不是你所应该做的事吗？

---

　　*　本文原刊于《春晖》第二十期（1923 年 12 月 2 日）。

你生也晚，正当学制改革之时。在新制之下，单纯的初级中学，办理上很是困难的。你现在第一步虽只办初级中学，但总须设法加办高级中学，酌量地方情形，加设文科、理科及农科、师范科等类的职业科。这条血路，你不是应该拼了命杀出的吗？

你已男女同学了，这是本省中等学校的第一声，也是你冒了社会的忌讳敢行的一件好事。你应如何好好地保持这纤弱的萌芽，使它发达？又，现在女子教育，事实上比男子教育待改良研究的地方更多。你在开始的时候，应如何改变方向，求于女子教育有所贡献？

你生在山重水复的白马湖，你的环境，每引起人们的羡慕。但这种环境，一不小心，就会影响你的精神，使你一方面有清洁幽美的长处，一方面染蒙滞昏懒的坏习的！你不应该常自顾着，使没有这种毛病的吗？

你无门无墙，组织是同志集合的。你要做的事情既那样多而且杂，同志集合，实是最要紧的条件。你不该从此多方接引同志，使你的同志结合在质上更纯粹，在量上更丰富吗？于现在有少数的校董、教员以外，再组织维持员等类的事，你不应该开了"无门的门"，尽力地做吗？

你的财产原不能算多，但也算不得没有。你不多不少的财产，也许反容易使你进退维谷。但你须知道，真正的教育事业，根本是靠你同志们的辛苦艰难的牺牲精神，光靠你的财产是没有什么用的。世间没有一个钱的基金，以精神结合遂能在教育上飞跃的学校多着；有了好好的基础，而因精神涣散、奄奄无生气的学校也多着哩！以精神的能力，打破物质上的困难，并非一定是不可能的事，而在你更是非做到这地步不可的。你该怎样地用了坚诚的信念，设法培养这精神，使你自己在这精神之下，发荣滋长？

春晖啊！你于别的学校所有的一切使命外，同时还有着这许多特有的使命。这于你或许要感受若干特有的困难，但决不是你的不幸。前途很远！此去珍重！啊，啊，春晖啊！

致文学青年 *

××君：

承你认我为朋友，屡次以所写的诗与小说见示，这回又以终身职业的方向和我商量。我虽爱好文学，但自惭于文学毫无研究，对于你屡次寄来的写作，除于业务余暇披读，遇有意见时复你数行外，并不曾有什么贡献你过，你有时有信来，我也不能一一作复。可是这次却似乎非复你不可了。

你来书说："此次暑假在××中学毕业后，拟不升学，专心研究文学，靠文学生活。"壮哉此志！但我以为你的预定的方针大有须商量的地方。如果许我老实不客气地说，这是一种青年的空想，是所谓"一厢情愿"的事。你怀抱着如此壮志，对于我这话也许会感到头上浇冷水似的不快吧，但你既认我为朋友，把终身方向和我商量，我不能违了自己的良心，把要说的话藏匿起来，别用恭维的口吻来向你敷衍，讨好一时。

你爱好文学，有志写作，这是好的。你的趣味，至少比一般纨绔子弟的学漂亮，打牌，抽烟，嫖妓等等的趣味要好得多，文学实不曾害了你。你说高中毕业后拟不再升大学，只要你毕业后，肯降身去就别的职业，而又有职业可就，我也赞成。现在的大学教育，本身空虚得很。学费，膳费，书籍费，恋爱费（这是我近来新从某大学生口中听到的名辞），等等耗费很大，不升大学，也就罢了，人这东西，本来不必一定要手执大学文凭的。爱好文学，有志写作，不升大学，我都觉得没有什么不可，惟对于你的想靠文学生活的方针，却大大地不以为然。靠文学生活，换句话说，就是卖字吃饭。（从来曾有人靠书法吃饭的叫做"卖大字"，现在卖文为活的人可

---

*　本文原刊于《中学生》第十五号（1931 年 5 月 1 日）。

以说是"卖小字"的。）卖字吃饭的职业（除钞胥外）古来未曾有过。因文字上有与众不同的技俩，因而得官或被任为幕府或清客之类的事例，原很多很多，但直接靠文学过活的职业家，在从前却难找出例子来。杜甫、李白不曾直接卖过诗，左思作赋，洛阳纸贵，当时洛阳的纸店老板也许得了好处，左思自己是半文不曾到手的。至于近代，似乎有靠文学吃饭的人了。可是按之实际，这样职业者极少极少，且最初都别有职业，生活资粮都靠职业维持，文学生活只是副业之一而已。这种人一壁从事职业，或在学校教书，或入书店、报馆为编辑人，一壁则钻研文学，翻译或写作。他们时常发表，等到在文学方面因了稿费或版税可以维持生活了，这才辞去职业，来专门从事文学。举例说罢，鲁迅氏最初教书，后来一壁教书一壁在教育部做事，数年前才脱去其他职务，他的创作，大半在教书与做事时成就的。周作人氏至今还在教书。再说外国，俄国高尔基经过各种劳苦的生涯，他做过制图所的徒弟，做过船上的仆欧，做过肩贩者，挑夫。契诃夫做过多年的医生，易卜生做过七年的药铺伙计，威尔斯以前是新闻记者。从青年就以文学家自命想挂起卖字招牌来维持生活的人，文学史中差不多找不出一个。

你爱好文学，我不反对。你想依文学为生活，在将来也许可能，你不妨以此为理想。至于现在就想不作别事，挂了卖字招牌，自认为职业的文人，我觉得很是危险。卖文是一种"商行为"，在这行为之下，文字就成了一种的商品。文字既是商品，当然也有牌子新老，货色优劣之别，也有市面景气与不景气之分。并且，文学的商品与别的商品性质又有不同，文字的成色原也有相当测度的标准，可是究不若其他商品的正确。文字的销路的好坏，多少还要看世人口胃的合否。如果有人和你订约，叫你写什么种类的东西，或翻译什么书，那是所谓定货，且不去管他。至于你自己写成的东西，小说也好，诗也好，剧本也好，并非就能换得生活资料的。想以此为活，实在是靠不住的事。

　　你的写作，我已见过不少，就文字论原是很有希望的，但我不敢断定你将来一定能靠文学来生活自己，至少不敢保障你在中学毕业后就能靠卖字吃饭养家。最好的方法是暂时不要以文学专门者自居，别谋职业，一壁继续钻研文学，有所写作，则于自娱以外，不妨试行投稿。要把文学当作终身的事业，切勿轻率地以文学为终身的职业。鄙见如此，不知你以为何如？

《中学生》发刊辞 *

中等教育为高等教育的预备,同时又为初等教育的延长,本身原已够复杂了。自学制改革以后,中学含义更广,于是遂愈增加复杂性。

合数十万年龄悬殊趋向各异的男女青年于含混的"中学生"一名词之下,而除学校本身以外,未闻有人从旁关心于其近况与前途,一任其彷徨于纷叉的歧路,饥渴于寥廓的荒原,这不可谓非国内的一件怪事和憾事了。

我们是有感于此而奋起的。愿借本志对全国数十万的中学生诸君,有所贡献。本志的使命是:替中学生诸君补校课的不足;供给多方的趣味与知识;指导前途;解答疑问;且作便利的发表机关。

啼声新试,头角何如?今当诞生之辰,敢望大家乐于养护,给以祝福!

---

* 本文原刊于《中学生》创刊号(1930年1月1日)。

"你须知道自己"[*]

　　我向有个先写稿后加题目的习惯，此稿成后，想不出好题目，于是就僭越地借用了这句希腊哲人的标语。

　　中学生诸君，新年恭喜！说到新年，不禁记起一件故事来了。从前日本有一个很有名的和尚，故意于新年元旦提了骷髅到人家门口去，叫大家煞风景。日本向有元旦在门口筑了土堆插松枝的风俗，叫做"门松"。和尚有一句咏门松的诗道："门松是冥土之旅的一里冢。"一里冢者，日本古代每一里作一土堆如冢，上插木标，以标记里程的。和尚的诗，意思就是说一个人过了一年就离冥土愈近了。

　　咿呀！新年新岁，理应说利市，讲好话，为什么要提起这样的话来扫大家的兴呢？但是照例地说利市，讲好话，也觉得没有意思。新年相见的套语，如"恭喜"之类，其中并不笼有真实的深意，说"恭喜恭喜"，并不就会有喜可恭的。

　　我们无论做哪一件事，都要预想到着末的一步，才会认真，才会不苟。做买卖的人所要顾虑的不是赚钱，乃是蚀本。赌博的人所须留意的不是赢了怎样，乃是输了如何。日本的那位和尚在元旦叫人看骷髅，要大家觉悟到死的一大事实，其事虽煞风景，但实也可谓是一种最慈悲的当头棒喝。我根据了这理由，想在这一九三〇年的新年，当作贺年的礼物，对诸君说几句看似不快而却是真实的话。

　　依学龄计算，诸君都是十三岁以上二十岁以下的志气旺盛的青年。诸君对于前途，所怀抱的希望不消说是很多的吧。恋爱咧，名誉咧，革命咧，

---

[*]　本文原刊于《中学生》创刊号（1930年1月1日）。

救国咧，诸如此类离本题太远的希望，暂且不提。即仅就了求学而论，诸君的希望应也就不小，由初中而高中，由高中而大学，由大学而出洋，由出洋而成博士等等，似都应列入诸君的好梦之中的。可是抱歉得很，我在这里想对诸君谈说的，却不是怎样由初中入高中、入大学、出洋等的好事，乃是关于不吉方向的事。就是：不能出洋怎样？不能入大学怎样？不能升高中怎样？或甚至于并初中而不能毕业怎样？

就大体说，教育的等级是和财产的等级一致的。财产有富者、中产者与贫困者三个等差，教育也有高等、中等、初等的三个阶段。在别国，这阶段很是露骨，尽有于最初就把贫富分离的学校制度。凡有资力可令子弟受中等以上的教育者，就可不令子弟进普通的国民小学。我国在学校制度上表面虽似平等，其实这财产上的阶段仍很明显地在教育的等差上反映着。不消说，小学校学生之中原有每日用汽车接送的富家儿与衣冠楚楚的中产者的子弟的，但全体统计，究以着破鞋拖鼻涕的贫家小孩为多。到了中学，贫困者就无资格入门，因为做中学生每年至少须花二百元的学费，不是中产以下的家庭所能负担。做中学生的不是富家儿，即是中产者的子弟。至于入大学，费用更巨，年须三四百元以上，故做大学生的大概是富家儿，即使偶有中产者的子弟蛰居其间，不是少数的工读生，即是少数的叫父母流泪典质了田地不惜为求学而破家的好学的别致朋友罢了。这样，教育的阶段宛如几面筛子，依了财产的筛孔，把青年大略筛成三等。纵有漏网混杂别等里去的，那真是偶然的侥幸的机会。诸君是中学生，贫困者已于小学毕业时被第一道筛子从诸君的队里筛出了。诸君之中混杂着富者与中产者的子弟，但富者究竟不多，诸君的十分之九以上可说都由中产家庭出来的吧。像诸君样的人，普通叫做中产阶级。中产阶级不致如贫困者的有冻馁之忧，也不致像富者的流于荒佚，在社会全体看来，实是最健全最有用的分子。诸君出自中产家庭，就是未来的社会中坚，诸君的境遇较之贫困者与富者，原不可不说是很幸福的。但是，可惜，这中产阶级的本身已在崩溃中了。中产阶级的崩溃原是世界的现象，不但中国的如此。其原因不得不归诸世界产业革命与资本主义的跋扈。中国中产阶级的崩溃也不自今日始，而以近数年来为尤速。中国原无什么大资本家，也无什么大产业，中国人所受的完全是身不由主的全世界的影响。中国产业落后于人者不知凡几，而生活程度却由外人替我们代为提高，已与别国差不多了。这情形，诸君不必回去问那六七十岁的老祖父，但把诸君幼时所记得的物价与生活费用和目前的一相比较，就已可知其差数之不小了。加以连年的兵祸，匪灾，饥馑，失业，把乡村的元气耗损几尽，随此而起的工价暴腾与农民的不得已的减租，更给了中产阶级以一道快速的催命符。

不信，但看事实！诸君的村里中富起来的人家多呢还是穷下去的人家多？诸君自己的家况，只要没有什么着香槟票头彩之类的事，还是一年好一年呢还是一年不如一年？诸君求学的用费，今年比之去年如何？诸君向父母请求学费时，父母是否比去年多摇头多叹息？再试每日留心报纸，是不是每日有因失业或困迫而自杀的？他们的大多数，是不是青年？

中国的中产阶级已在崩溃的途上，当世流行的一切青年的烦闷与中流家庭间的不宁，实都就是中产阶级在崩溃途上的苦闷的挣扎与呻吟。诸君是中产阶级，中产阶级的崩溃就是诸君的崩溃。诸君之中有的已深深地痛感到没落的不安，正在挣扎与呻吟之中，有的或尚才踏入第一步，只茫然地感到前途渐就黑暗的预觉，程度虽有不同，要之都已是在没落崩溃的途上的人们了。在这变动的期内，诸君的家庭尚能挣扎着令诸君入中学为中学生，不可谓非诸君之幸。不瞒诸君说，在下也是中产阶级出身，而且是一个做过二十年的中等学校教师的人。产是早已没有了，依了自己的劳动，现在总算还着起长衫，在社会上支撑着中流人物的地位，可是对于儿女，却无力令其尽受完全的中等教育。一个是高小毕业就去作商店学徒了，一个是初中未毕业，即令其从事养蜂与园艺了，还有一个现在虽尚在中学校，但能否有力保其毕业或升学，自己也毫无把握。作了二十年中学教师却无力使自己的儿女受中等教育，每想到"裁缝衣破无人补，木匠家里没凳坐"的俗语，自己也不禁要苦笑起来。

话不觉走入岔路去了，一笔表过，言归正传。世间最难动摇的是事实，事实是不能用了什么理论或方法来把它变更的。中产阶级的崩溃没落既是事实，我们虽然自己不情愿，也就无法否认。所谓崩溃或没落，原是就了全生活说的，若限在受教育的方面说，意思就是：诸君现在虽在中学为中学生，前途难免要碰到种种的障碍。不能入大学，不能入高中，或并初中亦不能毕业，也都是很寻常的可有的遭遇，并非什么意外的大不幸。诸君啊，先请把这话牢记在心里。诸君读了我这番煞风景的议论，也许会突然感到幻灭，要发生绝望的不安了吧。如果如此，那不是我说话不得其法，就是诸君太天真烂漫太未经世故的缘故。我所说的自以为是一种真实，并没有一句是欺骗或恐吓诸君的话。并且，我对诸君说这一番话，目的原不欲漫然把暗云投入诸君的快活的心胸里，在诸君火热的头上浇冷水；乃是想叫诸君张开了眼，认识眼前的事实，更由这认识发出勇敢的新的努力，去适应目前或将来的环境，能在大时代中游泳而不为大时代的怒涛所淹没。

那么怎样好呢？反正能否毕业能否升学都靠不住，就退学吗？或者赶快去别觅可以吃饭的职业吗？诸君的父母家庭，有的为了贪近利，有的为了真是负担不住了，也许早已盼望诸君如此了吧。家庭环境各个不同，原不好一概而论。若就大体说，诸君还是未成年者，在成年以前，最好能受教育，把青年生活好好地正则地度过去。诸君能在中学为中学生是应感谢的幸福，不是可诅咒的恶事。有书可读且读，但读书的态度却须大大地更改。

第一所希望于诸君者，就是要快把从来的"士"的封建观念先行铲除。中国古来封建时代称读书人为"士"，这士的制度已在几千年以前消灭了，而士的虚名仍历代相沿，直至现在，虚名原已不存了，而士的观念仍盘根错节地潜伏在一般人的心中。诸君的父母令诸君入学的动机，诸君自己求学的态度，乃至学校对于诸君的一切教育方法和设施等等，老实说，有许多地方都还是脱不尽这封建思想的腐气的。一般人误信以为在学校毕业了就可得到一种资格，就可靠文凭吃饭，这种迷信，的的确确是因袭的封建的恶根性。中国近十余年来的变乱，原因当然很复杂，但如果全国没有整千整万的毫无实学实力只手捏文凭的冒充的士，来替人摇旗呐喊，来替人造作是非，局面决不至糟到如此。我常以为中国最要的事情是裁士，而裁兵次之。要化士为工，化士为商，化士为农，化士为兵，除了少数有天分的专事学问的学者外，无一人挂读书人的空招牌，而又无一人不读过书，无一人不随时自己读着书，中国的前途才有希望。

第二所希望于诸君的是养成实力。诸君如果真能把从来以读书为荣的封建观念打破了，就能发现求学的新目标——就是觉悟到为养成实力而求学了。说到现在的学校教育，可指摘的处所实在很多，学校本体，除了到期给诸君以文凭外，能否给诸君以智、德、体三方面的真实能力，原属一个大大的疑问。如果有人说我这话太轻视了现在的学校与教育者，那么让我来自己招供吧。前面曾说，我是曾做过二十年的中学教师的，自问也不曾撒过滥污，但不敢自信曾有任何实力给予学生过。学校教育的靠不住，原因很多，这里无暇絮说。但无论如何，学校究是为青年而特设的教育机关，从来学校教育的所以力量薄弱，也许由于学生的求学态度的不正。诸君果已自己觉醒，对于学业及生活不再徒讲门面，要求实际，把一切都回向于实力的养成上去，则我可以保证诸君能相当地收得实力的。

了解了以读书为荣的错误，知道了实力的重要，在环境许可的期间，利用诸君的青春去作将来应付新时代的预备。有能力升学出洋固好，即不能升学或毕业，也比较容易以所养成的能力找得相当的职业。中产阶级只管没落，自己能在新兴继起的阶级中做一个立得住站得稳的人，不做新时代的落伍者；这是我所希望于诸君的总归宿。

《圣经》里的先知们，有的警告人说：末日快到了；有的警告人说：天国近了，叫人预备。"山雨欲来风满楼"，中产阶级已岌岌可危了，今后到来的世界从社会全体看来，是天国或是末日，学者之间因了各人的见解，原不一其说。但无论是好是坏，要来的终究要来，所以我们也不得不先有所预备。预备的第一步，就是对于自己所处的地位与时代的觉醒。

中学生诸君啊，记着：我们的地位是中产阶级而时代是一九三〇年！

新年之始，老乌鸦似地向诸君唠唠叨叨说了这一大串煞风景的话，抱歉之至！最后当作道歉，让我再来真诚地向诸君祝福吧：

中学生诸君，新年恭喜！

受教育与受教材 *

　　自从我在《中学生》创刊号上写了那篇《你须知道自己》以后，就接到了不少的青年的来信。有的自陈家庭苦况，有的问我中学毕业后的方针，有的痛诉所入学校的不良，问题非常繁多，欲一一答复，代谋解决，究不可能。没法，只好就诸信中寻出一个比较共同的问题，来写些个人的意见当作总答。

　　我在创刊号那篇文字里，曾劝中学生诸君破除徒以读书为荣的"士"的封建观念，养成实力。这次所接到的来信中，差不多都提及到这实力养成的问题。关于这，我实感到有答复的责任。至于答复得好与不好，且不去管他。先试就实力二字加以限制。我的谈话的对手是中学生，所谓实力，当然不是什么财力，权力，武力，也并不是学士或博士的专门学力，乃是普通一般的身心上的能力。例如健康力，想象力，判断力，记忆力，思考力，忍耐力，鉴赏力，道德力，读书力、发表力、社交力等就是。

　　这种能力，虽是很空洞，很抽象，却是人生一切事业的基础。犹如数学公式中的 X，诸君学过数学，当然知道 X 的性质。X 本身并无一定价值，却是一切价值的总摄，只要那公式是对的，无论用什么数目代入 X 中去都会对。上面的各身心能力，本身原不能换饭吃，成学者，或有功于革命，但如果没有这诸能力，究竟吃不成什么饭，成不了什么学者，或有什么贡献于任何革命事业的。

　　这身心诸能力，原也可从自然环境或职业去部分地获得，例如滨海的住民常善泅泳，当兵的自会富于忍耐力。但人为的有组织的养成机关，不

---

　　* 本文原刊于《中学生》第四号（1930 年 4 月 1 日）。

得不推学校教育。所谓教育，就是能力给与的设计。学校就是为施行这设计的而特造的人为的环境。

专门以上的学校为欲使学生直接应世，倾向常偏重于专门的知识技术的传授。专门以下的学校所传授的，不是可以直接应世的知识技术，其任务宁偏重于身心诸能力的养成，愈是低级的学校愈如此。所谓课程也者，无非施行教育作用的一种材料而已。专门以上的课程收得了也许就可应世，就可换饭吃，至于专门以下的学校课程，收得了仍是不能应世，换不来饭吃的。不信，让我举例来说：诸君花了不少的学费，费了不少的光阴，好容易了解了几何中西摩松线的定理或代数中的二项式，记得了蒲公英、鲸鱼的属类与性状，假如初中毕业时成绩第一。但试问这西摩松线的定理和二项式的解答和关于蒲公英、鲸鱼的知识，写出来零折地卖给谁去？怕连一个大钱也不值吧。又假定诸君每日清晨在早操班上"一二三四"地操，一日都不缺课，操得非常纯熟，教师奖誉，体育成绩优等。试问这"一二三四"的举动，他日应起世来，能够和卖拳头的江湖朋友一样收得若干铜子吗？以上不过随举数例，其实诸君所学习着的各科无不皆然。

诸君读到这里也许又要感到幻灭了，且慢且慢，西摩松线二项式和蒲公英、鲸鱼的知识，虽不能卖钱，但因此而表现的推理力、记忆力等等是终身有用的。又，幸而能升学进而求更高深的科学，这些知识当作基础也是有用的。"一二三四"操得好，虽不能变铜子，但由此锻就的好体格，和敏捷、忍耐、有规则等的品性，是将来干任何职业都必要的。"功德不虚"，诸君用几分功，究竟有几分益处在，断不至于落空。

由此可知，中等学校教育的课程，只是一种施行教育的材料，从诸君方面说，是借了这些材料去收得发展身心能力的。诸君在中学校里，目的应是受教育，不应是受教材。重视书册，求教师多发讲义，囫囵吞枣似地但知受教材，不知受教育，究是"买椟还珠"的愚笨办法。诸君读了我上面的话，如果以为是对的，那么希望诸君注意二事。

第一，要自觉地从各科目摄取身心上的诸能力。我上面所说的话，原只是普通教育上的老生常谈，并非什么新说，照理，教师们都该知道了的。他们应该注意到此，应该利用了教材替诸君养成实力，不应留声机器似地，徒把教本上的事项来一页一页地切卖给诸君。但现在的学校实在太乱杂了，一年之中可换三四个校长，前学期姓张的先生来教诸君的地理，后来归姓胡的教，这学期又换了姓王的。在这样杂乱无序的情形之下，说不定诸君的教师之中没有不胜任的分子。又，教育是教师与学生合作的事，教师虽施着正当的教育，学生如果无接受的热心，也不会有好结果，故诸君须有养成身心诸能力的自觉才好。一个代数方程式，同级的人都能解，你如果解不出，这事本身关系原不大。但在一方面说，就是你的记忆力或思考力不及人，不到水平线，这却是大事。冬天早操屡次赶不上，这事本身原不算得什么有碍，但由此而显现着的你的这惰性，如果不改革，却是足为你终身之累的，无论你将来干什么。

第二，对各科目要普遍地学习。近来中学生之间，常用因淡薄的实用观念或个人的癖好，把学习的科目来偏重或鄙弃的事。有的想初中毕业后去考邮局电报局，就专用功英语，有的想成文人，就终日读小说。无论哪一校，数学都被认为最干燥无味，大家对此都要皱眉的科目。体育科，则除了几个选手人员外，差不多无人过问，认为可有可无。图画、音乐等科，也被认为无足重轻的东西。这种倾向由能力养成上看来，真是大大的错误。因了学科的性质，有的须多用些功，有的可少用些功，原是合理的。又，现制中学的高中已行分科制，学生为了将来所认定的方向，学习要偏重些某方面，也是对的。我所指摘的只是普通一般的中学生的对于学科的偏向，尤其是对于初中部的学生。你想毕业后去考邮局或电报局并不是坏事，但除了英语的知识以外，多带些知识趣味去，就是说，在记忆力忍耐力等以外，多养成些别的能力去，不更好吗？你想成文人也好，但多方面的能力修养，将来不会使你的文人资格更完满吗？

中学原只是普通教育，其中的学科都是些人类文化的大略的纲目，换言之，只是一个常识，在综合地养成身心的能力上看来，不消说是好材料。次之，在有升学希望的人，当作预备知识也自有其意义。至于要想单独地拿了一种去换职业，究竟是毫无把握的。将来情形变更也许不能这样断言，至少在现制度是如此。任你怎样地去偏重，结果所偏重的依然无用，而在别的方面却失去了能力养成的普遍的机会，只是自己的损失而已。

一家商店，常有一种东西是值得买，而其余是不值得买的。例如杭州西湖上的菜馆里，醋溜鱼是好的，而挂炉烤鸭就不好，虽然门口也挂着"挂炉烤鸭"的牌子，我们如果要吃醋溜鱼，就到杭州西湖边上去，如果要吃烤鸭，那么上北京菜馆去，不然就会找错了门路。学校犹如商店，在中学校里所可吸收的是普通的身心能力，不是可以直接应世的教材。如果要买应世实用的教材，那么将来进专门大学去，或是现在就进甲种实业去，急于考邮局电报局的，还是进英文夜校去。

中学校的性质如此，是借了教材给与能力的。诸君在中学校里，试自己问问："我在这里受教育呢？还是在这里受教材？"

怎样对付教训 *

暑假已完，新学年就此开始，诸君将出家门，即有亲爱的父母向诸君作种种叮嘱，"保重身体"咧，"爱惜金钱"咧，"勿管闲事"咧，"努力用功"咧，……这么一大套。才进校门，在开学式中又有校长训话，教师训话，来宾训话，又是"革命勿忘读书，读书勿忘革命"咧，"打倒帝国主义"咧，"以学救国"咧，"陶冶品性"咧，"锻炼身体"咧，"谨守校规"咧……那么一大套。

不管诸君要听不要听，总之现在是诸君整段地要受教训的时期，各种各样的教训由父母师长各方面袭来，要求诸君承受遵守。诸君如果把这种教训左耳朵进右耳朵出，随听随忘，那也就罢了，倘若想切实奉行，就有许多问题可以发生。我原不敢说诸君之中没有马马虎虎把父母师长的教训视如马耳东风的人，却信这种人极其少数，大多数的中学生诸君都是诚笃要好的青年，对于父母师长的教训，只要力所能及，都想服膺实行的。对于这等好青年，我敢来贡献些关于教训的意见。

第一，须辨别教训的真伪。

教训会有伪的吗？尽有尽有！有一篇短篇小说（忘其作者与篇名）中，写着下面这样的故事：

甲乙两个工场主同时在其工场中提倡节俭；A 是甲工场的工人，B 是乙工场的工人。

A 听了甲工场主的节俭谈，很是信服，切实奉行。最初戒除烟酒，妻病了也不给她多方治疗，结果成了鳏夫。为节俭计，不但不续娶，且把住房

---

* 本文原刊于《中学生》第十七号（1931 年 9 月 1 日）。

也退掉，独自住在小客栈里。后来觉得日食三餐太浪费，乃改为二餐，最后且减到一餐。物价虽日趋腾贵，他却仍能应付，而且还能把收入的一部分去储蓄在工场里。也曾屡次以物价腾贵的理由去向主人要求加薪，主人总不答允。主人的理由是：他费用有限，现有工资已尽够他的生活。

有一天，他去访在乙工场做工的 B，一则想看看 B 的生活方法，二则想对 B 夸说夸说自己的节俭之德。

B 的样儿使他吃了一惊。B 在数年前是个比他不如的穷光蛋，现在居然已有妻与子，且住着不坏的房子了。他问 B 何以能如此，B 的回答是："我因为没有钱，才入工场作工。主人教我节俭，但是你想，穷光蛋一个大都没有，从何节俭起啊！后来物价逐渐腾贵，我和大家向主人要求加薪，乘机就娶了妻，妻不久就生了子。一人的所得不足养活三口，于是又只好强求主人再加薪水。有了妻子，不能再住客栈或寄宿舍，才于最近自己租了这所房子。可是生活费又感到不足了，尚拟向主人再请求加薪呢。"

B 虽这样诉说着生活的艰辛，可是脸色却比他有血色得多。B 的妻抱其肥胖的小孩，时时举目来向他的黄瘦的脸看。他见了 B 的一家的光景，不禁回想起妻未死时的情形来。

诸君读了上面所记的小说梗概，作何感想？就一般说，节俭原是一种美德，节俭的教训原是应该倾听的。可是上述梗概中的甲工场主所提倡的节俭，却是一种掠夺的策略，他们所提出的节俭的教训，完全是欺骗的虚伪的东西。诸君目前尚不是工人，不消说这样的欺骗的教训暂时是不会临到头上来的，但如果诸君的校长或教师不替诸君本身着想，专以保持自己的地位饭碗为目的，或专为办事省麻烦起见，向诸君哓哓地提倡服从之德，教诸君谨守他们的所谓校规，则如何？合理的校规原是应守的，但校规的所以应守，理由应在有益于学生自己和学校全体，不应专为校长或教师的私人便利，去作愚蠢的奴隶。前学期的校长姓王，教师是甲乙丙丁，这学期的校长姓张，教师是 ABCD，在现今把学校视作传舍的教育情形之下，作校长或教师的未必对于学生都能互相诚信，"谨守校规"的教训也自然不大容易有效。但我敢奉劝诸君，合理的校规是应守的，只是要为自己和全体而守，不为校长或教师私人的便利而守。当校长或教师发出"谨守校规"的教训的时候，须认清其动机的公私。为了校长及少数教师想出风头，把学生作了牺牲，无谓地奖励不合理的运动竞技或跳舞演剧的把戏，近来多着呢！

对于教训须辨认其动机的公私，不管三七廿一地盲从了去奉行，结果就会被欺。但是有种教训，在施教训的人热心为诸君设想，并无自私的处所，而其实仍是虚伪的东西。这种出于热心而实虚伪的教训，实际上很多，举一例来说：诸君出家门时，父母叮嘱你们"努力用功"。"努力用功"是一条教训。这条教训出于诸君的父母之口，其中笼着无限的对于诸君的热情和希望，可谓决不含有什么策略的嫌疑的了。可是这真诚的父母的教训，因了说法竟可以成为虚伪的东西的。

自古至今，为父母的既叫儿子读书，没有不希望儿子能上进，能努力用功的。韩愈有一首教子的诗题目叫做《符读书城南》的，中有一段云：

……两家各生子，提孩巧相如。少长聚嬉戏，不殊同队鱼。年至十二三，头角稍相疏。二十渐乖张，清沟映污渠。三十骨骼成，乃一龙一猪。飞黄腾达去，不能顾蟾蜍。一为马前卒，鞭背生虫蛆。一为公与相，潭潭府中君。问之何因尔，学与不学欤。……

这段文字，如果依照今日的情形改说起来，大意是说："有两分人家各生了一个孩子，幼时知识相同，常在一块儿游耍，后来一个努力读书，一个不努力读书，结果一个成了车夫，受人鞭挞，一个做了大官，住在高大的房子里，何等写意。"诸君的父母叮嘱诸君"努力用功"究出何种动机，原不敢断言，但普通的父母对于儿子都无不希望儿子能"飞黄腾达"，以为要"飞黄腾达"就非教儿子"努力用功"不可。韩愈是个有见解的名人，尚且如此教子，普通的父母当然不消再说了。

　　如果诸君的父母确由此见解对诸君发"努力用功"的教训，那么我敢奉告诸君，这教训是虚伪的。"飞黄腾达"是否应该，且不去管他，要想用了"努力用功"去求"飞黄腾达"，殊不可靠。实际社会的现象不但并不如此，有时竟成相反。试看！现今住高大洋房的，坐汽车的，作大官的，是否都是曾"努力用功"的人？拉黄包车的是否都是当时国民小学中的劣等生？"努力用功"原是应该的，原是应有的好教训，但如果这教训的动机由于想"飞黄腾达"，那结果就成了一句骗人的虚伪之谈。在韩愈的时代，这种教训也许尚有几分可靠，原说不定，但观于韩愈自己读了许多书还要"送穷"（他有一篇《送穷文》），韩愈以前的杜甫有"纨绔不饿死，儒冠多误身"（《奉赠韦左丞丈二十二韵》）的话，足见当时多读书的未必就享幸福，韩愈对于儿子已无心地陷入虚伪的地步了。至于今日，情形自更不同，住洋房，坐汽车，过阔生活的，多数是些别字连篇或竟一字不识的投机商人，次之是不廉洁的官吏（因为他们如果仅靠官俸决不能过如此的阔生活），他们的所以能为官吏也别有原因，并非因为他们学问比别人都好。大学毕了业不一定就有出路，中学毕业生更无路可走，没钱的甚至要想在小学读书而不能。今日的实际情形如此，如果做父母的还要用了韩愈的老调，以"飞黄腾达"的动机，向儿子发"努力用功"的教训，直是作梦。做儿子的如果毫不思辨，闭了眼睛奉行，便是呆伯，结果父母与儿子都难免失望。

　　那么"努力用功"是不对的吗？诸君的父母不该教诸君"努力用功"，诸君不该"努力用功"了吗？决不，决不！我不但不反对"努力用功"的教训，而且进一步地主张诸君应"努力用功"。我所想纠正的是"努力用功"的教训的动机，想把"努力用功"的教训摆在合理的基础之上。诸君幼年狼藉米饭时，父母常以雷殛的话相戒的吧。诸君那时年幼无知，因怕雷殛，也就不敢任意把米饭狼藉。后来诸君有了关于电气的常识，知道雷殛与狼藉饭粒的事毫不发生因果的关系了，那么，就可任意把米饭抛弃了吗？我想诸君决不至如此。幼时的不敢狼藉米饭理由是怕雷殛，后来的不敢狼藉米饭，理由另是一种：米饭是农人劳动的产物，可以活人，不应无故暴殄。后者的理由比前者合理，"不该狼藉米饭"的教训要摆在这合理的理由上，基础才稳固。为想"飞黄腾达"而"努力用功"，这教训按之社会实况，等于"怕雷殛"而"不狼藉米饭"，禁不得一驳就倒的。"努力用功"的教训，须于"飞黄腾达"以外，别求可靠的合理的理由才牢固，才不虚伪。所谓可靠的合理的理由，诸君的父母如果能发现，再好没有，万一不能发现，那么非诸君自己去发现不可，决不该把虚伪的教训只管愚守下去。

教训本身原无所谓真伪，教训的真伪完全在发教训者的动机的公私，和理由的合理与否。校长教师也许会为私人的便利发种种教训，父母为爱子的至情所驱，因了素朴见解也许会发种种靠不住的教训，诸君自己却不可不加以注意考察，审别真伪，把外来的种种教训转而置于合理的正确的基础上，然后去加以切实奉行才对。诸君应"谨守校规"，但须为自己的利益（不仅是除名不除名留级不留级等类的问题）和学校全体而守校规，不应为校长教师作私人便利的方便而守校规。诸君应"努力用功"，但"努力用功"的理由须在"飞黄腾达"以外另去找寻，为发达自己身心各部分的能力，获得水平线以上的知识技能而"努力用功"。总而言之，教训有真有伪，诸君所应奉行的是真的教训，不是伪的教训。

第二，须注意教训的彼此矛盾。

教训的来处不一，所关系的方向亦不一，对于一事，往往有的教训是这样，有的教训是那样，彼此矛盾，使人无所适从的。例如同是关于身体，父母教诸君"保重身体"，学校教诸君"锻炼身体"，父母爱怜诸君，所谓"保重身体"者，其内容大概是教诸君当心冷暖，不可过劳之类，而学校的所谓"锻炼身体"却是要诸君能耐寒暑，或故意要诸君多去劳动。"公要馄饨婆要面"，诸君也许会感到矛盾，左右为难了吧。又如父母教诸君"勿管闲事"，而党义教师却教诸君"打倒帝国主义"，国语教师教诸君在自修时间中多读国文书本，体育教师却教诸君每日要多运动，诸如此类的事例，举不胜举，诸君现正切身受着，当比我知道得多，无待详说。

先就"保重身体"与"锻炼身体"说，二者因了解释，可以彼此统一，毫无矛盾。人生在世不但有种种事须应付，而且境遇的变动也是意料中的事，断不能一生长沉浸在姑息的父母之爱中。为应付未来计，为发达能力计，都非把身体好好锻炼不可。如果如此解释，那么适度的锻炼即所以"保重身体"，同时如果真正要"保重身体"，也就非"锻炼身体"不可了。"勿管闲事"与"打倒帝国主义"亦可因了解释使减除其矛盾性。凡对于某一事自己感到责任的，必是已有相当的实行能力的人。毫没有实行某事能力的人决不会对于某事感到非做不可的责任，除非是狂人。我们不责乞丐出慈善捐款，乞丐对于物质的慈善事业，当然也不会感到何等的责任。党义教师教诸君"打倒帝国主义"，倘只是一句照例的空洞的口号，别无可行的实际方案，或有了方案而非诸君能力所及的，诸君对之当然不会发生何等责任，结果无非成了一个"言者谆谆听者藐藐"的局面，与"勿管闲事"的诸君的父母的教训，毫无冲突之处可说。如果党义教师的"打倒帝国主义"的教训确有方案步骤，而这方案步骤切合诸君程度，确为诸君能力所及，那么诸君对于"打倒帝国主义"非感到责任不可，既对于"打倒帝国主义"感到责任，那就"打倒帝国主义"对于诸君不是"闲事"了。父母为家庭小观念所囿，教诸君"勿管闲事"，也许就是暗暗地教诸君不要去做"打倒帝国主义"等类的事。但诸君既明白自己的责任，知道"打倒帝国主义"是应做而且能做的事，不是"闲事"，内心已无矛盾，尽可于应行时尽力去行的了。贤明的父母决不会禁止子女去干力所能及的有意义的各种运动的。国语教师教诸君在课外多读国文书本，体育教师教诸君每日多运动，将如何呢？其实，各科教师都有把自己所授的科目格外重视的偏见，不但国语体育二者如此。对于这种教师的矛盾的要求，应以"整个的程度的水平线"为标准，自定取舍，中学是普通教育，诸君的精力有限，如果偏重了一方面，结果必致欠缺了别方面，对于前途殊非好事。诸君对于各科须牺牲自己的嗜好与偏见，普遍修习。在终日埋头用功的人，体育教师的"多从事运动"是好教训，在各科成绩都过得去而国语能力特差的人，国语教师的"课外多读国文书本"是好教训。各科教师所发之教训原不免彼此矛盾，若能依了"整个的程度的水平线"为标准，自定取舍，奉行上就不会有什么困难了。

关于职业 *

　　暑假快到，诸君之中有许多人将在初中或高中毕业了。有钱的不消说正在预备升学，境况不裕的却不得不就此与学校生活告别，各自分头奔向社会中去找寻出路，谋糊口之所。"去干什么好呢？""有没有可干的事呢？"这两个问题恐早已占领着诸君心的全部了吧。

　　"去干什么好呢？"这是职业的选择问题。"有没有可干的事呢？"这是职业的有无问题。

　　关于青年的职业，我们平常所听到的有两种议论，想来诸君也曾听到过。一派人这样说："职业是神圣的，而且是终身的大事。青年于未就职业以前须考察社会环境，审度自己个性，参酌将来的希望，仔细选择。"

　　这番议论原不是毫无理由的话，可是按之现今实际，却不免是一种高调。"审度自己个性"，"参酌将来希望"，这种条件在眼前有许多职业可就的人，也许可作参考。现在还是用人尚未公开、私人可以滥用的时代。假如诸君之中有这样的一个幸运儿，父亲居政界要位，叔子是商界首领，母舅是大工厂主，未婚妻家有一个大大的农场，各方面汲引有人，他无论到哪一边去，都不愁跑不进，对于这样的人，第一种高调是值得倾听的。可是在大多数的一般人看来，这番议论只等于空洞的说教，等于一张不能兑现的美丽的支票而已。

　　又有一派人说："中国困处在帝国主义的资本主义之下，产业落后，国内即有产业，亦被握于帝国主义走狗或资本家之手。无业，失业，都是帝

---

　　* 本文原刊于《中学生》第十六号（1931 年 6 月 1 日）。

国主义与资本主义的罪恶。我们要有职业，就应该起而革命，赶快打倒帝
国主义与资本主义，否则就无法解决职业问题。"这番议论有着事实的根据，
当然不能说是不对。可是也是一种高调。革命不是一旦可成就的大事，而
且要大多数人都不事生产，以革命为专业，也究不可能。未来是未来，现
在是现在，未来的合理的自由社会虽当悬为目标，群策群力地求其实现，
现在的生活的十字架却仍无法不负的。

第一派议论偏重于职业的选择，第二派议论偏重于职业的有无，结果
都有有方无药的毛病。职业问题的纠纷，实起于这职业的有无与选择两问
题的错综。职业的有无原是第一问题，但我们不能说中国人都没有职业。
试看种田的在种田，做工的在做工，做店员的在做店员，他们境况虽不甚
佳，何尝没有职业？就大体说，职业是有的，可是自诩为士的读过几年书
的学生，都不把这种职业放在眼里，他们要选择，愈选择，职业的途径就
愈狭小，结果就至走投无路了。

诸君是中学生，除师范部出身的已略受关于小学教师的职业陶冶外，
大部分在职业方面尚未有一定的方向。诸君出校门时，社会未曾替诸君留
好一定的交椅，为工为农为商都要诸君自己去为，自己去养成。这在诸君
是一件困难的事，但也是一件自由的事：困难的是什么职业都外行，要从
头学起；自由的是什么职业都可为，并不受一定的限制。犹之婴孩初生，
运命未定，前途亦因而无限。现在让我来平心静气地提出几条可走的方向
供诸君参考。据我所见，普通人的职业的来路不外下列几项，诸君所能走
的方向当然也不出这几项。一、独立自营；二、从事家业；三、入工商界
习业；四、入公私机关作月薪生活。

一、独立自营。如果能够，这是最所希望的，农业也好，商店也好，
工业也好，随自己性之所近，于可能范围内以小资本择一经营之。如嫌无
专门知识，不妨先作短时间的见习，然后从事。想从事园艺者可先入农场，

想从事化学小工艺者可先入化学工厂（此种见习并不以月薪为目的，机会自可较易谋得）。无论国内国外，大实业家大都是由小资本经营发迹的，独往独来地经营一种事业，生杀予夺，权都在我，较之寄人篱下的官吏及事务员，真不知要好若干倍了。

二、从事家业。现在已不是职业世袭的时代，农之子原不必一定为农，工之子原不必一定为工，商之子原不必一定为商，并且时代变迁得很快，祖先传来的家业也许已有不能再维持的。但如果别无职业可就，而家业尚可继续的时候，那么从事家业也未始不是一策。因为是家业的缘故，体质上天然有着遗传的便利，业务上的知识也无须外求，一切工具设备又都是现成的，尽可帮同父兄继续干去。一面再以修得的常识为基础，广求与家业有关的知识，加以改进。如果是农业家，那么去设法图农事的改良，如果是商家，那么去谋销路的扩张。可做的事正多，好好做去，希望很是无穷的。

三、入工商界习业。入工商界习业就是俗语的所谓"学生意"。普通的所谓职业，大都须从"学生意"入门，因为职业上所需要的是熟悉该项职业一切事情的人——即所谓内行人，欲投身于某职业的，当然须从学习入手。入工商界习业须有人介绍与担保，不及前二项的自由，在学习的时候，普通还须受徒弟待遇，但国内真正的工人与商人却都由此产生。普通一店或一厂的领袖人物，最初就是学徒，他们熟悉了该项情形，中途独立自营，自立基业的也很多。

四、入公私机关作月薪生活。这是近代知识分子最普遍的出路，自学校教师、公司银行的职员、工厂的技师，以至官厅的政务人员，都属这一类。到这条路去的人不必自出资本，不必经过学徒生活，但大多数却须有较专门的知识技能。中学毕业生除小学教师外，非有人援引，未必就跑得进。即能勉强挨身进去，也只是书记等类的下级职员而已。

以上四项为一般人可走的职业的方向。"独立自营"与"从事家业"二项，是各走各路，不必你抢我夺，无所谓就职难的。普通的所谓就职难，实在"入工商界习业"与"入公私机关作月薪生活"二项，尤其是"入公私机关作月薪生活"一项。因为入工商界习业，尚是作学徒，收容虽有定额，最初地位较低，竞争不烈，方面也广，只要投身者肯屈就，大概尚不难安排；至于公私机关则为数有限，职员的名额、薪水的总数又有一定，竞争自然利害了。

诸君出校门后投身职业，该向哪一条路跑，原不能一概论定，一条路有一条路的难处，一个人有一个人的志愿，断难代为抉择。不但别人难以代为抉择，恐诸君自己也无法抉择。在现在的情势之下，一切须看条件：要独立自营，至少家里须有小资本；要从事家业，至少家里先要有老业；要入工商界学业，至少在工商界要有能介绍的亲友；要入机关领月薪，也至少要有人援引；此外各门还要有能相适应的特种品性（好品性或坏品性）。不过就大体说，诸君为生活计，总须走一条路，而且事实也非逼迫诸君去走一条路不可。现世尚谈不到机会平等，只好各人走各人的路，"君乘车，我戴笠"，"君担簦，我跨马"，有的乘车，有的戴笠，有的担簦，有的跨马，从前有此不平，现在仍有此不平，无法讳言。

在现今什么都只好碰去看，尤其是职业。今日在职业界吃饭的人，其职业大概都是碰来的。他们有的在某公司办事，有的在某工厂中为事务员，有的在某衙门里作官吏，有的在某处办农场，但我相信他们当初并不曾有此预期，只是因了偶然的机会，经过几次转变，达到现在的地位而已。

但诸君不可误解，把"碰"解作不劳而获的幸运。要碰，先须有碰的资格，没有资格，即有偶然的机会在你眼前，你也无法将它捉住，至少在无权无势要靠能力换饭吃的大众是如此。某商店须用一个管银钱的店员，你如果没有金钱信用的人，就无资格去碰了；某机关要请一个书记，你如果是文理不通字迹潦草的，就无资格去碰了；某公司要找一个能担任烦剧事务的职员，你如果是身体怯弱的，就无资格去碰了。身体，品性，知识，都是碰的条件。中学校教育原不是教授职业技能的，但在身体的锻炼、品性的陶冶、知识的修养（这原是普通教育最重要的目的，可惜现在的学校却不一定能够做到）各点上看来，却不能说与职业无关。诸君对于校课如果曾作了正式的学习，不曾马马虎虎地经过的，那么即对于以后就职业说，也可以说不曾白花了学费的了。

诸君出校门以后，就利用了在校中锻炼好了的身体，陶冶过的品性，修养来的知识去碰吧。一面还须把身体、品性、知识继续锻炼陶冶修养，以期不失未来的新机会。万一不凑巧一时碰不到职业，请平心反省，是否自己没有碰的资格？倘若自己觉到资格不够，就应该努力补修。如果自问资格无缺，所以碰不到职业完全由于没有机会，也只有再去碰而已。实情如此，有什么别的话可说呢！

"自学"和"自己教育" *

我为了职务的关系，有机会读到各地青年的来信和文稿。这些文字坦白地表示着诸位青年的生活，经验，思想，情感。一位在中等学校里担任职务的教师，他所详细知道的只限于他那个学校里的学生。可是我，对于各地青年都有相当的接触。虽然彼此不曾见过面，不能说出谁高谁矮，谁胖谁瘦，然而我看见了诸位青年的内心，诸位期望着什么，烦愁着什么，我大略有点儿理会。比起学校里的教师来，我所理会的范围宽广得多了。这是我的厚幸。我不能辜负这种厚幸，愿意根据我所理会到的和诸位随便谈谈。

从一部分的来件中间，我知道有不少青年怀着将要失学的忧惧，又有不少青年怀着已经失了学的愤慨。那些文字中间的悒郁的叙述，使人看了只好叹气。开学日子就在面前了，可是应缴的费用全没有着落，父亲或是母亲舍不得"功亏一篑"，青年自己当然更不愿意中途废学。于是在相对愁叹之外，不惜去找寻渺茫难必的希望，牺牲微薄仅存的财物。或者是走了几十里地，张家凑两块钱，李家借三块钱，合成一笔数目。或者是押了田地，当了衣服，情愿付出两三分四五分的高利，以便有面目去见学校里的会计员。在带了这笔可怜款项离开家庭的时候，父亲或是母亲往往说："这一学期算是勉强对付过去了，但是下一学期呢！"多么沉痛的话啊！至于连这样勉强对付办法都找不到的人家，青年当然只好就此躲在家里。想找一点事情做做，东碰不成，西碰不就。哪怕小商店的学徒，小工厂的练习生也行。然而小商店正在那里"招盘"，小工厂正在那里"裁员减薪"。于是

---

　　* 本文原刊于《中学生》第七十一号（1937 年 1 月 1 日）。

每吃一餐饭，父亲叹着气，母亲皱着眉，青年自己更是绞肠刮肚似的难过，无论吃的是咸汤白饭，或是窝窝头，都是在吃父亲母亲的血汗呀！像上面所说那样的叙述，我看见得非常之多，文学好一点坏一点没有关系，总之宣露出现在青年的一段苦闷。是谁使青年受到这样的苦闷呢？笼统地说，自然会指出"不良的社会"来。我们很容易想象一个理想的社会，在这个理想的社会里，受教育是一般人绝对的权利，不用花一个钱，甚至为着生活上必需的消费，公家还得给受教育者津贴一点钱。而现在的社会恰正相反，须要付得出钱才可以享受受教育的权利。那么给它加上一个"不良的"的形容词，的确不算冤枉。但是这样判定之后，苦闷并不能就此解除。理想的社会又不会在今天或是明天无条件地忽然实现。在现在的社会里，要受教育就得付钱，不然学校就将开不起来，这是事实。事实是一垛坚固的墙壁，谁碰上去，谁的额角上准会起一个大疙瘩。这就是说，如果付钱成为问题的话，那么上面所说的苦闷是不可避免的。你去请教无论什么人，总不会给你一个满意的答复，因为无论什么人的一两句话，不能够变更当前的事实。不过要注意，上面所说的学和受教育乃是指在学校里边学，以受学校教育而言。这只是狭义的学，狭义的受教育。按照广义说起来，学和受教育是"终身以之"的事情，离开了学校还可以学，还可以受教育，而且必须再学，必须再受教育。威尔斯等在《生命之科学》一书里说得好："教育的目标是要使各个人成为善良的变通自在的艺人（因为环境在变迁，所以要变通自在），成为在那一般的规划中自觉能演一角的善良的公民，成为能发挥其全力的气象峥嵘、思虑周到、和蔼可亲的人格者。终其一生都要有能受教育的适应性。旧式的那种阴晦的观念，以为人当在青年期之前把一切应该学的东西都学好，而以后只是用其所学，和多数的动物一样，那种观念是在从人的思想中消逝了。"可是我觉得，一班给"失学"两字威胁着而感到苦闷的青年还没有抛开那种阴晦的观念。住在学校里边叫做学，离开学校叫做"失学"，好像离开了学校，一切应该学的东西就无法学好了，其实哪里是这么一回事，所谓"自学"或是"自己教育"，非但是可能的，而且是必须的。即使住在学校里边，也不能只像一只张开着口的布袋，专等教师们把一切应该学的东西一样一样装进来，也必须应用自己的智慧和能力，思索这一样，练习那一样，才可以成为适应环境的"变通自在的艺人"。而思索这一样，练习那一样，就是"自学"或是"自己教育"呀。离开了学校，没有教师的指点，没有种种相当的设备，就方便上说自然差一点，然而有一个"自己"在这里，就是极大的凭借。自己来学！自己来教育自己！只要永久努力，绝不懈怠，一切应该学的东西还是可以学得好好的。这样看起来，如果能把那种阴晦的观念抛开，建立"自学"或是"自己教育"的信念，那么遇到付钱成为问题的时候，固然不免苦闷，但是这决非顶大的苦闷。本来以为"就此完了"，所以认为顶大的苦闷。而在实际上，只要自己相信并不"就此完了"，那就不会"就此完了"，所以决非顶大的苦闷。

以上并不是勉强慰藉的话，而是对于学和受教育的一种正当观念。这种观念，无论在校不在校的人都是必需的。不过对于不在校的人尤其有用处，它能给你扫去障在面前的愁云惨雾，引导你走上自强不息的大路。我知道有人要说：你不看见现在社会的实际情形吗？现在凡是新式的事业机关招收从业员，限定的资格起码要中学毕业生。工厂学徒哩，公司练习生哩，甚至大旅馆中同于仆役的"侍应生"哩，上海地方专以伴人游乐为事的"女向导员"哩，没有中学毕业程度的都够不上去应试。所以读不完中等学校，就等于被摈在从业的希望的门外。一般青年因为将要失学而忧惧，因为已经失了学而愤慨，原由在此。一般父母宁愿忍受最大的牺牲，而不肯让儿女"功亏一篑"，待要真个无法可想，那就流泪叹气，以为家庭的命运已经临到绝望的悬崖，原由也在此。

这种实际情形，我也知道得很清楚。按照理想说，岂但新式的事业，最好是无论什么事业，从业员的资格都起码要中学毕业生，这样，事业上的效率一定会比现在大得多。不过到了这样情形的时候，进学校将纯是权利而不担什么义务了。现在进学校多少带一点"投资"的意味，既然担着付钱的义务，总希望将来能有连本带利的丰富的收获。我知道，这样想头不止是多数父母的见解，更有许多青年也在或明或暗地意识着。这并不足以嗤笑，在现在这样的社会里，自然要产生这样的想头。而照大家的眼光看来，要得到丰富的收获，惟有在新式事业中取得一个从业员的位置。同时，惟有新式事业需要有了相当的知识和训练的从业员，其他事业现在还没有这种需要。所以在新式的事业机关招收从业员的章程里，才有"资格——中学毕业生"这一条。所以每逢新式的事业机关招考的时候，前往投考的常常是那么拥挤，出乎主持人的意料之外。但是有一点可以注意：在招收从业员的章程的资格项下，往往不单写着"中学毕业生"，而再附加着"或有同等程度者"这样的语句。这说明了什么呢？第一，从这上面可以看出现在学校教育并不能和新式事业完全相应。新式事业所需要的是干练适用的从业员，但是根据平时的经验，觉得拿得出毕业文凭来的不一定干练适用，所以宁愿把挑选的范围放宽，在"有同等程度者"中间也来挑选一下。第二，从这上边可以看出有了一张毕业文凭的，其被录取的机会并不特别多。他不但有同样有了一张毕业文凭的和他竞争，并且有"有同等程度者"和他竞争。这当儿，取得必胜之权的凭借不是一张文凭，而是货真价实的知识和训练。在"自学"或是"自己教育"上努力得愈多的人，他的被录取的机会也愈多。

就失学的人说来，这里就闪着一道希望的光。只管沉溺在苦闷之中，那惟有一直颓唐下去，结果把自己毁了完事。不如振作起来，在"自学"或是"自己教育"上努力。直到真个"有同等程度"的时候，直到真个有货真价实的知识和训练的时候，其并没有被摈在从业的希望的门外，不是和有了一张毕业文凭的人一样吗?

除了新式事业以外,还有许多的事业,如耕种,如贩卖,如小工艺的制作,细说起来,门类也就不少。这些事业,如果真没有办法参加进去做,我也说不出什么话。我不能从事实上没有办法之中说出办法来。但是,如果有一点办法可以参加进去的话,我以为这些事业都不妨做。在一些教训青年的书里,说到"择业"的时候往往有一套理论。事业要应合自己的兴趣哩,事业要发展自己的专长哩,还有其他的项目。其实这些都是好听的空话。一个人择业定要按照这许多项目,结果只好一辈子无业可做。事实上惟有碰到什么就做什么,只要那种事业不是害人的,例如当汉奸卖国,贩运毒品毒害人家。在碰到了一种事业的时候,你就专心一志去做,你能够抱着"自学"或是"自己教育"的信念,即使没兴趣的也会寻出兴趣来,即使不专长的也会练出专长来。同时你不必以此自限,这就是说,在你那事业所需要的知识和训练之外,更可以作其他的研修。这并不是游心外骛的意思。专力本业是当前献身的正轨,而别作研修是自己长育的良法,二者兼顾,一个人才会终身处在发展的程度之中。一朝研修有了相当的成就,而恰又碰到了另外一种事业可以应用这种成就的,你自然不妨放弃了从前的事业去做另外的事业。那时候你还是专心一志地做,和做从前的事业一样。请想想,如果所有从业的青年都像这样子,社会上的各种事业不将大大地改换面目,显出突飞猛进的气象吗?其时任何事业都像新式事业那样有着光明的前途,就从业员的收获说,也不至于会怎样不丰富。

以上的话,我以为不但对于给"失学"两字威胁着的青年有些用处,就是在校的或是从业的青年也可以从这里得到少许启示。诸位要相信,事实虽然是一垛坚固的墙壁,但在不超越事实的情形之下,觅取进展的途径,其权柄大部分还操在诸君自己的手里。能够"自学"或是"自己教育"的,在他前面等候着的往往不是苦闷而是成功!

恭祝快乐*

新年在中年以上的人是易起感伤的，从来文人在新年所作的诗词如《元旦书怀》《新年杂感》之类，都不免带有"时不我与""岁月如流"的愁情。小孩逢新年最快乐，巴不得新年快到，在小孩新年是成长的里程，他们的欢迎新年，实由于无意识的成长的欲望，并非只为了新年可以着新衣吃糖果。

在快到二十岁的中学生诸君，对于新年的感想是怎样？用折中的说法来讲，当然是愁情与快乐兼而有之的了。可乐的是不久中学校就要毕业，不久就可升级，不久就可把某学科修毕……可愁的是：年龄一年增大一年，自己的出路问题一年急迫一年，家庭对于自己负担能力一年不如一年……如果我的推想不错，诸君当这新年，除了几个有特别情形的以外，正在乐与愁交织的情绪之中了。国难正亟，内战又将难免，加以农村破产，百业凋零，全民族奄奄待毙。诸君在此环境之下，愁多于乐，是当然的事。不，诸君之中的大多数，也许只感到愁不感到乐，也未可知！

但愁思是无益于事而且可以害事的，快乐才是青年可欢迎的气象，至少须于愁思以外还有快乐。国家社会现象糟到如此，自有责任者在，无论任何巧辩的人，也决不能诿过于未满二十岁的中学生诸君身上。诸君对于国家社会的糟象，该愤恨，该留意，该预筹挽救的方法，却万不可一味地愁。对于自己的将来，该预备，该奋斗，也万不可一味地愁。

世界日日在变，变好变坏，既不一其说，也不得而知。诸君是要在未来的世界生活的，不可不早事预备。未来的世界是个怎么样子，生活上

---

* 本文原刊于《中学生》第四十一号（1934 年 1 月 1 日）。

需要何种本领，原不敢预言，但有几件根本的资格，如壮健的体力，团体的合群力，明确的思考力，刻苦的忍耐力，敏捷的应对力，丰富的想象力……是无论任何职业任何世界都必要的。不论你去做工、行商、或做官都用得着。不论一九三六年世界大战不大战，国内目前内战不内战，都用得着。

当此新年，"恭祝快乐！"诸君须快乐，才能锻炼自己，预备将来。无谓的愁思，是足损诸君的元气，为诸君之害的。

紧张气氛的回忆[*]

前后约二十年的中学教师生活中，回忆起来自己觉得最像教师生活的，要算在 × 省 × 校担任舍监，和学生晨夕相共的七八年，尤其是最初的一二年。至于其余只任教课或在几校兼课的几年，跑来跑去简直松懈得近于帮闲。我的最初担任舍监是自告奋勇的，其时是民国元年。那时学校习惯把人员截然划分为教员与职员二种，教书的是教员，管事务的是职员，教员只管自己教书，管理学生被认为职员的责任。饭厅闹翻了，或是寄宿舍里出了什么乱子了，做教员的即使看见了照例可"顾而之他"或袖手旁观，把责任委诸职员身上，而所谓职员者又有在事务所的与在寄宿舍的之分，各不相关。舍监一职，待遇甚低，其地位力量易为学生所轻视，狡黠的学生竟胆敢和舍监先生开玩笑，有时用粉笔在他的马褂上偷偷地画乌龟，或乘其不意把草圈套在他的瓜皮帽结子上。至于被学生赶跑，是不足为奇的。舍监在当时是一个屈辱的位置，做舍监的怕学生，对学生要讲感情，只要大家说"× 先生和学生感情很好"：这就是漂亮的舍监。

有一次，× 校舍监因为受不过学生的气，向校长辞职了。一时找不到相当的替人，我在 × 校教书，颇不满于这种情形，遂向校长自荐，去兼充了这个屈辱的职位，这职位的月薪记得当时是三十元。

我有一个朋友在第 × 中学做教员，因在风潮中被学生打了一记耳光，辞职后就抑郁病死了，我任舍监和这事的发生没有多日。心情激昂得很，以为真正要作教育事业须不怕打，或者竟须拼死。所以就职之初，就抱定

---

* 本文原刊于《中学生》第四十二号（1934 年 2 月 1 日）。

了硬干的决心：非校长免职或自觉不能胜任时决不走，不怕挨打，凡事讲合理与否，不讲感情。

×校有学生四百多人，我在×校虽担任功课有年，实际只教一二班，差不多有十分之七八是不相识的。其中年龄最大的和我相去只几岁。当时轻视舍监已成了风气，我新充舍监，最初曾受到种种的试炼。因为我是抱了不顾一切的决心去的，什么都不计较，凡事皆用坦率强硬的态度去对付，决不迁就。在饭厅中，如有学生远远地发出"嘘嘘"的鼓动风潮的暗号，我就立在凳子上去注视发"嘘嘘"之声的是谁？饭厅风潮要发动了，我就对学生说："你们试闹吧，我不怕。看你们闹出什么来。"人丛中有人喊"打"了，我就大胆地回答说，"我不怕打，你来打吧。"

学生无故请假外出，我必死不答应，宁愿与之争论至一二小时才止。每晨起床铃一摇，我就到斋舍里去视察，如有睡着未起者，一一叫起。夜间在规定的自修时间内，如有人在喧扰，就去干涉制止，熄灯以后见有私点洋烛者，立刻赶进去把洋烛没收。我不记学生的过，有事不去告诉校长，只是自己用一张嘴和一副神情去直接应付。每日起得甚早，睡得甚迟，最初几天向教务处取了全体学生的相片来，一叠叠地摆在案上，像打扑克或认方块字似地一一翻动，以期认识学生的面貌名字及其年龄籍贯学历等等。

我在那时，颇努力于自己的修养，读教育的论著，翻宋元明的性理书类，又搜集了许多关于青年的研究的东西来读。非星期日不出校门，除在教室授课的时间外，全部埋身于自己读书与对付学生之中。自己俨然以教育界的志士自期，而学生之间却与我以各种各样的绰号。当时我的绰号，据我所知道的，先后有"阎罗""鬼王""戆大""木瓜"几个，此外也许还有更不好听的，可是我不知道了。

我的做舍监，原是预备去挨打与拼命的。结果却并未遇到什么。一连做了七八年，到了后来，什么都很顺手，差不多可以"无为卧治"了。事隔多年，新就职时那种紧张的气氛，至今回忆起来还能大概在心中复现。遇到老学生们，也常会大家谈起当时的旧事来，相对共笑。

悼一个自杀的中学生 *

近有一个朋友从八月五日的北平《民言报》上剪了这条记事给我们，问我们对于这严重的事实有什么意见可说的没有？

昨日下午五时余，阜城门外桥护城河内突然发现男尸一具漂浮于水面。比经该管西郊警察署闻讯，即派夫役打捞上岸，检视该男尸身穿灰黄色茧西服，黑皮鞋，平顶草帽，年约二十余岁。复由其身上搜出名片多张，上印石惠福，住清华园蓝旗营房村一百三十二号等字样。该警署以石惠福必系死者之名，遂即派警传唤其家属。迨至翌日清晨，地方法院派检察官聂秉哲，书记官黄鹤章，检验吏张庚塱，率领司法巡警前来相验时，突有一年老人偕一少妇，手持书信一封，哭泣而来，当即向死者抚尸痛哭。经检察官讯问，其名唤石印秀，年六十二岁，此同来少妇系伊儿媳，死者系伊长子。彼昨日声言赴外四区署投考巡警，乃不期彼投河自杀，本日接其邮寄来函，竟系绝命书一封。伊全家正在惊愕之际，适巡警传唤，始知其在该处投河自尽等语，并持书信呈验，复又抚尸痛哭不已。比经检验吏相验毕，遂准其尸亲备棺装殓抬埋。惟已死者之绝命书中，述其系一中学毕业生，因谋事未遂，其父令伊投考巡警，彼乃愤而自杀，情词极为凄惨。兹觅得录志于左："亲爱仁慈的老父：中学毕了业，上大学念不起书，找一个小事做，挣钱养家，这些话不是你老人家说的吗，现在怎么样呢？虽然毕了业，没有好亲戚援引，阔同乡帮助，就是一名书记也找不到。念书为的做事，挣钱养家，现在不能挣钱，不能养家，这岂不愧死人吗？当巡警也是职业之一，看哪，北平人穷了不是拉洋车，就是当巡警。但是我决不愿

---

　　* 本文原刊于《中学生》第八号（1930 年 9 月 1 日）。

意去考巡警。违背父命是不孝，不孝之人，应当排除社会之外，所以我自杀以赎不孝之罪。这封信到了我们家中时候，我已在那碧波荡漾中麻醉了。儿福绝笔。"

在大众没有出路的现今，自杀已成为普通的出路了，全国不知道，上海每日报纸上差不多没有一日无人自杀，而且大概都是青年。社会人士每读了悲惨的遗书和可以令人酸鼻的记事，不曾表示什么，除了没有眼泪的法官写几个"验得某人委系自杀身死遗尸着家属具领棺殓"大字以外，并不闻政府有什么意见。

自来普通青年的自杀，其原因或由于失恋，或由于思想上的烦闷，或由于放逸的结果。自杀尚是可悲的事，他们的自杀在旁人看来，常觉其中多少夹杂着享乐和好奇的分子，因之感动也常不能强烈。石惠福君是因中学毕业无职可就而自杀的，是一个严重的中学生出路问题。石君已矣！继石君而自杀的不但难保没有，而且恐怕一定要有。我们对于这深刻的中学生的苦闷现象将怎样正视啊！关于中学生的出路，本志曾悬赏征文，在第六号发表过许多答案了。其实，中学生的出路成为问题，是我国特有的现象。现今全世界差不多没有一国不碰到失业的致命的灾难，然其所谓失业者，都是曾经有业过的工人商人，或是大学专门学校的新毕业生，至少也是中等职业学校出身的人。他们都已具有职业的素养而竟无出路，故称为失业。至于无力升学的普通的中学毕业生，虽无职业，亦并不列在失业者之内的。普通中学教育所授的只是一种生活能力的坯材，不是某种生活方面的特殊定形的技能。普通中学的毕业生只是一个身心能力较已发达了的人，并不是有素养的工人商人或其他的职业者。他们能升学的须由此再进求职业的知识，无力升学的也当就性之所近，力所能及，觅得一种事做，从事于实际的职业的陶冶。用比喻来说，既成的职业者和职业方向已决定了的专门大学的毕业生是器物，而中学毕业生尚是造器物的原料，器物因有一定的用途，销路有好有坏，至于原料，用途不如器物的有一定限制，销路应较器物自由。故就一般情形而论，中学生的出路问题，照理不如一般失业问题的紧迫。如果中学生的出路要成问题，那末高小毕业生的出路也要成问题，甚而至于初小毕业生的出路也都要成问题。那就成为全体国民的出路问题，不是中学生的出路问题了。

说虽如此，却不能适用于中国。中国的中学生确有出路问题，而且问题的严重性不下于一般的失业问题。石惠福君的自杀就是证明。石惠福君的自杀人已知道，此外不知道的恐怕还有，将来也许陆续会有这种不幸发生。至于一时虽不自杀，而用了潦倒颓废的手段慢性地在那里自杀的青年，其数更不堪设想哩。中学生的出路何以在中国成为问题，而且如此严重，其原因当然很多。世界的、国际的及社会的、政治的原因，现在不提，且就中学教育及学生本身加以考察。

先就中学教育说：中国的教育制度是模仿别国的，可是模仿来的只是一个形式，内容却仍是"之乎者也"（现在改作"的了吗呢"）式的科举式的老斯文。在中国求学叫做读书，不论其学艺术、学医药、学工业，甚至于学体操，都叫做读书。普通的中学无工场，无农场，即使有了农场与工场，也不劳动，只是当作一种教师时间的切卖所而已。除了几张挂图几架简单的理化仪器以外，彻头彻尾是书本（而且只是教科书）的教育。先生拿了书上堂下堂，学生拿了书上班退班。腰间系一条麻绳与小刀，带起有边的帽子，提着木棍，就是童子军；挂幅中山像，每周月曜向他鞠三个躬，静默三分钟，就是党化教育；各处通路钉几块"大同路""平等路""三民路"的牌子，就是公民教育。十月十日白相一天，每次下课休息十分钟，先生口口声声"诸位同学"，校工口口声声"少爷小姐"，三年毕业，文凭一张，如要升入高中，再这样地来三年。这是普通中学教育的实况。中学校的墙壁上或廊柱上虽明明用了隶书或是魏碑写着"打破封建制度"的标语，其实中学校本身就是封建制度的化身，而且还是封建思想的养成所。试问这成千成万的"诸位同学"和"少爷小姐"走出校门，除了有老米饭可吃，或是有钱升学的，叫他们到哪里去呢？当然是问题了。

以上是就中等教育的精神说的。让我们再就了中学校的制度来看：中国在中学制度上曾行过双轨制，一方有纯粹的中学校，一方别有甲种实业学校。自学制改革以后，取消双轨制，于纯粹的中学校中附带各种职业科。可是改革以来，高中于文理二科以外，除了设备不必大花钱的师范科商科等外，不闻附有别种门类的职业科。今则且并正统的文理二科亦许不设，得改为混沌的普通科了。至于初中的职业预施，更无所闻。

学校原该使各阶段可以独立。中国的学制从系统图上看去，似乎也可以言之成理，划分自由。可是这张系统表却是一张不能兑现的支票，实际是高小为初中的预备，初中为高中的预备，高中为大学的预备（大学呢，又是出洋的预备）而已。下级各为上级的预备，在下级终止的就做了牺牲，这牺牲以中学一段为最惨酷。因为就时期说，中学时代是青年期与成年期的交点，一遭蹉跎，有关于其终身。就经济状况说，中学生兼有富者、小康者与微寒者三种等级，富者且不提，小康者与微寒者是大都无力升学与出洋的。不及成器，半途而废，结果也是毕生受害。

就实际情形看来，中国的中学校本身已在暴露着空虚与破绽，已在自己种毒的途上了。它一壁无目的地养成了许多封建式的"诸位同学"与"少爷小姐"，一壁除了升学以外不预计及他们的去路。这种教育真值得诅咒。老实说吧，中学校自己已在那里自杀了，中学校毕业生石君的自杀，可以认作中学校自杀的朕兆。

再说学生。

从理论上说来，学生思想行为的如何，能力的优劣，大半该由教育者或学校负责的。这话的确度在实际上也许要打折扣，尤其不能适用于中国。

中国的教育界内容既空虚，而且变动极多。我所居的附近有一个中学校，成立不过七八年，在我所知道的中学校中比较要算变动很少的，可是也每年总有大部分的教职员更动。那里一路植有杨柳，我于学期之末，眼见交往初熟的人带着行李走了，总要黯然地记起"年去岁来，应折柔条过千尺"的词句来，同时感到现今教育界的不安定。觉得在这样传舍似的教育界，即使有热心肯对学生负责的教育者，责任也无从负起。一个学生从入学起至毕业止，难得有始终戴一个人为校长，一门功课由一个教师授完的。据一个从济南来的朋友说，山东于最近半个月内更换了三个教育厅长，真是"五日京兆"了。我想教育厅长如此，那么校长与教员的变动的剧烈，恐怕要如洗牌时的麻雀牌了吧。

话不觉说得太絮烦了，但我的意思只在借此一端说明中国教育界的不能负教育的责任而已。除了不安定以外，中国的教育界缺点当然还多，这里不备举。在这种不能负责任的教育的环境之下，学生自身如不自己觉醒，真是危险之至。自己教育在教育上原是很重要的事，而在中国的学生更加重要。

第一要紧的是时代与地位的自觉。关于此，我在本志的创刊号曾一度论及。现在学校的环境里，很有许多可以贻害青年的东西，足使青年堕入五里雾中，受其迷醉。现在的学校差不多谈不到身心的锻炼，全体充满着虚伪的空气：明明是初步的学习，却彼此号称"研究"；明明是胡闹，却称曰"浪漫"；饭厅有风潮了，总是厨"役"不好；工人名曰："校役"；什么"诸君是将来的中坚分子"咧，"努力革命事业"咧，"读书可以救国"咧，诸如此类的迷药，尽力地向青年灌注。试问，青年住在这幻想的蜃楼里，一旦走出校门，其幻灭将怎样啊。石惠福君的宁自杀不当巡警，实是千该万该。因为巡警不是"中坚分子"，做巡警不好算"革命事业"，也不好算"救国"的。

中学生在中学校里"研究"了三年或六年，大家都想作所谓"中坚分子"，都想做所谓"革命事业"，都要尽所谓"救国"的天职，于是本已困难万分的中学生的出路更增加其困难性，除了有"好亲戚援引，阔同乡帮助"的幸运儿以外，恐怕只有石惠福君所走的死路一条了。因为石惠福君的遗书里有关于他父亲的话，我顺便也在这里向作父母的人说几句话。

使子女受教育原是父母的责任。可是现今理想社会还未实现，财产私有制度尚未废除，什么都要钱，教育费为数又大。当你未送子女入中学校以前，你须得摸摸你的荷包看，万一你觉得财力不够使你的子女于中学毕业后更升学，你就须把送子女入中学的事加以踌躇考虑。为你计，为你的子女计，与其虚荣地强思使门楣生色，也许还是不入中学，或不升高中，以高小或初中毕业的资格直接去谋相当的职业为是。

培植子女，在普通的家庭看来是一种商业的投资。"念书为的做事，挣钱养家"，这不单是石惠福君父亲的话，恐怕是一般父母的话吧。这种素朴的投机的心理虽可鄙薄，也大足同情。但现在已不是"万般皆下品，唯有读书高"的时代了，教育的投机事业未必稳定。纵使有大大的本钱，把子女变成了学士或博士，也未必一定能挣钱养家。至于本钱微小的，一不留心，反足使子女半途而废，其害自更甚了。卢梭以为富人之子应受教育，至于穷人之于子必受教育，可由环境去收得教育。故他在《爱弥尔》里所处理的理想的孩子就是一个富者之子。这原是一种偏激之说，但在现代经济制度之下，特别的在现在中国的教育情形之下，是值得一顾的话。中学生毕业后无力升学，穷于出路，这也许大半是父母当时茫茫然使子女入中学之故，做父母的应同负责任。中国的中学校的各阶段不能独立，名为可附带各种职业科，而其实只是空言。在这状态未改正以前，我敢奉劝中流以下的家庭父母勿轻率地送子女入中学校。

以上是我因闻石惠福君之自杀而感到的种种。我和石君未曾相识，不知其家庭如何，境况如何，精神上有无疾病，曾从哪一个中学校毕业，是初中抑是高中，只是凭了友人所寄来新闻记载，当作一个抽象的中学生问题加以考察而已。话虽已说得不少，在读者眼中也许只是照例的旁观论调，等于我在开端所说的"验得某人委系自杀身死……"的法官口吻，亦未可知。但我自信并不如此。

还有，我所说的只是消极的指摘，别无积极的改进方案。这也许会使读者不满。积极的改进方案原该想的，可是我非其人。教育部，各省教育厅，都设有管领中等教育的官吏，想来都在考案着，请读者拭目以待吧。

传染语感于学生 *

无论如何设法，学生的国文成绩总不见有显著的进步。因了语法、作文法等的帮助，学生文字在结构上形式上，虽已大概勉强通得过去，但内容总仍是简单空虚。这原是历来中学程度学生界的普通的现象，不但现在如此。

为补救这简单空虚计，一般都奖励课外读书，或者是在读法上多选内容充实的材料。我也曾如此行着，但结果往往使学生徒加了若干一知半解的知识，思想愈无头绪，文字反益玄虚。我所见到的现象如此，恐怕一般的现象也难免如此吧。

近来，我因无力多购买新书，时取以前所已读而且喜读的书卷反复重读，觉得对于一书，先后所受的印象不同，始信"旧书常诵读出新意"是真话。而在学生的教授上，也因此得了一种新的启示，以为一般学生头脑上的简单空虚，或者可以用此救济若干的。

我现在的见解以为：无论是语是句，凡是文字都不过是一种寄托某若干意义的符号。这符号因读者的经验能力的程度，感受不同：有的所感受的只是其百分之一二，有的或者能感受得更多一点，要能感受全体那是难有的事。普通学生在读解正课以及课外读书中，对于一句或一语的误解不必说了，即使正解，也决非全解，其所感受到的程度必是很浅。收得既浅，所发表的也自然不能不简单空虚。这在学生实在是可同情的事。

举例来说，"空间"一语，是到处常见的名词，但试问学生对于这名词的了解有多少的程度？这名词因了有天文学的常识与否，了解的程度大相

---

* 本文收录于《文章作法》（开明书店 1926 年 8 月），原题为《我在国文科教授上最近的一信念》，此处所用为副题。

· 242 ·

径庭。"光的速度，每秒行十八万哩，有若干星辰，经过四千年，其所发的光还未到地球。"试问在没有这天文学常识的学生，他们能如此了解这名词吗？在学生的心里，所谓的"空间"，大概只认为是屋外仰视所及的地方吧。同样，"力"的一语在学生或只解作用手打人时的情形吧，"美"的一语，在学生或只解作某种女人的面貌的状态吧。

以上是就知的方面说的，情的方面也是如此。我有一次曾以《我的家庭》为题，叫学生作文。学生所作的文字都是"我家在何处，有屋几间。以何为业，共有人口若干……"等类的文句，而对于重要的各人特有的家庭情味，完全不能表现。原来他们把"家庭"只解作一所屋里的一群人了！"春""黄昏""故乡""母亲""夜""窗""灯"，这是何等情味丰富诗趣充溢的语啊，而在可怜的学生心里，不知是怎样干燥无味煞风景的东西呢！

不但国文科如此，其他如数学科中的所谓"数"和"量"，理科中的所谓"律"和"现象"，历史中的所谓"因果"和"事实"等等，何尝能使学生有充分的了解？

要把一语的含义以及内容充分了解，这在言语的性质上，在人的能力上，原是万难做到的事。因为一事一物的内容本已无限，把这无限的内容用了一文字代替作符号，已是无可如何的办法。要再想从文字上去依样感受它的内容，不用说是至难之事。除了学生自己的经验及能力以外，什么讲解，说明，查字典，都没有大用。夸张点说，这已入了"言语道断"的境地了！

真的！要从文字去感受其所代表事物的全部内容，这是"言语道断"之境。在这绝对的境界上，可以说教师对于学生什么都无从帮助。因为教师自身也并未能全体感受任何一文字的内容。其实，世间决没有能全体感受任何一文字的内容的人，所不同的只是程度之差罢了。数学者对于数理上的各语所感受的当然比普通人多，法律学者对于法律上的用语，其解释当然比普通人来得精密。一般作教师的，特别是国文科教师，对于普通文字应该比学生有正确丰富的了解力。换句话说，对于文字应有灵敏的感觉。姑且名这感觉为"语感"。

在语感敏锐的人的心里，"赤"不但只解作红色，"夜"不但只解作昼的反对吧。"田园"不但只解作种菜的地方，"春雨"不但只解作春天的雨吧。见了"新绿"二字，就会感到希望焕然的造化之功、少年的气概等等说不尽的情趣。见了"落叶"二字，就会感到无常、寂寥等等说不尽的诗味吧。真的生活在此，真的文学也在此。

自己努力修养，对于文字，在知的方面、情的方面，各具有强烈锐敏的语感，使学生传染了，也感得相当的印象，为理解一切文字的基础，这是国文科教师的任务。并且在文字的性质上，人间的能力上看来，教师所能援助学生的，只此一事。这是我近来的个人的信念。

给青年的十二封信 *

　　这十二封信是朱孟实先生从海外寄来，分期在我们同人杂志《一般》上登载过的。《一般》的目的原思以一般人为对象，从实际生活出发了来介绍些学术思想。数年以来，同人都曾依了这目标分头努力。可是如今看来，最好的收获第一要算这十二封信。这十二封信以中学程度的青年为对象，并未曾指定某一受信人的姓名，只要是中学程度的青年，就谁都是受信人，谁都应该读一读这十二封信。

　　这十二封信实是作者远从海外送给国内青年的很好礼物。作者曾在国内担任中等教师有年。他那笃热的情感，温文的态度，丰富的学殖，无一不使和他接近的青年感服。他的赴欧洲，目的也就在谋中等教育的改进。作者实是一个终身愿与青年为友的志士。信中首称"朋友"，末署"你的朋友光潜"，在深知作者的性行的我看来，这称呼是笼有真实的情感的，决不只是通常的习用套语。

　　各信以青年们所正在关心或应该关心的事项为话题。作者虽随了各话题抒述其意见，统观全体，却似乎也有个一贯的出发点可寻，就是劝青年眼光要深沉，要从根本上做功夫，要顾到自己，勿随了世俗图近利。作者用了这态度谈读书，谈作文，谈社会运动，谈恋爱，谈升学选科等等。无论在哪一封信上，字里行间都可看出这忠告来。就中如在《谈在露浮尔宫所得的一个感想》一信里，作者且郑重地自把这态度特别标出来了说："假如我的十二封信对于现代青年能发生毫末的影响，我尤其虔心默祝这封信所宣传的超效率的估定价值的标准能印入个个读者的心孔里去。因为我所

---

　　*　本文收录于朱光潜著《给青年的十二封信》(开明书店 1929 年)。

知道的学生们学者们和革命家们，都太贪容易，太浮浅粗疏，太不能深入，太不能耐苦，太类似美国旅行家看孟洛里莎了。"

"超效率"！这话在急于近利的世人看来，也许要惊为太高蹈的论调了。但一味亟亟于效率，结果就会流于浅薄粗疏，无可救药。中国人在全世界是被推为最重实用的民族的，凡事向都怀一个极近视的目标：娶妻是为了生子，养儿是为了防老，行善是为了福报，读书是为了做官，不称入基督教的为基督教信者而称为"吃基督教的"，不称投身国事的军士为军人而称他为"吃粮的"，流弊所至，在中国什么都只是吃饭的工具，什么都实用。因之，就什么都浅薄。

试就学校教育的现状看吧！坏的呢，教师目的但在地位薪水，学生目的但在文凭资格；较好的呢，教师想把学生嵌入某种预定的铸型去，学生想怎样揣摩世尚毕业后去问世谋事。在真正的教育面前，总之都免不掉浅薄粗疏。效率原是要顾的，但只顾效率究竟是蠢事。青年为国家社会的生力军，如果不从根本上培养能力，凡事近视，贪浮浅的近利，一味袭蹈时下陋习，结果纵不至于"一蟹不如一蟹"，亦只是一蟹仍如一蟹而已。国家社会还有什么希望可说。

"太贪容易，太浮浅粗疏，太不能深入，太不能耐苦"，作者对于现代青年的毛病曾这样慨乎言之，征之现状不禁同感。作者去国已好几年了，依据消息，尚能分明地记得起青年的病像，则青年的受病之重也就可知。这十二封信啊，愿你对于现在的青年有些力量。

回顾和希望[*]

　　一九二三年快过完了。这一年中，世界的大事，我们所记得起的有空前的日本大地震，在法国人占领德意志土地，有墨西哥革命；在中国，有临城大劫案，有黎元洪退位，曹锟登基，"宪法"公布，有大同教谣言，有数年来连续着的在各省的南北战争，最近还有苏浙风云。我们虽不信"今年是阴历癸亥，照例是个不祥之年"的话，但也不能不说今年是多事之年了！

　　在这多事的一年中，我国教育界的经过如何？有什么值得我们回顾与记忆的大事？教育原是不能绝对地超然独立与周围毫无关系的东西，国内大势既糟到如此，这一年来，教育界的没有好印象给我们，也许是当然的事。但平心而论，教育界究处着比较地先觉的位置，有着比较地独立的可能的，教育的良不良，如果一味要委责于周围的情形如何，未免太自恕了！我们试以此见地为立脚点，把这一年来的教育界的情形来一瞥吧！

　　固然，"不如意事常八九"，教育界方面偶然有一二出于意表的事，原不好就算特别；只是在这被认为不祥的一年中所留给我们的可痛可羞的事，在质的方面已经特别，而在量的方面也不为少。

　　最足使人感着苦痛而惊为破天荒的怪事的，要算三月中浙江一师所发生的毒案了；同时受祸的二百数十人，其中十分之一不免于死亡。这件事情虽已经过第一次的法庭判决，但实在带有几分滑稽，不能将真相完全宣示，使人得到完全的了解。不知道其中究竟有着什么说不出的黑幕！在这件事过去许久以后，所留给人们的悲惨的印象渐渐地淡漠下去，大家都安于运命中，以为意外的破坏当不至再光顾可怜的教育界了；孰知东南大学

---

　　[*]　本文原刊于《春晖》第二十二期（1924 年 1 月 1 日）。

的火灾，又在今年将终的历史上添了一件可悼的事！不幸呵！教育界！自然，这类的事大部分可以说是属于天灾，但人事方面的可叹的事也正不少。

文化中心的国立大学校长蔡孑民氏，却于盛倡好政府主义以后不久而转倡不合作主义，依然只有"背着手"。从此北京的教育界又成和政治界对立的状态，而国民优秀分子的学生的血竟溅在国民代表聚会的议院门前。结果，除牺牲了无数青年的无数光阴以外，一无所得。不合作的终于合作，无人格的也依然无，这总算得可怜而可羞吧！大事小事都看一看，中国近世教育史中，到了这一年真是丑相百出了！公立学校方面，每换一个校长总有一篇照例文章：旧的抗不交代，新的由抗争而妥协；出钱私和的也有，亏款潜逃的也有。官厅漠不追究，社会也视若无睹。至于私立学校方面，"当仁不让"卷款出奔的，挂大学招牌诈财的，登广告骗邮票的……虽不是罄竹难书，却也指不胜屈。教育界底人格呵！

学生为不足重轻的事而争打，赶校长，次数虽未必比往年少，这还不是今年开的新纪元。而捣猪窝的运动，倒是政治史和教育史的大好材料。

"太太生日丫头磕头，丫头生日丫头磕头"，总是丫头晦气。千不是万不是，教育的一切罪恶都归到学生身上。新文化运动的教育家们抱着这样的成见，由他们所承受的数千年的中国人的复古思想，就发出了许多复古的主张。

教育界的前途在这一年中很显开倒车的倾向了。其实这页丑史的功劳，学生实在不配享受大勋位的荣典。利用学生的是谁？纯粹教育者所集合的教育会，有哪一个不是因选会长而闹得乌烟瘴气？而我们浙江对于本年的教育联合会，不是因为路途遥远没有人愿吃劳苦，居然官僚式地就近派代表参与吗？这就是教育者的精神了！至于教育行政最高机构的拍卖，也是中外空前的创闻！用这种精神所演成的事实，怎能不在历史上留些可羞的痕迹呢？

　　除了这种的记载以外，可以引起我们注意的就是些根柢不固杂乱开着不会结果的花了。或者相形之下可以算得不拙吧！

　　最值得注目的就是看似矛盾而实都有提倡必要的两件事，在教育界里出现了：一是科学教育的输入，一是国学整理的鼓动。从表面看来似乎前一件由推士博士率领了许多人，借着公私机关之力，在各地竭力鼓吹宣传了一年，应该有较大的影响，但是它的结果，除了几种测验之外，可说是在教育界里分毫不生效力。或许是科学的种子本来非五年十年不发芽的，现在是已在教育地界里暗暗地下了种子，我们不易看出吧。但在国学整理的方面，自梁启超等鼓动了之后，他的影响到教育界的势力实在不少，我们只要把这一年来的出版物检一检就能明白。我想这两者全是和我们国民脾胃合不合而起的分别。而教育界复古的倾向，从此也表现得更明了。"中学为体，西学为用"的时代或者又要以今年为关键而再现了吧！

　　前一两年在中国教育界里流行极一时之盛的是设计教学法，今年又把从美国输入的道尔顿制起来代替了。我不敢说道尔顿制本身的价值不及设计教学法，或是在中国的现在的情境下面，前者不如后者的适宜，我却敢断言，一年来道尔顿制的结果总不如设计教学法的大。这也和我们国民的脾胃是大有关系的。数千年来，中国教育的精神本是有许多地方和道尔顿制相合。从旧有教育的精神所培植成功的寄生虫，仍旧满布在国民的脾胃里，现在又遇到同样的饮食料进出，这些寄生虫当然马上要活动起来。这是道尔顿制前途的大障碍，也就是眼前施行道尔顿制者所实感的困难。

　　还有，大学的勃兴也是近来可注目的一件事。把 Univisity 译做大，已是不成译了。再在这个不大的 Univisity 前面加了什么师范、什么艺术，这竟成什么话呢？然而这也确是一年来中国几个大教育家大出风头的大运动。由学制会议在空中放了几响无边际的大炮，确实在教育界里开了不少的方便之门。最作怪的要算混合教授了，由专以营利为目的的几家书坊急切杂乱地编译了许多混而不合的教科书，强学生硬食料理不调、烹煮未熟的东西，怎叫他不生胃病呢？

综计这一年来的教育界，所可勉强称为好的事情，都还是未成形的一点萌芽，算不得什么具象的东西。或者竟只是一种从别家病人那里抄录来的一张药方，不但没有药，即使有了药，合乎所患的病与否也无把握。而所谓坏的处所，却都是赃论确凿，无论你怎样解辩也无法回护的事实。这不能不说是教育界的耻辱了！

这耻辱何时能雪？就现在情形看来，原没什么把握可说。因为二十年来教育状况都没曾使我们满意过。转瞬就是新年，我们姑且循了例来对于教育界提几种希望吧：一、中国教育的所以不良，是否原于学制，姑不具论。既大吹大擂地改了学制了，希望速将课程审定，学校与学校间衔接规定，新的赶快设立，旧的赶快废除。像现状新旧并存，实令人茫无适从。须知光是三三制二四制等类的空名词，是无济于事的。因为没有药的药方，有了也没有用。

二、希望对于各种教育思潮方案等有确实的信念和实际的试验。杜威来就流行"教育即生活"，孟禄来就流行"学制改革"，推士来就流行"科学教育"，罗素来就自负"国学"和什么。忽而"设计教学"，忽而"道尔顿制"等类的走马灯式的转变，总是猴子种树难望成荫的。

三、日本式的教育固然不好，但须知美国式的教育也未必尽合于中国。参考或者可以，依样葫芦似地盲从却可不必。赶快考案出合于中国的方案和制度来才是！但把"手工"改为什么"工用艺术"，把国语英文并称"言文科"，是算不了什么大发明的。

四、希望教育者自爱，对于学校风潮有真实的反省，多现在的状况，学潮是难免的。不，如果在现状之下学生不起风潮，反是奇怪的事了。愤激点说，我以为中国教育的生机的有无，全视学生能作有意义的廓清运动——所谓"风潮"与否？学生真能有识别力，真能闹"风潮"，中国教育或者还有希望！可惜现在一般的所谓"学生风潮"，或是被人利用为人捧场，或是事理不清一味胡闹，程度还幼稚得很！

五、希望教育者凡事切实，表里一致。离了以办教育为某种事业的手段的恶劣观念，赤裸裸地照了自己的信念做去。教育在某种意味上可以说是英雄的事业，真挚就是英雄的特色。

教育界诸君啊！我为闷气所驱，已把要说的话毫不客气地说了。说错的地方，伏求指正，对不起的地方，伏求原谅。我不幸，也是教育界中的一人，从今以后大家努力吧。再过几日就是一九二四年元旦，恭贺新禧！

近事杂感 *

无论如何种类的教育方法，说它有益固然可以，说他有害也可以。严师固然可以出高徒，自由教育也未尝不可收教育上的效果。循循善诱，详尽指导，固然不失为好教育，像宗教家师弟间的一字不说，专用棒喝去促他的自悟，也何尝不对。只要肠胃健全的，什么食物都可使之变为血肉，变为养料，而在垂死的病人，却连参茸都没有用处，他是他，参茸是参茸。人可以牵牛到水边去，但除了牛肚渴要饮水的时候，人无法使牛饮水，强灌下去，牛虽不反抗，实际上在牛也决不受实益。所以替牛掘井造河，预备饮料，无论怎样地周到，在不觉得渴的牛是不会觉到感谢的。"不愤不启，不悱不发"，足见即使我们个个都是孔老先生，对于无自觉的学生也是无法的了！

冷暖自知！现在学校教育的空虚，只要有良心的教育者和有良心的学生都应该深深地痛感到。从前学校未兴时，教育虽未普及，师生的关系全是自由。佩服某先生的往往不惮千里，负笈往从。只此一"从"字的精神，已尽足实现教育全体的效果，学生虽未到师门，已有了精进向上之心，教育当然容易收效。学校既兴，师生的关系近于运命的而非自由的。我们为师的人呢，更都是从所谓"教匠制造厂"的师范学校出来，各有一定的型式。在种种的事情上，要使学生做到那"从"字样的心悦诚服的精神是不容易的事情。于是学校教育就空虚了！

不但此也，现在的学校教育在一般家属及学生眼中看来，只是一个过渡的机关，除了商品化的知识及以金钱买得的在校生活的舒服以外，是他

---

* 本文原刊于《春晖》第二十八期（1924 年 5 月 1 日）。

们所不甚计较的，学生入校时原并不会带了敦品周行的志向来。特别是中学校的学生，他们本来大半是少爷公子，家庭于他们未入校以前，又大半早已用了父兄地位金钱的力，使他们养成了恶癖。每年只出若干学费要叫学校把他们教好，学校又把这责任归诸教员，于是教员苦了。

"教员"与"教师"，这两个名词在我感觉上很有不同。我以为如果教育者只是教员而不是教师，一切问题是无法解决的。教育毕竟是英雄的事业，是大丈夫的事业，够得上"师"的称呼的人才许着手，仆役工匠等同样地位的什么"员"，是难担负这大任的。我们在学生及社会的眼中被认作"员"，可怜！我们如果在自己心里也不能自认为"师"，只以"员"自甘，那不更可怜吗？我们作教员的，应该自己进取修养，使够得上"师"字的称呼。社会及学生虽仍以"员"待遇我们，但我们总要使他们眼里不单有"员"的印象。这是一件非常辛苦艰难的事，也是一件伟大庄严的事！

学问要学生自求，人要学生自做。我们以前种种替学生谋便利的方案，都可以说是强牛饮水的愚举。最要紧的就是促醒学生自觉。学生一日不自觉，什么都是空的。除了我们自己做了"师"的时候，难能使学生自觉。其实，学生只要自觉了以后。什么都可为"师"，也不必再赖我们。"竹解虚心是我师"，在真渴仰"虚心"的人，竹就可以为师。"三人行，必有我师焉，择其善者而从之，其不善者而改之。"随时随地皆师，觉后的境界何等广阔啊！

第五编

文坛与艺坛

《平屋杂文》自序 *

把所写的文字收集了一部分付印成书，叫做《平屋杂文》。

自从祖宅出卖以后，我就没有自己的屋住。白马湖几间小平屋的造成，在我要算是一生值得纪念的大事。集中所收的文字，大多数并不是在平屋里写的，却差不多都是平屋造成以后的东西，最早的在民国十年，正是平屋造成的那一年。就文字的性质看，有评论，有小说，有随笔，每种分量既少，而且都不三不四得可以，评论不像评论，小说不像小说，随笔不像随笔。近来有人新造一个"杂文"的名词，把不三不四的东西叫做杂文，我觉得我的文字正配叫杂文，所以就定了这个书名。

我对于文学，的确如赵景深先生在《立报·言林》上所说"不大努力"。我自认不配做文人，写的东西既不多，而且并不自己记忆保存。这回的结集起来付印，全出于几个朋友的怂恿。朋友之中怂恿最力的要算郑振铎先生，他在这一年来，几乎每次见到就谈起出集子的事。

长女吉子，是平日关心我的文字的。她曾预备替我做收集的工作，不幸今年夏天竟病亡，不及从她父亲的文集里再读她父亲的文字了！

---

* 本文收录于《平屋杂文》（开明书店 1935 年 12 月）。

关于国木田独步 *

独步的作品被介绍过的已经不少，这里所集的只是我个人所翻译的五篇。这五篇在他近百篇的短篇小说中，都是比较有名的杰作。

独步虽作小说，但根底上却是诗人。他是华治华司的崇拜者，爱好自然，努力着眼于自然的玄秘，曾读了屠介涅夫《猎人日记》中的《幽会》，作过一篇描写东京近郊武藏野风景的文字，至今还是风景描写的模范。独步眼中的自然，不只是幽玄的风景，乃是不可思议的可惊可饰的谜，同时就是人生的谜。他的小说的于诗趣以外具有自然主义的风格，和他的热烈倾心宗教，似都非无故的。《牛肉与马铃薯》中主人公冈本的态度，可以说就是独步自己的态度。《女难》中所充满着的无可奈何的运命思想，也就是这自然观的别一方面。

事实！呜呼，这事实可奈何？

天上的星、月、云、光、风，地上的草、木、花、石，人间的历史、生活、性质、境遇、关系，生、死、情、欲、恨、恋，不幸、灾厄、幸运、荣达，啊！这事实，那事实，人只是盲目地在这错乱混杂的事实中起居着吗？

自然！宇宙固不可思议了。人间！啊，至于人间，不是更不可思议吗？它是爱着自然的法则的东西，所不可思议的是它的生活，运命，极其 Drama。

日记（明治二十六年十一月十七日）

"非我"的这自然，"别的我"的他人。这是我近来的警句。

---

* 本文收录于《国木田独步集》（开明书店 1927 年 7 月）。

啊，人类！看啊看啊，看那许多"别的我"的我的在地上的运命啊！

看啊，看啊，俯了仰了，看"非我"的这自然啊！

想啊想啊，把这我与这自然的关系。想得了这我与自然的关系，才可谓受有救世的天命的人。

日记（明治二十七年二月十三日）

独步在明治二十六年（二十三岁）至二十九年五年间曾作的日记，其中充满着严肃的怀疑的气氛，像上面所举的文句几乎每页都可看到。他论诗与诗人的目的说：

从习惯的昏睡里唤醒人心，使知道，围着我们的世界之可惊可爱，才是诗的目的。更进一步说，使人在这可惊的世界中发现自己，在神的真理中发明人生的意义，才是诗人的目的。

日记（明治二十六年十月十三日）

独步是有这样抱负的人，所以他的作品虽富有清快的诗趣，而内面却潜蓄着严肃真挚的精神，无论哪一篇都如此。

独步的恋爱事件，是日本文学史上有名的史料。中日战争（明治二十八年）起，独步被国民新闻社任为从军记者，入千代田军舰，归东京后，国民新闻社长德富苏峰的友人佐佐城丰寿夫人发起开从军记者招待会。独步那时年二十五岁，席上与夫人之女佐佐城信子相识，由是彼此陷入恋爱。经了许多困难，卒以德富苏峰的媒介，竹越与三郎的保证，在植村正久的司式下结婚。两人结婚后在逗子营了新家庭。独步为欲达其独立独行的壮怀，且思移居北海道躬耕自活，如《牛肉与马铃薯》中冈本所说的样子。谁知结婚未及一年，恋爱破裂，信子忽弃独步出走了。

独步的恋爱理想，在男女双方继续更新创造。信子出走后，独步给她的书中有一处说：

据有经验的人说：新夫妇的危险起于结婚后的半年间。忍耐

· 257 ·

经过了这半年，夫妇的真味才生。真的，你在第五个月上，就触了这暗礁了。原来人无论是谁都是充满着缺点的，到了结婚以后，不能复如结婚前可以空想地满足，实是当然之事。如果因不能空想地满足就离婚，那么天下将没有可以成立的夫妇了。这里须要忍耐，设法，彼此反省，大家奖励。所谓共艰难苦乐者，不只外来的艰苦，并须与从相互间出来的人性的恶点奋斗。夫妇的真义，不就在此吗？

《夫妇》为独步描写恋爱的作品，亦曾暗示着与上文同样的意见。《第三者》则竟是他的自己告白了。江间就是他自己，鹤姑是信子，大井、武岛则是以当时结婚的周旋者德富苏峰、内村植三、竹越与三郎为模特儿的。

信子一去不返，结果不免离婚。独步的烦闷，真是非同小可，曾好几次想自杀。他的日记中，留着许多血泪的文字。

她竟弃舍我了，寒风一阵，吹入心头，迴环地扰我，我的心已失了色，光，和希望了。信子，信子！你我同在东京市中相隔只里余，你的心为何远隔到如此啊！

啊，恋爱的苦啊！逐着冷却了的恋爱的梦，其苦真难言状。

我永永爱信子，我心愈恋恋于信子。她已是恋爱的坟墓了吗？那么我将投埋在她里面。

（明治二十九年四月三十日）

睡眠亦苦，因为要梦见信子。

我到底不能忘情于信子，即在走路的时候，填充我的爱的空想的，仍是关于信子的事。

自一旦与信子的爱破裂，就感到一生已无幸福可言了，我是因了信子的爱而生存的。

无论怎样的困厄，贫苦，不幸，如果有信子和我在一起奋斗，就觉得什么都不怕。信子的爱，给我以难以名言的自由。

然而，现在完了，现在，这爱的隐身所倒了！

我好像被裸了体投到世路风雪之中，我的回顾从前之爱，亦非得已。

我真不幸啊！

然而爱不是交换的，是牺牲的，我做了牺牲了，我的爱誓永久不变。

（明治二十九年五月二日）

赖了先辈德富苏峰等诸名士的鼓舞，及平日的宗教信仰，独步幸而未曾踏到自杀途上去。可是此后的独步，壮志已灰，豪迈不复如昔，只成了一个恋爱的飘泊者，抑郁以殁。啊，《女难》作者的女难！

独步是明治四十一年死的。他虽替日本文坛做了一个自然主义的先驱，但却终身贫困不过。现在全国传诵的他的名作，当时只值五角钱三角钱一页的稿费。《巡查》脱稿，预计可得五元，高兴得了不得邀友聚餐，结果只得三元，餐费超过预算。这是有名的他的轶事。他的被社会认识，是在明治四十年前后，那时他已无力执笔，以濒死的病躯，奄卧在茅崎的南湖院了。

关于《倪焕之》*

圣陶以从《教育杂志》上拆订的《倪焕之》见示，叫我为之校读并写些什么在上面。

圣陶的小说，我所读过的原不甚多，但至少三分之一是过目了的。记得大部是短篇，题材最多的关于儿童及家庭的琐事。这次却居然以如此的广大的事象为题材写如此的长篇了。在作者的文艺生活上，《倪焕之》实是划一时代的东西。

题材的琐屑与广大，在纯粹的艺术的见地看来，原是不成问题的事，艺术的生命不在题材的大小而在表现的确度上。文艺彻头彻尾是表现的事，最要紧的是时代与空气的表现。经过"五四""五卅"一直到这次的革命，这十数年是中国历史上空前的大时代，我们游泳于这大时代的空气之中，甜酸苦辣，虽因人时不同，而且和实际的甜酸苦辣的味觉一样是说不明白的东西，一种特别的情味是受到了的，谁也无法避免这命定的时代空气的口味。照理在文艺作品上随处都能尝得出这情味来，文艺作品至少也要如此才觉得亲切有味。可是合乎这资格的文艺创作却不多见。所见到的只是千篇一律的恋爱谈，或宣传品式的纯概念的革命论而已。在这样的国内文艺界里，突然见了全力描写时代的《倪焕之》，真足使人眼光为之一新。故《倪焕之》不但在作者的文艺生活上是划一时代的东西，在国内的文坛上也可以说是划一时代的东西。

《倪焕之》中所描的，是五四前后到最近革命十余年间中流社会知识阶级思想行动变迁的径路，其中重要的有革命的倪焕之、王乐山，有土豪劣

---

* 本文收录于叶圣陶著《倪焕之》（开明书店 1929 年 8 月）。

绅的蒋士镳，有不管闲事的金树伯，有怯弱的空想家蒋冰如，女性则有小姐太太式的金佩璋与崭新的密司殷。作者叫这许多人来在舞台上扮演十余年来的世态人情，复于其旁放射各时期特有的彩光，于其背后悬上各时期特有的背景，于是十余年来中国的教育界的状况，乡村都会的情形，家庭的风波，革命前后的动摇，遂如实在纸上现出，一切都逼真，一切都活跃有生气。使我们读了但觉得其中的人物都是旧识者，或竟是自己；其中的行动言语都是会闻到见到过的，或竟是自己的行动言语。评价一篇小说，不该因了题材来定区别。因《倪焕之》中写教育的事，说它是教育小说，原不妥当。至于因主人公倪焕之的革命见解不彻底，就说这小说无价值，更不妥当。作家所描写的是事实，责任但在表现的确否。事实如此，有什么话可说呢？作者似深知道了这些，在《倪焕之》中，通常的所谓事实的有价值与无价值，不曾歧视，至少在笔端是不分高下的。试看，他描写乡村间的灯会的情况，用力不亚于描写南京路上的惨案，和革命当时的盛况。《倪焕之》虽取着革命的题材，而不流于浅薄的宣传的作物者，其故在此。

只要与作者相识的，谁都知道他是一个中心热烈而表面冷静默然寡言笑的人吧。中心热烈，表面冷静，这貌似矛盾的二性格是文艺创作上重要素地，因为要热烈才会有创作的动因，要冷静才能看得清一切。《倪焕之》的成功，大半是作者性格使然，就是这性格的流露。"文如其人"，这句话原是对的。

关于《倪焕之》，茅盾君曾写过长篇的评论，我的话也原可就此告结束了。不过，作者曾要求我指出作中的疵病，而且要求得很诚切。我为作者的虚心所动，于第一回阅读时，在文字上也曾不客气地贡献过一二小意见，作者皆欣然承诺，在改排时修改过了。此外，茅盾君所指摘的各节也是我所同感的。这回就重排的清样重读，觉得尚有可商量的地方，率性提了出来，供作者和读者的参考。

如前所说，文艺彻头彻尾是表现的事。所谓表现者，意思就是要具体地描写，一切抽象的叙述和疏说，是不但无益于表现而反足使表现的全体受害的。作者在作品中，随处有可令人佩服的描写，很收着表现的效果。随举数例来看：

> 焕之抢着铺叠被褥。被褥新浆洗，带着太阳光的甘味，嗅到时立刻想起为这些事辛劳的母亲，当晚一定要写封信给她。在初明的昏黄的电灯光下，他们两个各自把着一个酒壶，谈了一阵，便端起酒杯呷一口。话题当然脱不了近局，攻战的情势，民众的向背，在叙述中间夹杂着议论地谈说着。随后焕之讲到了在这地方努力的人，感情渐趋兴奋；虽然声音并不高，却个个字挟着活跃的力，像平静的小溪涧中，喷溢着一股滚烫的沸泉。

前者写游子初到任地的光景，后者写革命军快到时党人与其旧友在酒楼上谈话的情形，都很具体地有生气。诸如此类的例一拾即是。读者可以随处自己发现这类有效果的描写。无论在作者的作品之中，无论在当代文坛上作品之中，《倪焕之》恐怕要推为描写力最旺盛的一篇了吧。

但如果许我吹毛求疵的话，则有数处仍流于空泛的疏说的。例如写倪焕之感到幻灭了每日跑酒肆的时候：

> 这就皈依到酒的座下来。酒，欢快的人因了它更增欢快，寻常的人因了它得到消遣；而琐闷的人也可以因了它接近安慰与奋兴的道路。

这种文字，我以为是等于蛇足的东西，不十分会有表现的效果的。最甚的是第二十章。这章述五四后思想界的大势，几乎全是抽象的疏说，觉得于全体甚不调和。不知作者以为何如？

我的指摘只是我个人的僻见，即使作者和读者都承认，也只是表现的技巧上的小问题。至于《倪焕之》，是决不会因此减损其价值的。《倪焕之》实不愧茅盾君所称的"扛鼎"的工作。

对了米莱的《晚钟》*

　　米莱的《晚钟》在西洋名画中是我所最爱好的一幅，十余年来常把它悬在座右，独坐时偶一举目，辄为神往，虽然所悬的只是复制的印刷品。

　　苍茫暮色中，田野尽处隐隐地耸着教会的钟楼，男女二人拱手俯首作祈祷状，面前摆着盛了薯的篮笼、锄铲及载着谷物袋的羊角车。令人想象到农家夫妇田作已完，随着教会的钟声正在晚祷了预备回去的光景。

　　我对于米莱的艰苦卓绝的人格与高妙的技巧，不消说原是崇拜的；他的作品多农民题材，画面成剧的表现，万分佩服。但同是他的名作如《拾落穗》，如《第一步》，如《种葡萄者》等等，我虽也觉得好，不知什么缘故总不及《晚钟》能吸引我，使我神往。

　　我常自己剖析我所以酷爱这画，这画所以能吸引我的理由，至最近才得了一个解释。

　　画的鉴赏法原有种种阶段，高明的看布局调子笔法等等，俗人却往往执着于题材。譬如在中国画里，俗人所要的是题着"华封三祝"的竹子，或是题着"富贵图"的牡丹，而竹子与牡丹的画得好与不好是不管的。内行人却就画论画，不计其内容是什么，竹子也好，芦苇也好，牡丹也好，秋海棠也好，只从笔法神韵等去讲究，去鉴赏。米莱的《晚钟》在笔法上当然是无可批评了的。例如画地是一件至难的事，这作品中的地的平远，是近代画中的典型，凡是能看画的都知道的。这作品的技巧可从各方面说，如布局色彩等等，但我之所以酷爱这作品却不仅在技巧上，倒还是在其题材上。用题材来观画虽是俗人之事，我在这里却愿作俗人而不辞。

* 本文原刊于《新女性》第三十二号（1928年8月1日）。

米莱把这画名曰《晚钟》，那么题材不消说是有关于信仰了，所画的是耕作的男女，就暗示着劳动；又，这一对男女一望而知为协同的夫妇，故并暗示着恋爱。信仰，劳动，恋爱，米莱把这人间生活的三要素在这作品中用了演剧的舞台面式展示着。我以为，我敢自承，我所以酷爱这画的理由在此。这三种要素的调和融合，是人生的理想。我的每次对了这画神往者，并非在憧憬于画，只是在憧憬于这理想。不是这画在吸引我，是这理想在吸引我。

信仰，劳动，恋爱，这三者融和一致的生活才是我们的理想生活。信仰的对象是宗教。关于宗教原也有许多想说的话，可是宗教现在正在倒霉的当儿，有的主张以美学取而代之，有的主张直截了当地打倒。为避免麻烦计，姑且不去讲他，单就劳动与恋爱来谈谈吧。

劳动与恋爱的一致，是一切男女的理想，是两性间一切问题的归趋。特别地在现在的女性，是解除一切纠纷的锁钥。

"不劳动者不得食"，这虽是共产党的话，确是人间生活无可逃免的铁则，无论男女。女性地位的下降实由于生活不能独立，普通的结婚生活，在女性都含有屈辱性与依赖性。在现今，这屈辱与依赖与阶级的高下成为反比例。因为，下层阶级的妇女不像太太地可以安居坐食，结果除了做生育机器以外，虽然并不情愿，还须帮同丈夫操作，所以在家庭里的地位较上流或中流的妇女为高。我们到乡野去，随处都可见到合力操作的夫妇，而在都会街上除了在黎明和黄昏见到上工厂去的女工外，日中却触目但见着旗袍穿高跟皮鞋的太太们姨太太们或候补太太们与候补姨太太们！

不消说，下层妇女的结婚在现今也和上流中流阶级的妇女一样，大概不由于恋爱，是由于强迫或买卖的。不，下层妇女的结婚其为强迫的或买卖的，比之上流中流社会更来得露骨。她们虽帮同丈夫在田野或家庭操作，未必就成米莱的画材。但我相信，如果她们一旦在恋爱上觉醒了，她们的营恋爱生活，要比上流中流的妇女容易得多，基础牢固得多，不管上流中流的女性识得字，能读恋爱论，能谈恋爱，能讲社交。

但看娜拉吧，娜拉是近代妇女觉醒第一声的刺激，凡是新女子差不多都以娜拉自命。但我们试看未觉醒以前的娜拉是怎样的？她购买圣诞节的物品超过了预算，丈夫赫尔茂责她：

"这样浪费是不行的！"

"真真有限哩，不行？你不是立刻就可以有大收入了吗？"

"那要新年才开始，现在还未哩！"

"不要紧，到要时不是再可以借的吗？"

"你真太不留意！如果今日借了一千法郎在圣诞节这几日中用尽了，到新年的第一日，屋顶跌下一块瓦来，落在我头上把我磕死了……"

"不要说这吓死人的不祥语。"

"喏，万一真有了这样的事，那时怎样？"

赫尔茂这样诘问下去，娜拉也终于弄到悄然无言了。赫尔茂倒不忍起来，重新取出钱来讨她的好，于是娜拉也就在"我的小鸟"咧，"小栗鼠"咧的玩弄的爱呼声中，继续那平凡而安乐的家庭生活。这就是觉醒前的娜拉的正体。及觉醒了，离家出走了，剧也就此终结。娜拉出家以后的情形是值得我们思索的。于是，"娜拉仍回来吗？"终于成了有趣味的一个问题。鲁迅先生曾有过一篇《娜拉走后怎样》的文字。

觉醒后的娜拉，我们不知道其生活怎样，至于觉醒以前的娜拉，我们在上流中流的家庭中，在都会的街路上都可见到的。现在的上流中流阶级本是消费的阶级，而上流中流阶级的女性，更是消费阶级中的消费者。她们喜虚荣，思享乐。她们未觉醒的，不消说正在做"小鸟"做"栗鼠"，觉醒的呢，也和觉醒后的娜拉一样，向哪里走还成为一个问题，还是一个费人猜度的谜。

上流中流阶级的女性，物质的地位无论怎样优越，其人格的地位实远逊于下层阶级的女性，而其生活也实在惨淡。她们常被文学家摄入作品里作为文学的悲惨题材。《娜拉》不必说了，此外如莫泊桑的《一生》，如福楼拜的《波华荔夫人》（今译《包法利夫人》），如托尔斯泰的《安娜·卡列尼娜》等都是。莫泊桑在《一生》所描写的是一个因了愚蠢兽欲的丈夫虚度了一生的女性，福楼拜的《波华荔夫人》与托尔斯泰的《安娜·卡列尼娜》，其女主人公都是因追逐不义的享乐的恋爱而陷入自杀的末路的。她们的自杀不是壮烈的为情而死的自杀，只是一种惭愧的忏悔的做不来人了的自杀。前者固不能恋爱，后二者的恋爱也不是有底力的光明可贵的恋爱，只是一种以官能的享乐为目的的奸通而已。而她们都是安居于生活无忧的境遇里的女性。

在中国的历史上有一对我所佩服的恋爱男女，就是司马相如与卓文君。我不佩服他们别的，佩服他们的能以贵族出身而开酒店，男的着犊鼻裙，女的当垆。（虽然有人解释，他们的行为是想骗女家的钱。）我相信，男女要有这样刻苦的决心，然后可谈恋爱，特别地在女性。女性要在恋爱上有自由，有保障，非用劳动去换不可。未入恋爱未结婚的女性，因了有劳动能力，才可以排除种种生活上的荆棘，踏入恋爱的途程。已有了恋爱对手的女性，也因有了劳动的能力作现在或将来的保证。有了劳动自活的能力，然后对己可有真正恋爱不是卖淫的自信。

我所谓劳动者，并非定要像《晚钟》中的耕作或文君的当垆，凡是有益于社会的工作，不论是劳心的劳力的都可以。家政育儿当然也在其内。在这里所当连带考察的就是妇女职业问题了。

妇女的职业，其成为问题在机械工业勃兴家庭工业破坏以后。工业革命以来，下层阶级的农家妇女或可仍有工作，至于中流以上的妇女，除了从来的家庭杂务以外已无可做的工作。家庭杂务原是少不来的工作，尤其是育儿，在女性应该自诩的神圣的工作。可是家庭琐务是不生产的，因此在经济上，女性在两性间的正当的分业不被男性所承认，女性仅被认作男性的附赘物，女性亦不得不以附赘物自居，积久遂在精神上养成了依赖的习性，在境遇上落到屈辱的地位。

要想从这种屈辱解放，近代思想家曾指出绝端相反的两条路：一是教女性直接去从事家事育儿以外的劳动，与男性作经济的对抗；一是教女性自信家事育儿的神圣，高唱母性，使男性及社会在经济以外承认女性的价值。主张前者的是纪尔曼夫人，主张后者的是托尔斯泰与爱伦卡。

这两条绝端相反的道路，教女性走哪一条呢？真理往往在两极端之中，能调和两者而不使冲突，不消说是理想的了。近代职业有着破坏家庭的性质，无可讳言，但因了职业的种类与制度的改善，也未始不可补救于万一。妇女职业的范围应该从种种方向扩大，而关于妇女职业的制度，尤须大大地改善。职业的妨害母性，其故实由于职业不适于女性，并非女性不适于职业。现代的职业制度实在太坏，男性尚有许多地方不能忍受，何况女性呢？现今文明各国已有分娩前后若干周的休工的法令和日间幼儿依托所等的设施了，甚望能以此为起点，逐渐改善。

在都市中，每遇清晨及黄昏见到成群提了食筐上工场去的职业妇女，我不禁要为之一蹙额，记起托尔斯泰的叹息过的话来。但见到那正午才梳洗下午出外叉麻雀的太太或姨太太们，见到那向恋人请求补助学费的女学生们，或是见到那被丈夫遗弃了就走投无路的妇人们，更觉得愤慨，转而暗暗地替职业妇女叫胜利，替职业妇女祝福了。

体力劳动也好，心力劳动也好，家事劳动也好，在与母性无冲突的家外劳动也好，"不劳动者不得食"，原是男女应该共守的原则。我对于女性，敢再妄补一句："不劳动者不得爱！"

美国女作家阿利符修拉伊娜在其所著的书里有这样的一章：

　　我曾见到一个睡着的女性，人生到了她的枕旁，两手各执着赠物。一手所执的是"爱"，一手所执的是"自由"，叫女性自择一种。她想了许多时候，选了"自由"。于是人生说："很好，你选了'自由'了。如果你说要取'爱'，那我就把'爱'给了你，立刻走开永久不来了。可是，你却选了'自由'，所以我还要重来。到重来的时候，要把两种赠物一齐带给你哩！"我听见她在睡中笑。

要爱，须先获得自由。女性在奴隶的境遇之中决无真爱可言。这原则原可从种种方面考察，不但物质的生活如此。女性要在物质的生活上脱去奴隶的境遇，获得自由，劳动实是唯一的手段。

爱与劳动的一致融合，真是希望的。男女都应以此为理想，这里只侧重于女性罢了。我希望有这么一天：女性能物质地不作男性的奴隶，在两性的爱上，铲尽那寄食的不良分子，实现出男女协同的生产与文化。

对了《晚钟》忽然联想到这种种。《晚钟》作于一八五九年，去今已快七十年了。近代劳动情形大异从前，米莱又是一个农民画家，编写当时乡村生活的，要叫现今男女都作《晚钟》的画中人，原是不能够的事。但当作爱与劳动融合一致的象征，是可以千古不朽的。

《子恺漫画》序 *

　　新近因了某种因缘，和方外友弘一和尚（在家时姓李，字叔同）聚居了好几日。和尚未出家时，曾是国内艺术界的先辈，披剃以后专心念佛，见人也但劝念佛，不消说，艺术上的话是不谈起了的。可是我在这几日的观察中，却深深地受到了艺术的刺激。

　　他这次从温州来宁波，原预备到了南京再往安徽九华山去的。因为江浙开战，交通有阻，就在宁波暂止，挂褡于七塔寺。我得知就去望他。云水堂中住着四五十个游方僧。铺有两层，是统舱式的。他住在下层，见了我笑容招呼，和我在廊下板凳上坐了，说：

　　"到宁波三日了，前两日是住在某某旅馆（小旅馆）里的。"

　　"那家旅馆不十分清爽吧。"我说。

　　"很好！臭虫也不多，不过两三只。主人待我非常客气呢！"

　　他又和我说了些在轮船统舱中茶房怎样待他和善，在此地挂褡怎样舒服等等的话。

　　我惘然了，继而邀他明日同往白马湖去小住几日。他初说再看机会，及我坚请，他也就欣然答应。

　　行李很是简单，铺盖竟是用破席子包的。到了白马湖，在春社里替他打扫了房间，他就自己打开铺盖，先把那破席子珍重地铺在床上，摊开了被，把衣服卷了几件作枕。再拿出黑而且破得不堪的毛巾走到湖边洗面去。

　　"这手巾太破了，替你换一条好吗？"我忍不住了。

　　"那里！还好用的，和新的也差不多。"他把那破手巾珍重地张开来给

---

　　*　本文原刊于《文学周报》第一九八期（1925 年 11 月 8 日）。

我看，表示还不十分破旧。

他是过午不食的。第二日未到午，我送了饭和两碗素菜去（他坚说只要一碗的，我勉励再加了一碗），在旁坐了陪他。碗里所有的原只是些萝卜白菜之类，可是在他却几乎是要变色而作的盛馔，喜悦地把饭划入口里，郑重地用筷夹起一块萝卜来的那种了不得的神情，我见了几乎要流下欢喜惭愧之泪了！

第二日，有另一位朋友送了四样菜来斋他，我也同席。其中有一碗咸得非常，我说：

"这太咸了！"

"好的！咸的也有咸的滋味，也好的！"我家和他寄寓的春社相隔有一段路。第三日，他说饭不必送去，可以自己来吃，且笑说乞食是出家人的本能。

"那么逢天雨仍替你送去吧。"

"不要紧！天雨，我有木屐哩！"他说出木屐二字时，神情上竟俨然是一种了不得的法宝。我总还有些不安。他又说：

"每日走些路，也是一种很好的运动。"

我也就无法反对了。

在他，世间竟没有不好的东西，一切都好，小旅馆好，统舱好，挂褡好，破席子好，破旧的手巾好，白菜好，萝卜好，咸苦的蔬菜好，跑路好，什么都有味，什么都了不得。

这是何等的风光啊！宗教上的话且不说，琐屑的日常生活到此境界，不是所谓生活的艺术化了吗？人家说他在受苦，我却要说他是享乐。我常见他吃萝卜白菜时那种喜悦的光景，我想：萝卜白菜的全滋味，真滋味，怕要算他才能如实尝到的了。对于一切事物，不为因袭的成见所缚，都还他一个本来的面目，如实观照领略，这才是真解脱，真享乐。

艺术的生活原是观照享乐的生活，在这一点上，艺术和宗教实有同一的归趋。凡为实例或成见所束缚，不能把日常生活咀嚼玩味的，都是与艺术无缘的人。真的艺术，不限在诗里，也不限在画里，到处都有，随时可得。能把它捕捉了用文字表现的是诗人，用形及五彩表现的是画家。不会作诗，不会作画，也不要紧，只要对于日常生活有观照玩味的能力，无论如何都能有权去享受艺术之神的恩宠。否则虽自号为诗人画家，仍是俗物。

与和尚数日相聚，深深地感到这点。自怜囫囵吞枣地过了大半生，平日吃饭着衣，何曾尝到过真的滋味！乘船坐车，看山行路，何曾领略到真的情景！虽然愿从今留意，但是去日苦多，又因自幼未曾经过好好的艺术教养，即使自己有这个心，何尝有十分把握！言之怃然！

正怃然间，子恺来要我序他的漫画集。记得子恺的画这类画，实由于我的怂恿。在这三年中，子恺着实画了不少，集中所收的不过数十分之一。其中含有两种性质，一是写古诗词名句的，一是写日常生活的断片的。古诗词名句原是古人观照的结果，子恺不过再来用画表出一次，至于写日常生活断片的部分，全是子恺自己观照的表现。前者是翻译，后者是创作了。画的好歹且不说，子恺年少于我，对于生活有这样的咀嚼玩味的能力，和我相较，不能不羡子恺是幸福者！

子恺为和尚未出家时画弟子，我序子恺画集，恰因当前所感，并述及了和尚的近事，这是什么不可思议的缘啊！南无阿弥陀佛！

与丰子恺论画信[*]

子恺:

十月廿六日发航空函,收到已一星期。牵于校课,今日始写复信。劳盼望矣。关于绘画拙见,蕴藏已久,前函乘兴漫说,蒙采纳,甚快。委购画帖,便当至坊间一走,购得即寄,乞稍待。鄙意:中国人物面有两种,一是以人物为主的(如仕女,如钟进士、佛像等),一是以人物为副的(如山水画中之人物)。前者须有画题,少见有漫然作一人物者,后者只是点缀。其实二者之外,尚有第三种方式,就是背景与人物并重。此种人物,比第一种可潦草些(不必过于讲究面貌与衣褶),比第二种须工整些(眼睛不能只是一点)。第一种人物画,工夫不易,出路亦少(除仕女外,佛像三星而已)。第三种人物画,是有背景之人物,人物与背景工力相等,背景情形颇复杂,山水,竹石,房屋,树木,因了画题一切都有。大致以自然风景为最主要。由此出发,则背景与人物双方并重,将来发为山水,为人物,都极便当。君于漫画已有素养,作风稍变(改成国画风),即可成像样之作品。暂时试以此种画为目标如何?闻画家言,"枯木竹石",为山水画之初步,亦最难工。人物背景,似宜以"枯木竹石"为学习入手也。将来代选画帖,拟顾到此点。由漫画初改图画,纯粹人物和纯粹山水,一时恐难成就(大幅更甚),如作人物背景并重之画,虽大幅当亦不难。且出路亦大,可悬诸厅堂,不比漫画之仅能作小幅,十九以锌版印刷在书报中也。画佛千幅,志愿殊胜。募缘启事,当代为宣传。仆愿得一地藏像。今夏读地藏本愿经,有感于此菩萨之慈悲,故愿设像供养(尺许小幅),迟早不妨。《续

护生画集》已付印，月底可出书。沪地尚可安居，惟物价仍高昂不已。米每石七十余元。青菜一角五至二角。肉二元余。舍下五人每月开销须三百元以上（娘姨已不用）。薪水本来无几，凑以版税，不足则借贷支撑。浙东不通如故，欲归不得。在上海也恐活不下去，只好不去想他，得过且过再说矣。烟、酒、瓶花，结习未除，三者每日约耗一元（一人）。酒每餐饮一玻璃杯，烟已吸至平常不吸之劣牌子，花瓶无一存者，以瓦茶壶插花供案头。菊花已过，水仙新起。此信即在水仙花下写者。率复祝好。

丏尊

十一月十五日夜半

《中诗外形律详说》跋 *

已是十几年前的事了，记得是一个初夏的下午，大白挟了一大包东西到我这里来，说有一部稿子，叫我给他出版。打开来一看，共计二十本，就是这部《中诗外形律详说》。

大白对于诗的声律研究有素，有许多意见也曾和我谈论过。平日相见，偶然谈到诗词或是漫吟前人名句，常把话头牵涉到韵律的法则上面去。我常见他写这类的稿子，有几篇曾在《小说月报》上发表，不料居然积成了这么大的篇幅。我当然答应替他出版。那时大白已卸去教育部次长的职务，在杭州静养肺病。这回从上海回杭州去以后，病日加重，病中来信，颇念念于斯书出版的事。出版不成问题，成问题的是稿中所用符号的繁多。这种符号须一一特制模型，其中有几种，形体根本和铅字的形体不相称，即使特制了模型，浇铸出来也无法容纳在铅字旁边，结果发生了排版不可能的困难。关于这事，曾和他通信商量过好几次，大家都想不出方法，只好把稿子都搁下来。曾有一次想叫人抄写一遍，以石印出版，可是他不喜欢写体字，一定要铅印。

入秋以后，大白的病愈弄愈重。"一·二八"，上海事变发生，我避难在故乡，就在故乡接到他在杭州去世的凶耗。

大白是去世了，他交给我的稿子还无法给他付排。每次想到觉得有负宿诺，很是难堪。中间曾一度转过用原稿石印的念头，叫我的女儿吉子将原稿拆开，剪去空行，拼贴成一律的版式。拼贴完成以后，拿了一页去打样，结果不佳。原来大白的原稿是用青莲水写的，和用墨写的不同，不能

---

* 本文原刊于《学术界》第一期第一卷（1943 年 8 月 15 日）。

摄影。于是仍把稿子留在稿箱里，不过以前是订好的二十本，经过吉子剪贴以后，已变成几尺高的一叠散叶。后来吉子也病故了，这部稿子在我又增加了一重伤感的回忆。

迁延复迁延，总算天无绝人之路，有一次，忽然念头转到了长体仿宋字。长体仿宋字身特别长，在普通方块铅字旁容纳不下的符号，在长体仿宋铅字旁也许可以容纳。于是和专排仿宋字的印刷所商量，把本来成为问题的几种符号特制起来试排了看，果然妥贴。这部稿子至此才算有了成书的把握。

大白生前希望朱佩弦君撰序，佩弦也曾答允。本书排校到一半的时候，我就把清样订了厚厚的一本，寄给在北平的佩弦，请他先看一遍，约定一个月后再寄后半部清样，希望他写一篇长序。其时正是二十六年的暑假之初，"七七"事变快要起来的当儿。接着是"八一三"事变，上海战事爆发，我的书籍器物都付劫火，此书原稿初校已毕，留存我处，也一同化为灰烬。幸佩弦从北平辗转到了云南，居然没有把半部清样遗失，寄还给我。又从印刷所搜得了排样及不全之纸型，拼凑起来，全书一千一百七十面之中，所缺者计七十面，虽已不完整，大体面目尚存，于是郑重地把他保藏起来。

中国自古不乏诗的研究者，关于这一方面的研究，大白可谓破天荒第一人。斯书在他一生著作中实占重要的地位，值得重视。屡次想替他出版，可是战时百物昂腾，力不从心。今承联合出版公司接受印行，真是再好没有的事。只可惜日下交通多阻，初版来不及刊入佩弦的序文了。

大白多才而数奇，斯书自成稿以至成书，也经许多的厄运，仿佛象征着他的一生，可为叹息。

读《清明前后》*

不见茅盾氏已九年了。胜利以后，消息传来，说他的近作剧本《清明前后》在重庆上演，轰动一时，而十月十六日中央广播电台也设特别节目来介绍这剧本，说内容有毒素，叫看过的人自己反省一下，不要受愚，没有看过的不要去看。我被这些消息引起了趣味，纵不能亲眼看到舞台上的演出，至少想把剧本读一下。这期望抱得许久。等到上海版发行，就去买来，花了半日工夫把它一气读完。

故事并不复杂。本年清明前后，重庆发生了一件于国家不大名誉的事件，就是所谓黄金案。作者就以这轰动山城的事件为背景，来描写若干人物的行动。据他在《后记》中自己说明，是把当时某一天报上的新闻剪下来排列成一个记录，然后依据了这记录来动笔的。其中有青年失踪或被捕的事，有灾民涌到重庆来的事，工厂将倒闭的情形，小公务人员因挪用公款，买黄金投机被罚办的情形，一般薪水阶级因物价上涨而挣扎受苦的情形，高利贷盛行的情形，闻人要人在各方面活跃的情形，官界商界互相勾结的情形。作者把这许多形形色色的事件写成一部剧本，将主题放在工业的现状与出路上面，叫工业家林永清夫妇做了剧中的男女主人公，暴露出本年清明前后重庆的政治经济及社会民生各方面的状况。如果说这剧本有毒素的话，那么就在暴露一点上，此外似乎并没有什么。

剧本的主题是工业的现状与出路。而作者对于出路，只在末幕用寥寥几句话表出，认为"政治不民主，工业就没有出路"，其全部气力，倒倾注于现状的描写上。更新铁工厂主总经理林永清，于"八一三"战时依照政府

---

* 本文原刊于《文坛月报》创刊号（1946 年 1 月 20 日）。

国策辛辛苦苦把全部工厂设备与工人搬到重庆，经营了许多年，结果落了亏空，借重利债款至二千万元之多。为要苟延工厂的命脉，不惜牺牲了平生洁白的工业志愿，竟想向某财阀借一笔新借款来试作黄金投机，结果偷鸡不着蚀了一把米。这里所表现的是金融资本压倒实业资本的情形。中国有金融资本家而没有实业资本家，工业的不能繁荣，关键全在于此。战前这样，战时越加这样。中国资本家不肯让资本待在一处，他们有时虽也将资金投在实业机关中，但只是借款，不愿作为股本。他们宁愿买黄金、外汇、公债、地产、货物或热门股票，因为这些东西日日有市面，可以获利了就脱手，把资金卷而怀之，不像工厂中的机器、设备、原料、制品与未成品等，脱手不易，搬动困难。用十万万元的资金来办工厂，可以有出品，可以养活几百个职工，然而他们不肯这样做。他们宁愿保持流动资金，借此来盘放做买卖，一间写字间，一只电话，用几个亲戚和人办理业务，无罢工的威胁，政府无从向他们收捐税，多么自由干脆。他们的放款都是高利短期，六个月一比，或三个月一比。在战时甚至一日一比，即所谓"几角钱过夜"的就是。工业界为了要发展事业，需要流动资金是必然的。为了求得流动资金之故，办工业者不得不分心于人事关系上，不得不屈伏于拥资者的苛刻条件。结果把全部工厂的管理权交到金融资本家手中去。金融资本家在中国一向是经济界的骄子。此中情形，作者看得很明白，过去的作品如《子夜》中所写的是战时的状况。比较起来，后者酷虐的情形愈明显愈加凶罢了。

剧本中有一个特点，每幕于登场人物的姓名下都附有一段详细叙述，好像一篇小传。作者在《后记》中说："正像人家把散文分行写了便以为是诗一样，我把小说的对话部分加强了便亦自以为是剧本了。而'说明'之多，亦充分指出了我之没有办法。"作者写小说是老手，写剧本还是初试，本剧是他的处女作。他这句话是老老实实的自白，并非自谦之词。他自嫌"说明"太多，替每个登场人物叙述身世，当然也是"说明"之一种。我觉得对于读者，这种小传式的叙述大有用处，我于阅读时曾得到许多帮助。那素性刚强而有决断的女主人公赵自芳，怎样会变成胸襟狭仄、敏感而神经质的人；精明强干的林永清，怎样会销损志气，落到诱惑的陷阱中去；一向老实谨慎的李维勤，怎样会在某种诱惑之下去冒险，走错了路；他的妻唐文君，素性容易和人亲近，怎样在残酷的磨折之下变成了孤僻畏葸而忧郁的性格；富有热情的黄梦英，怎样会把热情潜藏起来，用笑声来发挥玩世的态度，睥睨一切：小传中都有理由可寻。环境决定性格，看了剧中几个好人在目前的现实环境之中被转变的情形，真堪浩叹。

剧中对话句句经过锤炼，无一句草率。有几处似乎因为锤炼得太过度，反使读者不易理会，至少上演时会叫观众听了不懂。例如第四幕中严干臣宅宴会时，黄梦英把本可赢钱的一副纸牌丢弃了，反自认为输与财阀金淡庵，跑出客厅来与其所尊敬的陈克明教授（黄梦英的爱人乔张之师）谈话里有一段道（删去动作与表情的说明）：

黄：嗳，陈教授，有一句古老话，赌钱的时候，一个人会露出本相来。您觉得这句话怎样……也许您有点儿诧异吧，刚才那副牌明明是我赢的，干么我反倒自认为输了？

陈：有一点。然而程度上还不及那个方科长。

黄：哦，怎么，那个——方科长之类猜到了该是我赢的牌么？

陈：不是猜到。您把您的牌给我看的时候，他就站在我背后。可是梦英，我记得也还有一句古老话：不义之财，取之不伤廉。

黄：那么，陈先生，照您看来，我这一手，难道有什么深刻的意义么？……没有。好玩儿罢了。

这几行是容易看懂听懂的，没有什么。试再看下面：

陈：梦英！你不应当对我这样不坦白？……梦英！我好像到了

一个阴森森的山谷，夕阳的最后一抹红光还留在最高的山峰上，可是乌黑的云阵也从四面八方围拢来了！……我有预感，一个可怕的大风暴，就要封锁了那山谷，我好像已经听见了呼呼的风声，隆隆的雷响！……我还想起了不多几天前我得的一个梦：从汪洋大海，万顷碧波中，飞出来了一条龙，对，一条龙，飞到半空，忽然跌下，掉在泥潭里，不能翻身，蚊子苍蝇都来嘲笑它，泥鳅也来戏弄它，而它呢，除非一天天变小，变得跟泥鳅一般，就只有牺牲了性命。梦英！我当真替它担心！

黄：陈先生，您那个梦，不能成为事实！……您自然也不会不了解，有一种人，自己没有病！倒是天天在那里发愁，看见了真有病的人反以为没关系。另外有一种人可巧完全相反——他不担心自己。因为自己的健康如何，他知道的更清楚些。

陈：可是，您也不要忘记那句格言：旁观者清。

黄：教授，您是一位很现实的人，请您忘记了什么龙——对，龙是困在泥潭中，可是，只要它还没变小，还有一口气，龙之所以为龙，也还不可知呢。陈教授，让我请您记起一个人！一个青年，大眼睛的青年，血气太旺，心太好的一个年青人！

陈：啊！乔张！有了下落么？三天四天前有人告诉我——可是，梦英，您没有得到恶劣的消息吧？

黄：不太坏，也不太好。要是只从一边儿想啊，甚至可以说，有这么七分希望。然而，乔张要是知道了如何取得这七分的希望，他一定要不理我了。

陈：（指室内）是不是他——

黄：当然他这妄想，搁在心里，并不是一朝一夕的事了。可是为了乔张，倒给他一个正面表示的机会。刚才他对我说，下落，已经打听到了，办法，也不是没有，不过，万事俱全，单要一样药引子——

陈：哼，乘机要挟，太无耻了！

黄：陈教授，你没有听见过说竟想用龙肉来做药引子吧。即使是困在泥潭里的一条龙呵！陈教授，您现在也许要说，即使像刚才那副牌这样的不义之财，我干脆一脚踢开，也是十二分应该的吧？

这段对话非常含蓄，富有暗示性，细心的读者可以从这里面得到种种的事情，黄梦英为了营救失踪或被捕的乔张，怎样在交际场中厮混，虚与委蛇，金淡庵追逐她至怎样程度，而陈克明教授怎样爱护期待她，怎样替她担心，作者都用譬喻来表达。锤炼之工，真可佩服。但在舞台上演出时，一般并未读过登场人物的小传的观众，听了这些暗示性譬喻式的对话，是否能懂得其所以然，就大大地是一个疑问了。我以为，这部剧本，是一部好的读物，犹之乎一部好的小说。观众在看剧以前，最好先把剧本阅读一过。

本剧是作者的处女作，以剧的技巧论，当只有可指摘之处，至于主旨的正确与反映现实的手腕，是值得敬服的。作者今年五十岁，叶圣陶氏作七律一首为寿，腹联二句是：

待旦何时嗟子夜

驻春有愿惜清明

把《子夜》与本剧相对。《子夜》是作者小说中的大作，我们也希望作者从五十岁来划一个时期，于小说以外兼写剧本，有更完成的巨著出现。

阮玲玉的死 *

电影女伶阮玲玉的死，叫大众非常轰动。这一星期以来，报纸上连续用大幅记载着她的事，街谈巷语都以她为话题。据说跑到殡仪馆去瞻观遗体的有几万人，其中有些人是特从远地赶来的，出殡的时候沿途有几万人看。甚至还有两个女子因她的死而自杀。轰动的范围之广为从来所未有。她死后的荣哀，老实说超过于任何阔人，任何名流。至于那些死后要大发讣闻号召吊客，出殡时要靠许多叫化子来绷场面的大丧事，更谈不上了。

一个电影女伶的死竟会如此轰动大众，这原因说起来原不简单。第一，她是自杀的，自杀比生病死自然更易动人；第二，她的死是为了恋爱的纠纷，桃色事件照例是容易引起大众的注意的；第三，她是一个电影伶人，大众虽和她无往来，但在银幕上对她有相当的认识，抱有相当的好感。这三种原因合在一起，遂使她的死如此轰动大众。

如果把这三种原因分析比较起来，我以为第三个原因是主要的，第一第二并不是主要的原因。现今社会上自杀的人差不多日日都有，桃色事件更不计其数，因桃色事件而自杀的男女也不知有多少，何以不曾如此轰动大众呢？阮玲玉的死所以如此使大众轰动，主要原因就在大众对她有认识，有好感，换句话说，她十年来体会大众的心理，在某程度上是曾能满足大众要求的。同是电影女伶，同是自杀的，一年以前有过一个艾霞。社会人士虽也曾为之惋惜，却没有如此轰动，那是因她上银幕未久，作品不多，工力尚未能深入人心的缘故。

不论音乐绘画文章还是什么，凡是真正的艺术，照理都该以大众为对

---

* 本文原刊于《太白》第二卷第二期（1935 年 4 月 5 日）。

象，努力和大众发生交涉的。艺术家的任务就是用了他的天分体会大众的心情，用了他的技巧满足大众的要求。好的艺术家必和大众接近，同时为大众所认识，所爱戴。普式庚出殡时啜泣而送的有几万人；陀思妥耶夫斯基的死，许多人为之号哭；农民画家米莱的行事和作品，到今还在多数人心里活着不死。他们一向不忘记大众，一切作为都把大众放在心目中，所以大众也不忘记他们，把他们放在心目中。这情形原不但艺术上如此，政治上、道德上、事业上、学问上都一样。凡是心目中没有大众的，任凭他议论怎样巧，地位怎样高，声势怎样盛，大众也不会把他放在心目中。

现在单就艺术来说，在各种艺术之中，最易有和大众接触的机会的要算戏剧和文学。戏剧天然有许多观众，文学靠了印刷的传布，随时随地可得到读者。

同是戏剧，电影比一向的京剧、昆剧接近大众得多。这只要看京剧、昆剧已观客渐少而电影院到处林立的现象，就可知道。在今日，旧剧的名伶——假定是梅兰芳氏吧，有一天如果死了，死因无论怎样，轰动大众的程度决不及这次的阮玲玉，这是可预言的。电影伶人卓别林将来死时，必将大大地有一番轰动，这也是可预言的。因为电影在性质上比歌剧接近于大众，它的艺术材料及演出方法，在为大众接受上有着种种旧剧所没有的便利。阮玲玉的表演技术原不能说已了不得，已好到了绝顶，她在电影上的功力和从来名伶在旧剧上的功力，两相比较起来也许不及。她的所以能因了相当的成就，收得较大的效果，可以说因为她是电影伶人的缘故。如果她以同样的功力投身在旧剧中，也许只是一个平常的女伶而已。这完全是艺术材料和方法进步不进步的关系。

同样的情形也可应用到文学上。文学是用文字做的艺术，它和大众接近本来就没有电影那么容易。电影只要有眼睛的就能看，文学却须以识得懂得文字为条件。文学对于文盲，其无交涉等于电影对于瞎子。国内瞎子不多，文盲却自古以来占着大多数，到现在还是占着大多数。文学在中国根本是和大众绝缘的东西。救济的方法，一方面固然须普及教育，扫除文盲，一方面还得像旧剧改进到电影的样子，把文学的艺术材料和演出方法改进，使容易和大众接近。世间各种新文学运动，用意不外乎此。新文学运动离成功尚远，并且还有各种各样的阻力在加以障碍，例如到现在还居然有人主张作古文读经。中国自古有过许多杰出的文人，现在也有不少好的文人，可是大众之中认识他们、爱戴他们的人有多少呢？长此下去，中国文人心目中没有大众的不必说了，即使心目中想有大众，也无法有大众吧。中国文人死的时候像阮玲玉似的能使大众轰动的，过去固然不曾有过，最近的将来也决不会有吧。这是可使我们做文人的愧杀的。

第六编

文艺论 ABC

绪　言 *

因了书肆的嘱托，我遂负有向读者讲述文艺大意的任务了。范围是文艺的 ABC，字数是三万。在这限制之下，能供给读者些什么，自己也不能完全预料。姑且随了笔把我所认为值得向读者说述的文艺上的事项或自己对于文艺上的私见等来顺次说下去吧。

读者如果想得文艺上的分门别类的系统的知识，那么像文学概论之类的书，世间尽有。可是世间的所谓文学概论之类的书，大都因了分类过琐碎，说理太高远，往往反有使初学的读者头脑混乱的毛病。恰如叙一人物，尽凭你把其身世性行经历等一一说得很详，有时反不及说一二小小的逸事来得可以仿佛其人的面影。本书宁愿幼稚简略，目的但求给读者以文艺的趣味。只要未入文艺的门的读者，能因此稍领略文艺之宫的风光，就算任务已尽的了。

一、何谓文艺

"名不正则言不顺"，文艺是什么？文艺与文学有何区别？这是开端先要一说的。文学与文艺，原可作同一的东西解释，普通也都这样混同了解释着。但这里所以不称文学而称文艺者，实也有相当的理由。特别地在文学二字含有多义的我国，尤觉有这必要。我国向习，凡用文字写成的，白纸上写了黑字的，差不多都混称为文学。不信，但看坊间的中国文学史之类的书本，不是把史书子书和诗歌戏曲一样都作为文学论述着吗？这原也不但我国如此，各国往时也如此，不，至今文学的解释，也仍人异其说，

---

*　著作《文艺论 ABC》，由 ABC 丛书社出版（1928 年 9 月）。

莫衷一是，这情形只要翻开辞典一查"literature"一字项下，或取文学概论之类的书一看，就可知道的。现今普通所谓文学者，大概指纯文学而言。内容包括诗歌小说谣典戏剧等，与史书论文大异其趣，其性质宁和雕刻音乐绘画等相共通，换言之，就是和雕刻音乐绘画同为一种艺术，不过文学所用的工具是文字，别的艺术所用的工具是色彩音声或土石而已。把文学认为艺术的一种，这已是公认的见解了，由这见解，为明白起见，所以不称文学而称文艺。

文艺是以文字为工具的艺术。但这里有须补充的话：当文字未发明以前，已早有文艺了的，世界各国的原始传来的民歌谣曲，大都发生在文字以前，仅赖了言语口传遗下来的。所以如果要完密地说，应该说文艺是以言语文字为工具的艺术。不过，在现今已有文字，已是言语与文字一致了的时代，文字就是言语，言语也就是文字，不十分严密的限定，也不甚要紧的了。

定义的讨论，原是最麻烦的事，姑且以此为止。

二、文艺的本质

前节曾说文艺与史书论文大异其趣了。文艺和其他文字的异趣，不但在形式上，还在性质上。史书原也有文艺的部分，举例来说：如《史记·屈原传》中就载得有文艺作品《离骚》，其写屈原的地方，也未始没有可以动人的句语，但《史记》的目的，在《屈原传》（与贾谊合传了，原叫《屈贾列传》）却在记述屈原的行事，其中的《离骚》，只是当作屈原的行事之一，加以记载而已，其中的写屈原的数句可以动人的句语，只是太史公的笔本有文学能力，随机表现而已，目的本不在想借了文字来造成一种艺术的。至于论文，完全是一种作者借了文字表示自己的主张或意见的东西，目的更近于实用，更不是艺术了。

　　心理学上通例把心的活动分为知、情、意的三方面，史书偏重于知的方面，论文偏重于意的方面，文艺却偏重于情的方面。《离骚》本文是情的，而《屈原传》中，却当作行事之一而列着，就是知的了。凡是离情愈远愈和知与意接近的文字，就愈不是文艺。"三角形内角之和等于二直角"完全是知的，"打倒土豪劣绅"完全是意的，看了不能引起任何情绪，所以不是文艺。

　　文艺的本质是情，但所谓情者，不能凭空发生，喜悦必须有喜悦的经验，悲哀也必须有悲哀的事实。把这"经验"或"事实"抽出来看，性质当然是属于知或意的。举例来说：

　　　　出自北门，忧心殷殷！

　　　　终窭且贫，莫如我艰，已焉哉！

　　　　天实为之，谓之何哉！

　　这是《诗经》中的诗，是文艺作品。其中加点的数句是经验，属于知的部分，无点的数句属于情的部分。对于经验或事实不作知或意的处理，仅作情的处理，这就是文艺的特性。文艺所给予人的是感动或情味，不是知识或欲望。

　　经验或事实着了感情的衣服表现出来的是文艺，但有时感情与经验事实两方有偏重而不平均者，甚而至于有缺其一方面者。如王维诗：

　　　　独坐幽篁里，弹琴复长啸。

　　　　深林人不知，明月来相照。

　　这二十字中，只有经验事实，并没有明白地列出感情，但我们读了这诗，却自然会在言外引起一种幽玄的感情，就是会自己把感情补足进去，所以仍不失为好诗。近代小说中往往有这种冷静的处所，特别地是近代自然主义的作品。

　　更有只列感情而经验事实不示明者，这类的例以诗歌为多。如曹操的

《短歌行》中有几节：

> 慨当以慷，忧思难忘。何以解忧？唯有杜康。
>
> 明明如月，何时可掇？忧从中来，不可断绝。

这诗读去满着忧情，而为什么忧，很是漠然。但仍无妨其为文艺作品。

由是可知文艺的本质是情，文艺中须把经验事实通过情的面纱来表示，从情的上面刺激读者。科学的文字重在诉之于知，道德的文字重在诉之于意，而文艺的文字，却重在诉之于情。

三、文艺上的情的性质

文艺的本质是情，那么只要是情，就可作为文艺的本质了吗？决不是的。情原有许多种类，其性质有现实的情与美的情的不同，例如快乐苦痛都是一种情，我们在现实生活上谁也都有这二种情的经验，着了彩票时就快乐，失了名誉时就苦痛。但这时的快乐与苦痛，都有利己的色彩，与他人毫不相干，只是现实的个人的情，无论正在快乐或苦痛的当儿，埋头于快乐苦痛之中，无写出的余暇。即使写成文字，也只是个人的现实的利害记录，不能引动人的。

文艺中的情不是现实的情，是美的情。所谓美的情者，是与个人当前实际利害无关系的情，美的情能使人起一种快感。即其情为苦痛时也可起一种快感。我们看悲剧，不是一壁流泪，一壁却觉得快乐吗？从来山水花月等所以被认为重要文艺材料，而金钱名誉等反被从文艺材料中摈弃者，实因前者不易执着实际利害，而后者容易执着实际利害的缘故。我并不主张文艺的材料必须山水花月，着彩票与失名誉不能取作文艺材料，只要所随伴的情是美的情，就把着彩票与失名誉充当材料，也可不失其为文艺作品的。

那么怎样才能运用美的情呢？这不但文艺，一切艺术都一样，就是艺术与现实关系如何的问题了。让我们再另项来考察吧。

四、艺术与现实

看见一幅画得很好的花卉画，我们常赞叹说，这画中的花和真的花一样。看见一丛开得很好的花卉，我们又常赞叹说，这花和画出的一样。看小说时，于事情写得逼真的地方，我们常赞叹说，这确是社会上实有的情形。在处世上，遇到复杂变幻的事情的时候，我们说，这很像是一篇小说。究竟画中的花像真的花呢？还是真的花像画中的花？小说像社会上的实事呢？还是社会上的实事像小说？这平常习用习闻的言说中，明明含着一个很大的矛盾。这矛盾因了看法，生出了许多人生上重大的问题，例如王尔德的认为人生模仿艺术，就是对于这矛盾的一个决断。我在这里所要说的，不是那样的大议论，只是想从这疑问出发，来把艺术与现实的关系略加考察而已。

真的花只是花，不是画；但画家不能无视现实的花，画出世间所没有的花来。社会上的事象，只是社会上事象，不是小说；但小说家不能无视了现实的社会事象，写出社会上所没有的事象来。在这里，可以发生两个问题：（一）现实就是艺术吗？（二）艺术就是现实吗？这两句话，因了说法都可成立。问题只在说的人有艺术的态度没有？

那么什么叫艺术的态度？我们对于一事物，可有种种不同的态度。举一例说，现在有一株梧桐树，叫一个木匠一个博物学者一个画家同时去看。木匠所注意的大概是这树有几方板可锯或是可以利用了作什么器具等类的事项，博物学者所注意的大概是叶纹叶形与花果年轮等类的事项，画家则与他们不同，所注意的只是全树的色彩姿态调子光线等类的事项。在这时候，我们可以说对于这梧桐树，木匠所取的是功利的态度，博物学者所取的是分别的态度，画家所取的是艺术的态度。

我们对于事物，脱了利害是非等类的拘缚，如实去观照玩味，这叫做艺术的态度。艺术生活和实际生活的分界就在这态度的有无，艺术和现实的区别也就在这上面。从现实得来的感觉是实感，从艺术得来的感觉是美感。实感和美感是不相容的东西。实感之中决无艺术生活，同样，艺术生活上一加入实感，也就成了现实生活了。要说明这关系，最好的事例就是今年国内闹过许多议论的模特儿事件。

在普通的现实生活中，赤裸裸不挂一丝的女子，不容说是足以挑拨肉感——就是实感，有伤风化的。但对于画家，则不能用这常规的说法。因为既为画家，至少在作画的时候，是用艺术的态度来观照一切玩味一切，不会有实感的。至于普通的人们，不但见了赤裸裸的女性实体起实感，即见了从女体临写下来的，本来只充满了美感的裸体画，也会引起实感。就画家说，现实可转成艺术，就普通人说，艺术可转成现实。

世间有能用艺术态度看一切的人，也有执着于现实生活的人。同一个人，也有有时埋头于现实生活，有时脱离了现实生活而转入艺术生活的事。画家文学家除了对画布与笔砚以外，当然也有衣食上的烦恼和人间世上一切的悲欢，商店的伙计于打算盘的余暇，也可有向了壁上的画幅或是窗外的夕阳悠然神往的时候，只是有艺术教养的人们多有着玩味观照的能力罢了。在有艺术教养的人，不但能观照玩味当前的事物，且能把自己加以玩味观照。假如爱子忽然死亡了，这无论在小说家或普通人，都是现实的悲哀，都是一种现实生活。但普通人在伤悼爱子的当儿，一味没入在现实中，大都忘了自己，所以在伤悼过了以后，只留着一个漠然的记忆而已。小说家就不然，他们也当然免不了和普通人一样，有现实的伤悼，但一方却能自己站在一旁，回头反省自己的伤悼，把自己伤悼的样子在脑中留成明确的印象，写出来就成感人的作品。置身于现实生活而能不全沉没在现实生活之中，从实感中脱出而取得美感，这是艺术家重要的资格。艺术中所表出的现实，比普通人所经历的现实往往更明白更完善，因为艺术家能不沉没在现实里，所以能把整个的现实如实领略了写出。艺术一面教人不执着现实，一面却教人以现实的真相，我们从前者可得艺术的解脱，从后者可得世相的真谛。这就是艺术有益于人生的地方。

西湖的美，游览者能得之，为要想购地发财而跑去的富翁，至少在他计较打算的时候是不能得的。裸体画的美，有绘画教养的人能得之，患色情狂的人是不能得的。真要领略糖的甘味与黄连的苦味，须于吃糖吃黄连时自己站在一旁，咂咂地鼓着舌头，去玩味自己喉舌间的感觉。这时吃糖和黄连的是自己，而玩味甘与苦的别是一自己。摆脱现实，才是领略现实的方法。现实也要经过这摆脱作用，才能被收入到艺术里去。

《创世记》中有这样的一段神话：

> 耶和华上帝说：那人独居不好，我要为他造一个配偶帮助他。……耶和华上帝使他沉睡了。于是取下他的一条肋骨，又把肉合起来。耶和华上帝就用那人身上所取的肋骨，造成一个女人，领到那人跟前。
>
> 那人说：这是我骨中的骨，肉中的肉，可以称他为女人，因为他是从男人身上取出来的。

这段神话，可借了作为艺术与现实的象征的说明。如果把男性比作现实，那么女性就可比作艺术。女性是由男性的部分造成，但有一个条件，就是先要使男性沉睡，男性醒着的时候，就是上帝也无法从他身上造出女性来的。现实只是现实，要使现实变成艺术，非暂时使现实沉睡一下不可。使现实暂时沉睡了，才能取了现实的某部分作成艺术。因为艺术是由现实作成的，所以我们见了艺术犹如看见了现实，觉得这现实的化身亲切有味，如同"那人说这是我骨中的骨肉中的肉"一样。

五、经验与想象

由现实经验净化而生的美的情感，是一切艺术的本质。美的情感由现实经验净化而来，故经验实为根本的要素。凡是作家都是经验很丰富的人。近代小说的大多数皆含有自传性质，左拉（E.Zola）要描写酒肆，不惜走遍巴黎的酒肆去详密观察，勿洛培尔（福楼拜，G.Flaubert）作《鲍美利夫人》，要描写女主人公服砒霜自杀，竟至自己试尝砒霜：都是有名的事。

经验的重要已如上述。但经验以外，犹有一个重大要素，就是想象。左拉虽经验了酒肆的状况，但对于其小说中的男女人们的淫荡是难有直接经验的。勿洛培尔虽试尝过砒霜的味道，但女主人公的临死的苦闷是无法尝到的。莎士比亚（Shake Speare）曾以一人描写过王侯、小民、恋爱、弑逆、见鬼、战争、嫉妒、重利盘剥、妖怪等等。被斥为专描写性欲的莫泊桑，一生中也未曾有过异常的好色的经验。可知经验并不是文艺的唯一内容，文艺的本质是美的情感，情感固可缘经验而发生，亦可缘想象而发生，我们对了目前汪洋的海，固可起一种情感，但即使目前无海，仅唤起了海的想象时，也一样地可得一种情感的。艺术不是自然的复制，是一种创造。在这意义上，想象之重要实过于经验。虽非直接经验，却能如直接经验一般描写着，虽是向壁虚造，却令人不觉其为向壁虚造，这才是文艺作家的本领。

想象可补经验的不足，与经验同为文艺中的重要成分。但这里有一事不可不知，就是所谓想象者，不是凭空漫想，仍要以经验为基础的。举例来说，我们不曾见过冰山，但能作冰山的想象。这冰山的想象，实以直接经验的"山"与"冰"为材料的。如果我们没有"山"与"冰"的直接经验，决不能有想象中的"冰山"。同样，平日直接经验过的"山"与"冰"的观念，如不明晰，则"冰山"的想象也就不能完全。文艺作品中的人物，其实都不是当前实有的人物，而能写得如当前实有的人物一样地逼真者，实由于作者的经验的精确和想象的周到。作者对于那人物的一举动一谈话，都曾依据了平日在世上从张三李四等无数人见闻过的经验，再来从想象上组造成功的。所写者虽只一人物的一举动或一谈话，而其实是同性质的无数人物的结晶。故想象须以经验为基础，经验正确，想象力丰富，是文艺作家应有的两种资格。

六、为人生的与为艺术的

经验与想象均可发生情感，而美的情感为文艺之本质，所谓美的情感者，是脱离现实生活的利害是非等而净化过了的东西。这是我在上面数节所说的意趣。对于这意趣也许有人要不承认的，我们在这里已碰到了为人生的艺术（art for life）与为艺术的艺术（art for art）的大问题了。

这问题好像我国哲学上性善与性恶问题一样，实是文艺上聚讼不清的大纠纷。人生派把文艺的目的放在文艺以外，主张文艺须有利于社会，有益于道德，艺术派主张文艺的目的就是美，美以外别无目的。前者可以托尔斯泰（Leo Tolstoy）与诺尔道（Max Nordau）等为代表、后者可以前节所说的王尔德等为代表。要详细知道，可去看看托尔斯泰的《艺术论》，诺尔道的《变质论》，王尔德的《架空的颓废》。这两种极端相反的趣向，在我国古来亦有。韩愈的所谓"文以载道"，是近乎人生派一流的口吻，昭明太子的所谓："立身之道与文章异。立身先须谨慎，文章且须放荡。"是近乎艺术派的口吻。这二派在我国，要算人生派势力较强，历代都把文艺为劝善惩恶或代圣贤立言的工具，戏剧是用以"移风易俗"的，小说是使"闻之者足戒"的。文字要"有功名教"，"有益于世道人心"，才值得赞赏，否则只是"雕虫小技"。

人生派与艺术派究竟孰是孰非，这里原不能数言决定，其实，两派都只是一种绝端的见解而已。绝端地把文艺局限于功利一方，是足以使真文艺扑灭的。试看，从来以劝善惩恶为目的的作品里何尝有好东西？甚至于有借了这劝善惩恶的名义来肆行传播猥亵的内容的，如什么《贪欢报》《杀子报》，不是都以"报"字作着护符的吗？露骨的劝善惩恶的见解，在文艺上，全世界现在似乎已绝迹了，但以功利为目的的文艺思想，仍取了种种的形式流行在世上，或是鼓吹社会思想，或是鼓吹妇女解放，或是鼓吹宗教信仰。名为文艺作品，其实只是一种宣传品而已。这类作品愈露骨时，愈失其文艺的地位。

人生派的所谓："人生"者往往只是"功利"，因此其所谓"为人生的艺术"者，结果只是"为功利的艺术"而已。人生原有许多方面，把人生只从功利方面解释，不许越出一步，这不消说是一种褊狭之见。

至于艺术派的主张如王尔德的所谓："艺术在其自身以外，不存任何目的，艺术自有独立的生命，其发展只在自己的路上。"亦当然是一种过于高蹈的议论。我们不能离了人来想象文艺，如果没有人，文艺也决不能存在。艺术之中也许会有使人以外的东西悦乐的，如音乐之于动物。但文艺究是人所能单独享受的艺术，玩赏艺术的不是艺术自身，究竟是人。如果文艺须以人为对象，究不能不与人发生关系。艺术派主张文艺的目的在美，那么，供给人以美，这事本身已是有益于人，也是为"人生的艺术"，与人生派相差只是意义的广狭的罢了。这两派的纠纷，问题似只在"人生"二字的解释上。

人生是多元的，人的生活有若干的方面，故有若干的对象。知识生活的对象是"真"，道德生活的对象是"善"，艺术生活的对象是"美"。我不如艺术派所说，相信"美"与"善"无关，是独立的东西，但亦不能承认人生派的主张，把"美"只认为"善"的奴仆。我相信文艺对人有用处，但不赞成把文艺流于浅薄的实用。

文艺的本质是超越现实功利的美的情感，不是真的知识与善的教训。但情感不能无因而起，必有所缘，因了所缘，就附带有种种实质，或是关于善的，或是关于真的。我们不应因了这所附带的实质中有善或真的分子，就说文艺作品的本质是善的或是真的。

易卜生（H.Ibsen）作了一本《傀儡家庭》的戏剧，引起全世界的妇女问题，妇女的地位因以提高了许多。有几个妇女感激易卜生的恩惠，去向他道谢意，说幸亏你提倡妇女运动。易卜生却说，我不知道什么妇女运动不妇女运动，我只是作我的诗罢了。易卜生是有名的社会问题剧作家，尚且有这样的话。这段逸话实暗示着文艺上的一件大事，创作与宣传的区别亦就在此。易卜生所作的只是他自己的诗，并不想借此宣传什么，鼓吹什么，就是所谓超越现实功利的美的情感，妇女娜拉就是这美的情感的所缘。这所缘因了国土与时代而不同，文艺因了国土与时代也随了有异（所谓文艺是时代的反映是国民性的反映者就为了此）。但所异者只是所缘，不是文艺本身。文艺本身却总是以美的情感为本质的。

七、文艺的真功用

我在上节说，我相信文艺有用处，但不赞成把文学流于浅薄的实用。那么文艺的功用何在呢？

我国从来对于文艺，有的认作劝惩的手段，有的认作茶余酒后的消遣。前者属于低级的人生派的见解，后者属于低级的艺术派的见解，都不足表出文艺的真功用。在这里，为要显明文艺的真功用，敢先试作一番玄谈。庄子有所谓"无用之用，是为大用"的话，凡是实用的东西，大概其用处都很狭窄，被局限于某方面的。举例说，笔可以写字作画，但其用只是写字作画而已，金鸡纳霜可以愈疟，但其用只是愈疟而已。反之，用的范围很广的东西，因为说不尽其用处的缘故，一看就反如无用。庄子所说的"无用之用，是为大用"，当是这个意思。

我们不愿把文艺当作劝惩的工具者，并非说文艺无劝惩的功用，乃是不愿把其功用但局限于劝惩上的缘故。不愿把文艺当作茶余酒后的消遣者，并非说文艺无消遣的功用，乃是不愿把其功用但局限于消遣的缘故。在终日打算盘的商人、弄权术过活的政治匠等实利观念很重的人的眼里，文艺也许是无用的东西，是所谓"饥不可以为食，寒不可以为衣"的。而这无用的文艺，却自古至今未曾消灭，俨然当作人生社会的一现象而存在，究不能不说是奇怪之至的事了。

文艺的用是无用之用。它关涉于全人生，所以不应局限了说何处有用。功利实利的所谓用，是足以亵渎文艺的大用的。

"无用之用"究不免是一种玄谈，诸君或许未能满足。我在这里非具体地说出文艺的功用不可。但如果过于具体地说，就又难免有局限在一隅的毛病。为避免这困难计，请诸君勿忘此玄谈。读过科学史的人，想知道科学起于惊异之念的吧。文艺亦起于惊异之念。所谓大作家者，就是有惊人的敏感，能对自然人生起惊异的人。他们能从平凡之中找出非凡，换言之，就是能摆脱了一切的旧习惯、旧制度、旧权威，用了小儿似地新清的眼与心，对于外物处处感觉惊异。他们的作品，就是这惊异的表出而已。

　　　昨日入城市，归来泪满襟。遍身罗绮者，不是养蚕人。

这是张俞的一首小诗，多少有着宣传色彩，原并不是什么了不得的大作品，但我们可借了说明上面的话。只要入城市的，谁也常见到遍身罗绮的人们，但常人大概对于遍身罗绮的人们不曾养蚕的这明白的事实，不发生疑问，以为他们八字好，祖坟风水好，当然可以着罗绮，并无足奇，就忽略过去了。张俞却见了感到矛盾，把这矛盾用了诗形表出，这就是张俞所以为诗人的地方。

人生所最难堪的，恐怕要算对于生活感到厌倦了吧。这厌倦之成，由于对外物不感到新趣味新意义。小儿的所以无厌倦之感者，就是因为小儿眼中看去什么都新鲜的缘故。我们如果到了什么都觉得"不过如此""无啥道理"的时候，生命的脉动亦就停止，还有什么活力可言呢？文艺的功用就在示我们以事物的新意义新趣味，且教我们以自然人生的观察法，自己去求得新意义新趣味，把我们从厌倦之感中救出，生活于清新的风光之中。好的文艺作品自己虽不曾宣传什么，而间接却从人生各方面引起新的酝酿，暗示进步的途径。因为所谓作家的人们，大概有着常人所不及的敏感，对于自然人生有着炯眼，同时又是时代潮流的预觉者。一切进步思想的第一声，往往由文艺作者喊出，然后哲学家加以研究，政治家设法改革，终于出现实际的改造。举例来说，易卜生的《傀儡家庭》引起了妇女运动，屠格涅夫（I.Turgenev）的《猎人日记》引起了农奴解放，都是。

我不觉又把文艺的功用局限于功利方面去了。文艺的功用是全的功用，综合的功用，把它局限在一方面，是足以减损文艺的本来价值的。文艺作品的生成与其功用，恰如科学的发明与其功用一样。电气发明者并不是为了想造电报电车才去发明电气，而结果可以造电报电车，易卜生自己说只是作诗不管什么妇女解放不妇女解放，而结果引起了妇女解放。屠格涅夫也并不想宣传农奴解放才写他的《猎人日记》，而《猎人日记》却作了引起农奴解放的导线。说易卜生为了主张妇女解放而作剧，屠格涅夫为了主张农奴解放而作小说，便和说发明电气者为了想造电报电车而去研究电气，同样是不合事理的话，而且是挂一漏万的话。电气的功用岂但造电报电车？还有医疗用呢，镀金用呢，还有现在虽未晓得，将来新发明的各种用途呢！

为保存文艺的真价起见，我不愿挂一漏万地列举具体的功用，只说对于全人生有用就够了。文艺实是人生的养料，是教示人的生活的良师。因了文艺作品，我们可以扩张乐悦和同情理解的范围，可以使自我觉醒，可以领会自然人生的奥秘。再以此利益作了活力，可以从种种方向发挥人的价值。有人说，"这种的功效，可以从实际生活实世间求之，不一定有赖乎文艺的。"不错，实际生活与实世间确也可以供给同样的功效给我们。但实世间的实际生活是散乱的，不是全的。我们一生在街中所看到的只是散乱的世相的一部，而在影戏院的银幕上，却能于极少时间中看到人生的某一整片。实际生活与文艺的分别，恰如街上的散乱现象与影戏中所见的整个现象，一是散乱的，一是整全的。

文艺的真功用如此。也要有如此功用，才是我们所要求的文艺。诸君也许要说吧，"这样的文艺，现在国内不是不多见吗？"这原是的，但这不是文艺本身之罪，乃是国内文坛不振的缘故。好的文艺作品原有赖于天才，天才又不是随时都有。在当世与本地找不到好文艺，虽然不免失望，也是无可如何的事。我们不妨去求之于古典或外国文艺。

八、古典与外国文艺

先就了古典说吧。"古典"二字包含很广，这里只指我国古代的文艺，概括地说，数千年来的诗、歌、词、曲、小说都是。

古典文艺是经过时代的筛子筛过了的东西。当世的作家未必人人知其姓名，而古代的作家却大家能道其名字，有的竟是妇孺皆知。当世震惊一时的诗或小说，过了数年就会被人忘弃，而古典文艺却能在数千百年以后令人诵读不厌。这不能不说是可怪的现象了。

古典文艺的所以能保存到现在，其实别有其原因。我们试想，古时印刷术没有现今的便利，或竟还未知道印刷，交通也没有现今的灵通，古人所写的诗、歌、词、曲、小说，不但不能换官做，而且不像现在的可以卖稿，老实说是一钱不值的。这许多一钱不值的古文艺经了历代的兵燹，为什么能保存到现在呢？推原其故，不得不归功于特志者（从来称为好事者）

的维持之力。古典文艺作家的名声，在最初决非因了多数者保持的，无论生前怎样成功的作家，因了时世的推移，也就不免被人忘去，在这时，能和其全盛时代同样地加以赏赞、尊敬、研究者，只是少数的特志家罢了。因有特志家的宣传，或加以注释，或为之刊刻，对于一般人也就受了吸引，被忘去了的古作家的作品遂重行复活转来。古典保存的经过大概如此，原不限于文艺方面的古典，而在文艺方面，这经过更明显，因为文艺比之其他的古典向被视为无足轻重的缘故。我们现在出几角钱，可以买一部陶渊明的集子了，《陶集》的历史，我们虽未详悉，如果查考起来，当然是有着惨淡经营的经过的。

　　古典文艺的保存有赖于少数的特志家，这种特志家是怎样的人呢？不消说，他们是对于某一作家或一系作家的作品，能找出永久的欢喜的，他们是文艺的爱好者，鉴赏者。文艺作品经过了他们的眼睛，恰如古董品的到了富于古董知识的鉴赏家手里一样，真伪都瞒不过的。古典文艺是由历代这样的特志家眼中滤过，群众承认过的东西，大概都是有读的价值了的。与其读那无聊的并世人的作品，不如去读古典文艺。

　　又，一民族的古典文艺，是一民族的精神文化的遗产，其底里流贯着一民族的血液的。故即离了研究文艺的见地，但就作为民族的一员的资格来说，古典文艺也大有尊重的必要。其次是外国文艺。古典文艺是经过时代的筛子筛过的东西，外国文艺可以说是于时代以外，更经过地域的筛子的。我们是中国人，同时是世界的一员，中国文艺当阅读，外国文艺也当阅读。并且，我们比之任何国人，更有重视外国文艺的必要。中国文艺和外国文艺相较，程度远逊。国内当世作家的不及他国作家，不去说了，即就古典文艺而论，中国的文艺较之西洋也实有愧色。在文艺之中，中国最好最完全的要算诗了，但只有短小的抒情诗，缺少伟大的叙事诗。至于剧，如果中西相比起来，那真是小巫见大巫了。其他如小说，如童话等等，无论就量说，就质说，什么都赶人家不上。试问，中国并世作家的作品，被译成数国文字的有几？古典文艺之中被认为世界的名作的有几？中国在世界之中，不特产业落后，军备落后，在文艺上也是世界的落伍者。依照我们前节所说的文艺的功用来说，可以说文艺落伍，即是其他一切落后的原因。浅薄的劝惩文艺，宣传的实用文艺，荒唐的神怪文艺，非人的淫秽文艺，隐道的山林文艺，把中国人的心灵加以桎梏或是加以秽浊，还有什么好的深的东西从中国人的心灵中生出来呢？

为输入新刺激计，外国文艺不但可为他山之石，而且是对症之药。西洋近代文明的渊源，大家都归诸文艺复兴。所谓文艺复兴者，只是若干学者在一味重灵的基督教思想的时代，鼓吹那重肉的希腊罗马的古文艺的运动而已，结果就从中世纪的黑暗时代，产生了"近代"。足证文艺的改革，就是人生气象改革的根源。最近的五四运动与白话文学有关，是大家知道的事。白话文学运动原也是受了西洋文艺的洗礼而生的，但可惜运动只在文艺文字的形式上，尚未到文艺的本身上。我们更该尽量地接近外国文艺，进一步来作文艺本质的改革运动。

又，即使我国文艺已可比别国没有逊色，外国文艺也仍有研究的必要。实际上，托尔斯泰的作品，读者不但是俄国人，哈代（Thomas Hardy）的作品，读者不但是英国人，好的作家虽生长于某一国，其实已是世界公有的作家了，他的作品也就已成了世界共享的财产。在这上，我们已用不着攘夷自大的偏见。那英人而归化日本的文学者小泉八云（Lafca dio Hearn）说："英国文艺的精彩，有赖于他国文艺的影响者甚大。英国青年的精神生活，决不是纯粹只受了英国的感化而形成的。"这情形当不但英国如此，他国都可适用的。

要读外国文艺，最好熟通外国文。但翻译的也不要紧，大多数也只好借径于翻译本。一个人能用法文读莫泊桑，用俄文读契诃夫（A.Chekhov），用英文读莎翁，用德文读歌德，用意大利语读但农觉（加布里埃尔·邓南遮，D'Annunzio）原是理想的事，可是究竟不是常人能够做得到的事。大多数的人只好用其所熟通的某一国语言来读某一国以外的作品而已。例如熟通了英文，不但可读莎翁，也可以用了英译本来读歌德，读托尔斯泰，读易卜生。至于一种外国语都不熟通的，那就只好用本国文的译本来读了。只要有好的翻译本，用本国文也没有什么两样。近来常有人觉得看翻译本不如看原文本好，其实这是错误的。所谓作家者，未必就是博言学者，莎翁总算是古今世界第一流的作家了，英国人至于说宁可失去全印度，不愿失去莎翁。这莎翁却是不通拉丁文的。他只从英译本研究拉丁文艺，当时英国的拉丁文学者都鄙薄他，侮辱他，可是他终不因未通拉丁文而失了大作家的地位。大作家尚如此，何况我们只以鉴赏为目的的人呢？借了翻译本读外国文艺决不是可愧的事，所望者只是翻译的正确与普遍罢了。我盼望国内翻译事业振兴，正确地把重要的外国文艺都介绍进来。

九、读什么

我在前节曾劝诸君读古典文艺与外国文艺，那么漫无涯际的中外文艺，从何下手，先读什么呢？这是当面的问题了。

不但文艺研究，广义的"读什么书好"，"先读什么书"，是我常从青年朋友听到的质问。对于这质问，关于国学一部门，近来很有几个学者开过书目，各以己意规定一个最低限度，叫青年仿行。西洋也有这样的办法。我以为读书是各人各式的事，不能用一定方式来限定的。只要人有读书的志趣，就会依了自己的嗜好自己的必要去发现当读的书的，旁人偶然随机的指导，不消说可以作为好帮助，至于编制了目录，叫人依照去读，究竟是勉强而无用的事，事实上编目录的人所认为必读的东西，大半仍由于自己主观的嗜好，并非有客观的标准可说的。同一国学最低限度的书目，胡适之先生所开的与梁任公先生所开的就大不相同,叫人何所适从呢?

我以为读书是有赖乎兴味与触类旁通的,假如有人得到一部《庄子》,读了发生兴味了,他自会用了这部《庄子》为中心去触类旁通地窥及各种书。有时他知道《庄子》的学说源于《老子》,自会去看《老子》,有时他想知道道家与儒家的区别,自会去看《论语》《孟子》,有时他想知道道家与法家的关系,自会去看《韩非子》,有时他遇到训诂上的困难了,自会去看关于音韵的书。这样由甲而乙而丙地扩充开去,知识就会像雪球似地越滚越大,他将来也许专攻小学音韵,也许精通法理,也许为儒家信徒,这种结果都是读《庄子》时所不及预料的。

以上尚是就一般的学问所谓"国学"说的,至于文艺研究,更不容加以限制,说什么书可读,什么书可不读。文艺研究和别的科学研究不同,读什么书,从什么书读起,全当以趣味为标准,从自己感到有趣味的东西着手。好比登山,无论从哪一方向上爬,结果都会达到同一的山顶的。

依了自己的兴味,无论什么读起,都不成问题,劝诸君直接就了文艺作品本身去翻读。如无必要,尽可不必乞灵于那烦琐的"文学概论"与空玄的"文学史"之类的书。这类的书,在已熟通文艺的人或是想作文艺的学究的人,不消说是有用的,而在初入文艺之门的人,却只是空虚冗累的赘物。现在中等学校以上的文科科目中,都有"文学概论""文学史"等类的科目,而却不闻有直接研读文艺作品的时间与科目。于是未曾读过唐人诗的学生,也要乱谈什么初唐、中唐、晚唐的区别,李、杜的优劣了!未曾读过勿洛培尔、左拉等的作品的人,也要乱谈自然主义小说了!谈只管谈,其实只是说食数宝而已,与自己有什么关系!

我们试听英国现存文学者亚诺尔特·培耐德(阿诺德·贝内特,ArnoldBennett)的话吧。

文艺的一般概念,读了个个的作品,自会综合了瞭悟。没有土,决烧不出硬瓦来。漫把抽象的文艺与文艺论在头脑中描绘而自惹混乱，是愚事。恰如狗咬骨头似地去直接咀嚼实际的文艺作品就好。如果有人问读书的顺序，那就和狗的问骨头从何端嚼起，一样是怪事。顺序不成问题，只要从有兴味的着手就是了。

举例来说，诸君如果是爱好自然风景的，自然会去读陶潜、王维等人的诗，读秦少游、贺方回等人的词，知道外国文的或更会去读华治华斯（华兹华斯，Wordsworth）、屠格涅夫诸人的作品。如果诸君有一时关心社会疾苦了，自然会去读杜甫、白居易、元稹，知道外国文的更会去读易卜生，去读柏纳·萧（萧伯纳，B.Show），去读高斯华绥（高尔斯华绥，J.Galsworthy）。各人因了某一时嗜好与兴趣，自会各在某时期找到一系的文艺作品来丰富自己，润泽自己。善读书的，在某一时期所读的东西里面，更会找出别的关心事项来更易兴趣的焦点，使趣味逐渐扩张开去，决不至于终身停滞在某一系上，执着在某一家。至少也当以某一系或某一家为中心，以别家别系为辅助的滋养料。

从什么读起，不成问题，最初但从有兴味的着手就可以。其实，除了从有兴味的着手也没有别法，因为叫关心恋爱而不爱自然风景的人去读陶渊明、王维，叫热衷于社会运动的人去读鲍特莱尔（波德莱尔，Baudelaire）、王尔德，是无意义的。读什么虽不成问题，但在文艺研究的全体上，却有几种谁也须先读的东西。特别地是对于外国文艺。例如基督教的《圣书》和希腊神话，就是研究外国文艺者所不可不读的基础的典籍。这二典籍，本身已是文艺作品，本身已是了不得的研究材料，在西洋原是人人皆知家喻户晓的东西，其通俗程度远在我国《四书》之上。许多作家的作品往往与此有关，或是由此取材，或是由此取了体制与成语，巧妙地活用在作品里。我们如对于这二典籍没有一些常识，就会随处都碰到无谓的障碍的。所以奉劝诸君，我们可以不信基督教，但不可不一读《圣书》，尽管不信荒唐无稽的传说，但不可不一读希腊神话。圣书是现在随处可得的，至于希腊神话，仅有人编过简单的梗概，还没有好好的本子，实可谓是一件憾事。

十、怎样读

文艺作品之中有高级文艺与低级文艺的差别。我曾劝诸君读古典文艺与外国文艺，不消说是希望诸君读高级的文艺的。高级艺术与低级艺术的差别，在乎能保持永久的趣味与否？好的文艺作品能应了读者的经验，提示新的意义，它决不会旧，是永久常新的。在西洋文艺上，莎士比亚、歌德的作品所以伟大者，就因为它包含着无尽的真理与趣味，可以从各方面任人随分探索的缘故。

在批评家、专门家等类的人，读书是一种职业，有细大不捐，好坏都读的义务。至于不想以此为业，但想享受文艺的利益，借文艺来丰富自己润泽自己的诸君，当然不犯着去滥读无聊的低级的东西，除了并世的本土的杰作以外，尽可依了兴味耽读数种的古典文艺或外国文艺，与其读江西派的仿宋诗，不如读黄山谷、范成大；与其读《九尾龟》，不如读《红楼梦》；与其读《绿牡丹》，不如读《水浒》。因为后者虽不是最高级的东西，比之前者究竟要高级得多。

最高级的文艺作品，在世间是不多的。小泉八云说："为大批评家所称赞的书，其数不如诸君所想象之多。除了希腊文明，各民族的文明所产出的第一级的书，都只二三册而已。载具一切宗教教义的经典，即当作文学的作品，也不失为第一级的书。因为这些经典经过长年的磨琢，在其言语上已臻于文学的完全了。又表现诸民族理想的大叙事诗，也是属于第一级的。再次之，那反映人生的剧的杰作，也当然要算最高级的文学作品。但总计起来这类的书有几种呢？决不多的。最好的东西决不多量存在，恰如金刚石一样。"这样意味的最高级的文艺作品，不消说，也不是普通的读者诸君所能立时问津的。我们所希望的只是从较高级的作品入手罢了。

高级文艺不是一读即厌的，但同时也不是一读就会感到兴味的。愈是伟大的作品，愈会使初读的感到兴味索然。高级文艺与低级文艺的区别，宛如贞娴的淑女与媚惑的娼妇，它没有表面上的炫惑性，也没有浅薄的迎合性，其美质深藏在底部，非忍耐地自去发掘不可。歌德的《浮士德》（《Faust》），尼采（F·Nietzsche）的《查拉都斯托拉》（《查拉图斯特如是说》，《Zarathustra》）都能使初接触的人失望。近代人的诗，对仗工整，用典丰富，而唐人的好诗，却是平淡无饰，一见好似无足奇的。看似平凡而实伟大，高级文艺的特质在此。

要享受高级文艺的利益，可知是一件难事。但如果因其难而放弃，就将终身不能窥文艺的秘藏了。在不感到兴味时，我们第一步先该自问："那样被人认为杰出的作家，为什么在我不感到兴味呢？"

亚诺尔特·培耐德（阿诺德·贝内特）在其《文艺趣味》（《Literary Taste》）里曾解释这疑问说，因为接触到了比自己高尚进步的心境，一时不能了解的缘故。这是不错的话。古语的所谓"英雄识英雄"，"仁者见仁智者见智"，在文艺鉴赏上也是可引用的真理。一部名著，可有种种等级的读者。第一流的读者不消说是和作家有同样心境的人了，这样的读者才是作家的真知己。

那么，我们要修养到了和作家同等的心境才去读他的书吗？我们要读《浮士德》，先须把自己锻炼成一歌德样的人吗？要读《陶诗》先须把自己锻炼成一陶渊明样的人吗？这不消说是办不到的事。我们当因了研钻作家的作品，在知的方面，情的方面，意的方面，使自己丰富成长了解作家的心境，够得上和作家为异世异地的朋友，至少够得上做作家的共鸣者。对于一部名著，初读不感兴味，再读如果觉得感到些兴味了，就是自己已渐在成长的证据。如果三读四读益感到兴味了，就是自己更成长了的证据。自己愈成长，就在程度上愈和作家接近起来。

这样的读书，不消说是我们的理想，但最初如何着手呢？我第一要劝诸君的，就是先了解作家的生平。文艺作品和科学书不同，科学书所供给我们的是知识，而文艺作品所供给我们的是人，因为文艺是作家的自己表现，在作品背后潜藏着作家的。在西洋，通常把读某人的书称为"读某人"，例如说："读莎士比亚"，不叫"读莎士比亚的剧本"。中国向来没有这种说法，例如说："读《陶渊明集》"时，断不说"读陶渊明"的。（我在前面曾仿照了这西洋说法说过好多处。）我以为在这点上，西洋说法比中国说法好。说"读《陶渊明集》"，容易使人觉到所读的只是陶渊明的集子，说"读陶渊明"，就似乎使人觉到所读的是陶渊明了。"读其书不知其人可乎"？其实，依了上面的说法，读书就是知其人，不知其人是无从读其书的。所谓知其人者，并不一定指什么"姓甚名谁"而言，乃是要知道他是有甚样性格甚样心境的一个人。

在已有读书的慧眼的，也许一经与作品接触就会想象到作者是个什么样的人吧。但在初步的读者，实有先大略知道作者的必要。作者的时代与环境，是铸成作者重要要素，不消说也须加以考察。一见毫不感到趣味的文艺名作，因了得到了关于作者的知识，就往往会渐渐了解感到趣味的。我们如要读《浮士德》，当作预备知识，先须去读歌德的传记，知道了他的宗教观，他的对于科学（知识）的见解，他的恋爱经过，他曾入宫廷的史实，当时的狂飙运动，以及他在幼时曾看到英国走江湖的人所演的傀儡剧《浮士德博士的生涯与死》等等，那么，这素称难解的《浮士德》也就不难入门了。《浮士德》是被称为文艺的宝库之一的名作，愈钻研愈会有所发现的，但不如此，却无从入门。

再就中国的古典文艺取例来说，古诗十九首不出于一人，且不知作者是谁，大家只知道是汉人的作品而已。这古诗十九首从来认为好诗，同时也实是非常难解，不易感到趣味的作品。这十九首诗作者不明，原无传记可考，只可从历史上看取当时的时代精神，以为鉴赏之助。时代精神不消说是多方面的，试暂就一方面来说。汉代盛行黄老，是道家思想很盛的时代。用了这一方面的注意去读十九首，就可得到不少的帮助。至少要如此，才能了解那随处多见的什么"人生天地间，忽如远行客"，"人生寄一世，奄忽若飙尘"，"生年不满百，常怀千岁忧"，"万岁更相送，圣贤莫能度"等的解脱气分；和"极宴娱心意，戚戚何所迫"，"为乐当及时，何能待来兹"，"不如饮美酒，被服纨与素"等的享乐气氛。

由前所说，可知当读一作品时，先把作者知道个大概，是一件要紧的事了。其次，我还要劝诸君对于所欢喜的一作家的作品，广施阅读，如果能够，最好读其全集。宁可少读几家，不可就了多数作家但读其一作品。因为我们的目的不是要作文艺的稗贩者，乃是要收得文艺的教养。这文艺的教养，固然可以由多数的作家去收得，也可以由一二个作家去收得的。一作家从壮年至老年，自有其思想上技巧上的进展，譬如易卜生曾作《娜拉》《群鬼》《国民公敌》《社会栋梁》等的问题剧，如果只看了这一部分就说易卜生是什么什么，那就大错。他在《海上夫人》以后的诸作，气氛就与以上所说的问题剧大不相同。我们要读了他的作品的大部分，才能了解他的轮廓，各国大学者中到了相当年龄，很有以攻究一家的作品为毕生事业的，如日本的坪内逍遥从中年起数十年中就只攻究了一个莎士比亚。

对于一作家的作品广施搜罗，深行考究，这在本国的文艺还易行，对于外国文艺较难。因为本国的文艺原有现成的书，而外国文艺全有赖于翻译的缘故，特别地在我国。我国翻译事业尚未有大规模的进行，虽也时有人来介绍外国文艺，只是依了嗜好随便翻译，甲把这作家的翻一篇，乙把那作家的翻一篇，至今还未有过系统的介绍。任何外国作家的全集都未曾出现，这真是大不便利的事。我渴望有人着眼于此，逐渐有外国作家的全集，供不谙外国语的人阅读，使作家不至于被人误解。又，为便于明了作家的平生起见，我希望有人多介绍外国作家的评传。

十一、文艺鉴赏的程度

我在前节曾说，一部名著，可有种种等级的读者。又，因了前节所说，一读者对于一部名著，也因了自己成长的程度，异其了解的深浅。文艺鉴赏上的有程度的等差，是很明显的事了。在程度低的读者之前，无论如何的高级文艺也显不出伟大来。

最幼稚的读者，大概着眼于作品中所包含的事件，只对于事件有兴趣，其他一切不同。村叟在夏夜讲《三国》，讲《聊斋》，讲《水浒》，周围围了一大群的人，谈的娓娓而谈，听的倾耳而听，是这类。都会中人的欢喜看《济公活佛》《诸葛亮招亲》，赞叹真刀真枪，真马上台，是这类。十余岁的孩子们欢喜看侦探小说，是这类。世间所流行的甚么"黑幕"，"现形记"，"奇闻"，"奇案"等类的下劣作品，完全是投合这类人的嗜好的。

这类人大概不能了解诗，只能了解小说戏剧，因为小说戏剧有事件，而诗则除了叙事诗以外，差不多没有事件。其实，小说之中没有事件可说的尽多，近代自然主义的小说，其事件往往尽属日常琐屑，毫无怪异可言，即就剧而论，也有以心理气氛为主，不重事件的。在这种艺术作品的前面，这类人就无法染指了。

作品的梗概不消说是读者第一步所当注意的。但如果只以事件为兴味的中心，结果将无法问津于高级文艺，而高级文艺在他们眼中，也只成了一本排列事件的账簿而已。

其次，同情于作中的人物，以作中的人物自居者，也属于这一类。读了《西厢记》，男的便自以为是张君瑞，读了《红楼梦》，女的便自以为是林黛玉，看戏时因为同情于主人公的结果，对于戏中的恶汉感到愤怒，或者甚而至于切齿痛骂，诸如此类，都由于执着事件，以事件为趣味中心的缘故。

较进步的鉴赏法是耽玩作品的文字，或注意于其音调，或玩味其结构，或赞赏其表出法。这类的读者大概是文人。一个普通读者，对于一作品亦往往有因了读的次数，由事件兴味进而达到文字趣味的。《红楼梦》中有不少的好文字，例如第三回叙林黛玉初进贾府与宝玉相见的一段：

> ……宝玉看罢，笑道"这个妹妹，我曾见过的。"贾母笑道，"可又是胡说，你何曾见过她。"宝玉笑道，"虽然未曾见过她，然看着面善，心里倒象是旧相识，恍若远别重逢一般。"……

在过去有青梗峰那样的长历史，将来有不少纠纷的男女二主人公初会时，男主人公所可说的言语之中，要算这样说法为最适切的了。这几句真不失为好文字。但除了在文字上有慧眼的文人以外，普通的读者要在第一次读《红楼梦》时就体会到这几句的好处，恐是很难得的事。

文字的鉴赏原不失为文艺鉴赏的主要部分，至少比事件趣味要胜过一筹。但如果仅只执着于文字，结果也会陷入错误。例如诗是以音调为主要成分的，从来尽有读了琅琅适口而内容全然无聊的诗，不，大部分的诗与词，完全没有什么真正内容的价值，只是把平庸的思想辞类，装填在一定文字的形式中的东西，换言之，就是靠了音调格律存在的。我们如果执着于音调格律，就会上他们的当。小说不重音律，原不会像诗词那样地容易上当，但好的小说不一定是文字好的。托斯道夫斯基（陀思妥耶夫斯基，Dostoyevski）的小说，其文字的拙笨，凡是读他的小说的人都感到的，可是他在文字背后有着一种伟大吸引力，能使读者忍了文字上的不愉快，不中辍地读下去。左拉的小说也是在文字上以冗拙著名的，却是也总有人喜读他。

一味以文字为趣味中心，仅注重乎文艺的外形，结果不是上当，就容易把好的文艺作品失之交臂，这是不可不戒的。中国人素重形式，在文艺上动辄容易发生这样的毛病，举一例说，但看坊间的《归方评点史记》等类的书就可知道了。《史记》，论其本身的性质是历史，应作历史去读，而到了归、方手里，就只成了讲起承转合的文章，并非阐明前后因果的史书了。从来批评家的评诗、评文、评小说，也都有过重文字形式的倾向。

对于文艺作品，只着眼于事件与文字，都不是充分的好的鉴赏法，那么，我们应该取什么方法来鉴赏文艺呢？让我在回答这问题以前，先把前节的话来重复一下。文艺是作家的自己表现，在作品背后潜藏着作家的。所谓读某作家的书，其实就是在读某作家。好的文艺作品，就是作家高雅的情热，慧敏的美感，真挚的态度等的表现，我们应以作品为媒介，逆溯上去，触着那根本的作家。托尔斯泰在其《艺术论》里把艺术下定义说：

> 一个人先在他自身里唤起曾经经验过的感情来，在他自身里既经唤起，便用诸动作、诸线、诸色、诸声音、或诸以言语表出的形象来传这感情，使别人可以经验同一的感情——这是艺术的活动。

> 艺术是人类活动，其中所包括的是一个人用了某一种外的记号，将他曾经体验过的种种感情，意识地传给别人，而且别人被这些感情所动，也来经验它们。

感情的传染是一切艺术鉴赏的条件，不但文艺如此。大作家在其作品中绞了精髓，提供着勇气、信仰、美、爱、情热、憧憬等一切高贵的东西，我们受了这刺激，可以把昏暗的心眼觉醒，滞钝的感觉加敏，结果因了了解作家的心境，能立在和作家相近的程度上，去观察自然人生。在日常生活中，能用了曾在作品中经历过的感情与想念，来解释或享乐。因了耽读文艺作品明识了世相，知道平日自认为自己特有的短处与长处，方是人生共通的东西，悲观因以缓和，傲慢亦因以减除。

好的文艺作品，真是读者的生命的轮转机，文艺作品的鉴赏也要到此境地才是理想。对于作品，仅以事件趣味或文字趣味为中心，实不免贻"买椟还珠"之诮，是对不起文艺作品的。

> 小子何莫学夫诗？诗可以兴，可以观，可以群，可以怨，迩之事父，远之事君，多识于鸟兽草木之名。

试看孔子对于《诗》的鉴赏理想如此！我们对于文艺，应把鉴赏的理想提高了放在这标准上。如果不能到这标准的时候，换言之，就是不能从文艺上得着这样的大恩惠的时候，将怎样呢？我们不能就说所读的作品无价值。依上所说，我们所读的都是高级文艺，是经过了时代的筛子与先辈的鉴别的东西，决不会无价值的。这责任大概不在作品本身，实在我们自己。我们应当复读冥思，第一要紧的还是从种种方面修养自己，从常识上加以努力。举一例说，哲学的常识是与文艺很有关联的，要想共鸣于李白，多少须知道些道家思想，要想共鸣于王维，多少须有些佛学趣味。毫不知道西洋中世纪的思想的，当然不能真了解但丁（Dante）的《神曲》，毫不知道近代世纪末的怀疑思想的，当然不能真了解莎士比亚的《汉默莱德》（今译《哈姆雷特》）。

十二、读书可自负之处

文艺不但在创作上是人的表现，即在鉴赏上亦是人的反映。浅薄的人不能作出好文艺来，同时浅薄的人亦不能了解好文艺。创作与鉴赏，在某种意味上是一致的东西。日本厨川白村在其《苦闷的象征》里，曾名鉴赏为"共鸣的创作"，真的，鉴赏不失为一种创作，只是创作是作家的自己表现，而鉴赏是由作家所表现的逆溯作家，顺序上有不同而已。

真有鉴赏力的读者应以读者的资格自负，不必以自己非作家为愧。艺术之中，最使人易起创作的野心与妄想的，要算文艺了。听到音乐上的名曲时，看到好的绘画或雕刻时，看到舞台上的好的演剧时，普通的人只以听者观者自居，除了鉴赏享乐以外，无论如何有模仿的妄想的人，也不容发生自己来作曲弹奏，自己来执笔凿，或是自己来现身舞台的野心。独于文艺则不然，普通的人只要是读过几册文艺书的，就往往想执笔自己试作，不肯安居于读者的地位。因为文艺在性质上所用的材料是我们日常习用的言语，表面看去，不比别种艺术的须有材料上的特别练习功夫与专门知识的缘故。鉴赏是共鸣的创作，这是由心情上说的。实际的文艺创作毕竟有赖于天才，非普通人所能胜任的事。文艺上所用的材料虽是日常语言，似乎不如别种艺术的须特别素养，但言语文字的驱遣究竟须有胜人的敏感和熟练，其材料上的困难，仍不下于别种艺术。例如色彩是绘画的材料，色彩的种类人人皆知，而究不及画家敏感。又如音乐的材料是音，音虽人人所能共闻，音乐家所知道的究与寻常人有不同的地方。以上还是仅就材料的言语文字说的。文艺是作者的自己表现，文艺的内容是作者，作者自身如别无可以示人的特色人格（这并非仅指道德而言），即使对于言语文字有特出的技巧，也是无用的事。

文艺鉴赏本身自有其价值，不必定以创作为目的。这情形恰和受教育者不必定以自己作教师为目的一样。不消说，好像要作教师先须受教育的样子，要创作文艺先须鉴赏文艺。但创作究不能单从鉴赏成就的。不信但看事实：自各国大学文学科毕业者合计每年当有几万人吧，他们在学时当然是研究过文艺上的法则，熟谙言语文字上的技巧的了，当然是读破名著富有鉴赏力的了，而实际上全世界有名的作家还是寥寥，并且有名作家之中，有许多人竟未入过大学的。俄国的当代名小说家高尔基听说是面包匠出身。有许多人虽入过大学，却并不是从文科出来。俄国的契诃夫是医生的出身，日本的有岛武郎是学农业的。

鉴赏文艺未必就能成创作家，这话听去，似乎会使诸君灰心，实则只要能鉴赏，虽不能创作也不必自惭，因为我们因了作品的鉴赏，已与作家作精神上的共鸣了，在心情上，已把自己提高至和作家相近的地位了。真有听音乐的耳朵，听了某名曲所得的情绪，照理应和作曲者制曲时的情绪一样。故就一曲说，在技巧上，听者原不及作者，而在享受上，听者和作者却是相等的，只要他是善听者。作家原值得崇拜。自己果有创作的天才，不消说也应该使之发挥，但与文艺相接近的人们，如果想人人成作家，人人有创作的天才，究竟不是可希望的事。与其无创作上的自信，做一个无聊的创作者，倒不如做一个好的读者鉴赏者。我们正不必以读者自惭，还应以读者鉴赏者自负。

十三、由鉴赏至批评

关于文艺鉴赏，已费去不少的纸数了。这里试把话题移至文艺批评去吧。

其实，鉴赏本身已是属于批评范围以内的事。所谓文艺批评者，种类很多，有什么印象的批评、历史的批评、科学的批评、社会的批评等等，批评的含义普通分为批难、称赞、判断、解释、比较、分类等等。毕竟只是以鉴赏为出发点的东西，无论何种批评都可作为鉴赏的发表。因了鉴赏者的性格，于是批评乃生出许多的种类来。创作的材料是实生活，批评的材料是创作。创作者玩味了实生活而生出创作，批评家玩味了创作而生出批评。故创作者就是生活的鉴赏者，而批评家就是创作的鉴赏者。把生活玩味了，在生活上发现了某物（Some Thing），有伎俩发表出来，对于生活，想使大众共喻的，是创作者。把创作玩味了，在创作上发现了某物，有技俩发表出来，对于创作，想使大众共喻的，是批评家。

批评是鉴赏的发表，我们可以沉默地去享乐文艺，也可以把自己所享乐到的传给别人，前者是普通但以鉴赏为目的的所谓读者，后者是批评家。中国是文字的国家，文艺批评的历史很古，从来汗牛充栋的注释家的著作，以及一切诗话、词话、文论等等，都是文艺批评。但可惜大半都汲汲于文字上，琐屑不堪，和近代各国的所谓文艺批评者差不多是全不相同的东西。这也不只中国古来如此，文艺批评的成为一种有势力的趣向，至于产出所谓文艺批评的专门家，在西洋也是近代的事。

文艺批评在现代已俨然成了一种专门的职业。这种职业完全是近代的产物。因了交通印刷的便捷和普通教育的发达，接触文艺的机会较前丰富，文艺在现代已成了和日常茶饭一样的生活上需要的东西，有需要就必有供给，于是不但创作是专门职业，连批评创作也成为一种专门的职业了。古代未有如此条件，连职业的创作者尚且没有，何况职业的批评家呢？

文艺批评的任务一方是阐发作品，指导读者，一方是批评作品，指导作家。文艺批评家可以说是读者和作者所共戴的教师。伟大的文艺批评家应该就是人生全体的批评家，因为文艺批评是以作家的创作为对象的，创作是通过了作家的心眼的人生的表现，批评家的批评直接是批评创作，间接就是在批评人生。试看，托尔斯泰、拉斯金（罗斯金，J.Ruskin）、泰纳（丹纳，Taine）、培太（佩特，W.Pater）、勃廉谛尔（布吕纳介，Brunetiere）等诸大批评家，哪一个不就是伟大的人生批评家？

或者有人要问，"批评家的地位在作家以上吗？"这原不能一定，批评家之中有好的坏的，作家之中也有好的坏的。如果离开了人，抽象地但就批评与创作二事来说，则批评究是知识的产物，创作究是天才的产物，性质不同，无法品定孰优孰劣的。即使勉强品定了也是毫无意义的事。

作家可以不把批评家的批评为意而从事其创作，批评家也可以不管作家的好恶而发抒其批评。彼此有其自由的立场，可各不相犯。一味迎合批评家的意向的不是好作家，拘于主观或以私意品骘作品者，不是好批评家。

作品是作家对于人生的叫喊，批评是批评家对于作品的叫喊。作品因了批评增加社会性，也因为愈有社会性，愈有批评的必要。文艺在今日已不是少数人茶余酒后的消遣品了，文艺批评亦将随着愈显其重要性吧。

十四、创作家的资格

鉴赏文艺并不以创作为目的，鉴赏本身自有其价值，普通接触文艺的人不必以读者自惭，不必漫起创作的野心，这是前面所屡说过的事。但我不能断定我们的读者之中，全没有创作的天才者或志望者，虽然不能详尽，不能不把创作的大要加以叙述。又，即为一般无志创作的文艺鉴赏者起见，也有略谈创作法的必要。创作与鉴赏本来是同一的心的作用，所差的只是创作是由内部表现于外部，鉴赏是由外部窥到内部而已。全不知建筑学者，不能真正理解建筑的美，非知创作的大略者，不能有真正的鉴赏。

首先须说的是创作家的人。文艺是作家的自己表现，"自己"如无价值，所表现出来的作品也就难能有价值。"文如其人"，古人已早见到了。文艺创作的方法，单从形式的文字技巧上立论，究竟免不了浅薄，根本上还应从人的修养着手才行。不消说，文艺之中有各种部门，创作家的资格也可因了其所从事的部分而有不同的。举例来说，诗与小说同为文艺而性质有异，诗人比较地须有寂寥孤独之处，小说家究非沉到社会里去作社会人不可。诗人需要情热，小说家需要冷静。这样，就了文艺各部门比较创作家的性格，原是很有意味的事。但我们无此余裕，以下试就了文艺全范围，来把创作家的资格略加考察吧。

即不把文艺的各部门分别，就文艺的全范围来说，创作家的资格也可从种种例举，至于不遑枚举吧。今但就我所认为最重要的举出两项，一是锐利的敏感，一是旺盛的热情。二者是文艺创作家最重要的资格。

先就敏感说。文艺作品不是科学的知识，不是道德的说教，只是以美的情感为本质的东西。这所美者，并非普通的所谓美，是包含高尚的、深刻的、优雅的、哀切的、悲痛的及其他一切可以作文艺内容的情而言。创作家对于自然或人生观察经验，如果比之常人，体感不出别的深而远的某物来，所作的东西毕竟只是人云亦云，毫无新鲜泼辣之趣了。凡是好的创作家，都能于平凡之中发现不平凡，于部分之中见到全体。他们有常人所未曾感到的忧愤，也有常人所未曾感到的悦乐。他们能不为因袭成见所拘束，不执着于实用功利，对于世间一切行清新的观照，作重新的估价。文艺一方是时代的反映，一方又是时代的晓钟，所谓创作者，就是能在世间一切体感当前的时代而同时又能预感新时代的人。

以上只是就文艺的内容上说的。敏感的重要不但在文艺的内容上，至于文艺的形式上亦大大地需要敏感。文艺是用文字组成的艺术，文章的美丑，结构的巧劣，都是文艺的重大关键。大概的文艺作家，也就是文章家。所谓文章家者，就是对于文字的使用有着非常敏感的人。贾岛的"推敲"，勿洛培尔的"一语说"，都可证明敏感的必要。至于近代的象征派的作家，对于文字上的感觉，其敏锐更足惊人，他们之中，竟有人能从五个母音上分出五色来，说什么"A 黑、E 白、I 赤、U 绿、O 青"的话。

诺尔道在其《变质论》里痛斥近代创作家的神经过敏，说近代作家都是变质者，近代的文艺作品都是病的产物。这当然不是无因之谈，近代人因了生活的紧张与复杂，官能刺激过了度，确有多少都已是变质者，官能愈锐敏的创作家当然更是变质者了。我们因了他的话，可证明敏感在创作上的重要，至于变质的对于社会的利害，姑且不谈。（诺尔道的学说，也尽有反对的人。）

锐利的敏感是创作家重要资格之一。其次是热情。热情是促动创作家去创作的动力。创作家脑中所留着的由敏感而来的印象，虽然明显，如果不含有热情，不想写了告人，也是无益的事。真的创作都是创作家因了内部的本能的压迫，才去从事的。创作对于自己所观察经验的结果，感到牵引，感到魅惑，郁积于中，不流露不快，这其中才有创作的欢悦。要感动别人，先须感动自己。读者对于作品所受到的情绪，实是创作家所曾经自己早已更强烈地感受过了的东西。

敏感与热情，互有不可离的关系，敏感用以收得美感，真收得了美感了，当然会引起热情，否则敏感的程度必有欠缺。同样，能起热情的当然是美感，我们断不会对于平凡陈腐可厌的东西感到牵引与魅惑的。上面虽曾分别了说。其实只是一件事而已。

此外关于创作家的资格可列举的当然很多，但我以为用敏感与热情一可概其余，不必再赘述的了。

十五、抽象的与具象的

上节曾述敏感为创作家的重要资格之一，创作家要有锐利的敏感，才能对于自然人生体感出常人所体感的深远的某物，写出示人。这所谓某物（Some Thing）者，或是人生的意义，或是时代的倾向，要之不外乎是一种抽象的东西。这抽象的东西，在文艺上是否就能适用呢？把这抽象的东西直接写出，是否就是文艺作品呢？决不是的。抽象的东西只是一种概念，纯概念的露骨的表出，在科学或道德当然可以，在文艺上是不适当的。因为文艺的本质是情感，而概念却是知或意的产物的缘故。

文艺上对于自然人生的处理，须具象的，不该是抽象的。作者原须用了锐利的敏感在自然人生上发现某物，但在作品上所描写的，却不是这某物的本身，而是包含着这某物的自然人生。莫泊桑评其师勿洛培尔说："勿洛培尔不想谈人生的意义，他所想教示人的只是人生的精髓。"作者的任务，在乎从复杂的自然人生中选取出富于意义的一部分，描写了暗示世人以种种的意义。毫无意义地把任何部分的自然人生来描写固不可，完全裸露地单把所见到的意义来描写也不可。作者所当着眼的是具象的实世间，所当取材的也是具象的实世间。能在具象的邻家夫妇或同船旅客之中发现出某物来，仍用了这邻家夫妇或同船旅客作了衣服，把所发现的某物暗示世人，才是文艺作家的手腕。

有些作者先定了一个概念，然后再把人物事件附会上去，写成一种作品。这在文艺上宁是邪道，这类作品往往含着宣传与教训的色彩，也难得有出色的东西。原来在事象中发现某物，与把事象附会到既成的概念上去，全然是两件事。前者是有生命的作家的自然的产儿，后者是作家用了成见捏出的傀儡，傀儡是不会有生命的。

又，自然人生原是多元的东西，作家一时因了某物所选取的自然人生，其部分不论如何狭小，也仍是多元的，于作家在一时所发现的某物以外，当然更含有许多附带的意义。要具象地写自然人生，才能不挂一漏万。伟大的文艺作品所以能广泛地使读者随了程度各自欣赏，值得从各方面探究者，就为了其内容是具象的，有和自然人生同样的多元性，不明白地局限于某种狭小的教示的缘故。读者的翻读文艺作品，目的不在听作家的抽象的说教，乃在要看看那通过了作家心眼的自然人生。因了各自的程度与性向，在作品上得到共鸣的处所，于是才生鉴赏上的欣悦。若作家露骨地把概念加以限定，读者在作品中所见的不是自然人生，乃是作家的意见，而且是强迫了叫他看的意见，这时读者的心的活动就被束缚，毫无自由了。这类作品，在本来和作家有同感的人也许会耐心乐读吧，而在普通的读者却是味同嚼蜡的。文艺创作上对于自然人生的处理须具象的而不可抽象的，这理由因了上面所说，大略可知道了吧。这抽象的与具象的二语，实关系于文艺创作的全领域。创作与宣传的区别固然在此，即作品的形式上的文章，其好坏也可用这抽象的与具象的二语作了标准来说明。

文艺作品中文字应是描写的，不该是说明或议论的。在文艺作品之中，作家借了作品中人物的口来说自己的话的原是常有的，至于作家直接露出了面来对读者发挥议论或作说明的事，在我国古来文艺上虽所常见（特别在那从平话与演义蜕化来的小说上），但其实从现在看来，这恰和在京戏中于演者旁边突然见到有人打扇送茶一样，是很不统一自然的（我曾作过一篇专论这事的文字，附在开明书店出版的《文章作法》里）。就一般的原则说，文艺的文字彻头彻尾应以描写为正宗，说明或议论的态度务须竭力地排除。因为描写是具象的，而说明或议论是抽象的缘故。能具象地处理自然人生，在文字上自不得不是描写的，若抽象地概念地去写，结果终究逃不出说明或议论的范围。

此外，在这抽象的与具象的二语之下，可说述的文艺创作上的事项，如部分与全体，类型与个性之类，当然还很多。这里却无周遍说述的余暇，只好让读者诸君自己去类推了。

十六、自己省察

作家应把自然人生具象地处理，但森罗万象的自然人生之中，究从何处下手呢？最安全正当的方法，是从自己下手。自己省察是作家第一步所应该用的功夫，而且是一生惟一的功夫。自己省察是文艺创作的根源。不消说，作家可以因了观察，从广泛的世界中选出适于自己创作的现象记在笔记里，可以因了想象自己考案许多世间实际所无的事象，也可以把眼前的人物作了"模特尔"写到小说或戏曲中去，可以因了别人的表情与动作推测其心理。但其实，这种方法不但不是初从事创作的人所能使用，而且也并不是根本的可靠的东西。真的创作上最根本的手段，除了内观自己，没有别法。文艺作品毕竟是作家的自我表现，所描写的自然人生，也毕竟是通过了作家的心眼的自然人生。把自己所感所见的适宜地调整安排，这就是创作。

告白文学，第一人称的小说，抒情诗等直写作家自己的作品，不必说了，一切文艺作品，广义地说，都是作家的自传。我们只要先查悉了作家的生涯，再去读他的作品，就随处都可发现作家的面影。愈是大作家的作品，自传的分子亦愈多。一作家的许多作品里的人物，大概是有一定的性格的。例如就屠格涅夫说，殷赛洛夫（《前夜》的主人公）、巴赛洛夫（《父与子》的主人公）、路丁（《路丁》的主人公）等，不是大同小异的人物吗？这许多人物其实就是作家的分身。莎士比亚被称为有千心万魂的第二的造物主的作家，他在剧中曾描写着各种各样的人物。但据学者的研究，汉默莱德（哈姆雷特）式的人物在作品中常常见到，丹麦的王子汉默莱德就是其最后而最完全的标本。施耐庵在《水浒》中描写着一百零八条好汉，个个都有个性，若仔细研究起来，定可归并出几个性质来，而这几个性质，无非就是施耐庵自己的各方面而已。武松、石秀是他，李逵、鲁智深也是他。他本身内心有着武松、石秀的分子，才取了出来，敷衍了客观化了造成武松、石秀，本身内心有着李逵、鲁智深的分子，才取了出来，敷衍了客观化了造成李逵、鲁智深的。作家决不能写内心上毫无根据的人物，尤其是人物的心理。

近代很有些学者正在应用了勿洛伊特（弗洛伊德，Freud）派的精神分析学，研究作家与作品的关系。据他们的研究，所谓文艺作品者，都是作家无意识地自己个人的叫声。这叫声的出发处也许往往连作家自己也不知道，但确是发于作家的内心的。美国亚尔巴德·马代尔（阿尔伯特·莫达尔，AlbertMordell）氏曾有一部名曰《文学上的性爱的动因》的书，就了近代大作家详细地分析着，日本厨川白村著的《苦闷的象征》（有鲁迅氏与丰子恺氏的译本），也就是从精神分析学出发的文艺论，可以参考。

话不觉脱线了，再回头来说自己省察吧。自己是一切世象的储藏所，所谓"万物皆备于我"不是过言。向了这自己深去发掘，深去解剖，就会发现一切世象共通的某物来。就最普通的浅近的情形说吧，如果不把自己快乐时的状貌、心情、举动等反省有明确的印象，决不能描写他人的快乐。如果不把自己苦痛时的状貌、心情、举动等反省有明确的印象，决不能描写他人的苦痛。要知道他人，毕竟非先深知道自己不可。

知道自己，这话听去似乎很容易，其实是很难的事。因为真正要知道自己，非就了自己客观地作严酷的批判，深刻的解剖不可。人概有自己辩护自己宽容的倾向，把自己载在解剖台上，冷酷地毫不宽恕地自己执了刀去解剖，是常人所难堪的。这里面有着艺术的冷酷性，所谓艺术家者，是不但对于他人毫不宽恕，即对于自己也是毫不宽恕的人。（这所谓冷酷、省察、不宽恕，只是态度问题，和实际的道德无关。）从这冷酷里，可以脱除偏见与小主观；从这冷酷里，可以清新正确地见到世象，所谓对于世间的真正的同情，实是由这冷酷中生出的东西。

自己省察是文艺创作之始，也是文艺创作之终。有志于文艺创作者，应该先下自己省察的功夫！

十七、创作家与革命

近年以来，革命成了一种全世界的口头的熟语，于是有所谓革命文艺发生，就中无产阶级文艺尤在引起世间的注意。兹试一考察文艺创作与革命的关系。

先请听培耐德的话：

现今全世界濒于危殆，非施一种急救，灾祸将立至了：如此的妄想，世间人都抱着。这在社会革命家是当然要抱的妄想，从艺术家的常识说，却是非竭力反对不可的见解。不消说，这世界是非常坏的世界，但也是非常好的世界。艺术家在任务上虽不能不与理想的世界（Whatoughttobe）有关与，但注重却应在现实的世界（Whatis）。一切的必要改革如果一旦成就，我们的完全的世界定会像冰石似地完全冷却。所以，在这冷却期未到以前，艺术家当在互相反目战争着的几多见解中，保持自己的平衡。把 What is 来描写，来享乐。……如果漫然受了性急的改革家的诱惑，脱出艺术家的正路，那么他的艺术也就将丧失了吧。

培耐德这话，从纯粹的艺术态度立论，原是值得倾听的。但在主张把艺术作革命的工具的论者，特别在那主张艺术的阶级性的无产文艺的论者，恐会不承认吧。

美国马克思主义文艺作家奥卜顿·新克拉（Upton Sincleir）曾指摘现代文艺上的六种虚伪。一是艺术至上主义（艺术至上主义所存在之处，文艺与社会都颓废着），二是贵族主义（文艺在本质上是大众的），三是传统主义（艺术不是历史的徒弟），四是趣味主义（Dilettantism）的邪恶（现实回避，就是退化的明证），五是文艺的非道德性（一切艺术都有道德性），六是不认文艺为社会的，道德的，经济的宣传的虚伪（一切艺术都是宣传）。他认所谓革命的文艺者，就是和这六种虚伪相反的文艺。这样，纯艺术论者与革命的艺术论者，其主张的相反，很是明显，我们在这二相反的道路上，走哪一条好呢？

聪明的读者读了我前面各项的论议，想已可窥测我个人对于这问题的大略的态度了吧。为使他更明白起见，再在这里叙述一下。

我以为：凡是伟大的文艺作家，应该都是一种的革命者。所谓革命，种类很多，但其本质只是因袭的打破，价值的重估。文艺作家是有锐利的敏感的，故常例对于某一世象能在举世未觉醒其矛盾以前，感到了来描写。历来改造要求的第一声，往往从文艺作家笔上传出，他们对于时代有着惊人的嗅觉，他们是时代的先驱者。新克拉的所谓一切文艺都是宣传，在这意义上是不错的话。

但革命是多方面的事，文艺作家对于革命也是有其领域。他们的任务在乎肉搏时代的空气，他们所追求的不是学问，不是历史，乃是时代的气氛。自然，作家之中也尽有做实际上的革命行动的，如屠格涅夫有一时代（一八六○年），曾在英国的《警钟》报上执笔鼓吹过革命。但在他的小说中，我们只能见到时代的不安（据克鲁泡特金的批评：他的小说，合起来不啻俄国的文明史），却未曾见到他的政治意见。他当作小说家，是一味描写时代，忠实地只尽了文艺家的任务的。

以上是但就一般的革命与文艺的关系说的。如果把革命局限在经济上说，那末所谓革命文艺者，就是无产阶级（Profetarian）文艺了。

由马克思的经济史观看来，文化毕竟是经济生活的上层构造。从前的文化只是资产阶级（Bourgeois）的文化，一旦社会革命，普洛列太里亚抬起头来，特别有普洛列太里亚文化（普罗文化）出现。一切宗教政治道德艺术等等都要顿呈改观，而文艺亦不得不改其面目。从前的文艺是鲍尔乔文艺（布尔乔亚文化），今后所要求的，是普洛列太里亚的文艺。所谓普洛列太里亚文艺者，简单地说，就是表现劳动阶级的心理与意识的文艺。

现代的文化是鲍尔乔的文化。鲍尔乔文化的快要没落，是不可掩的事实。现代文艺是鲍尔乔文化的产物，当然不合于将来，起而代之的不消说是普洛列太里亚文艺了。

普洛列太里亚文艺在今日，已成了世界的问题了。苏俄本土不必说，在我国文坛上已成了论战的题目。有的主张如此，有的主张如彼，详细情形让读者自己去就了新闻杂志书册会看。我也不想加入论战中去，在这里只表明我自己的意见而已。

据我的见解，真正的普洛列大里亚文艺，在近的将来是不能出现的。在已有无产阶级作家的苏俄本土及别国不知道，至少在我国是一时不能出现的。我国（也许不但我国）现代的作家，不论其目前资产之有无，在其教养上、经历上、趣味上，甚而至于生活上，都是鲍尔乔。他们的文艺作品，大众的普洛列太里亚能到手入目与否且不管，其内容无论怎样地富于革命性，决不能成为真正的普洛列太里亚的生命上的滋养料。即使能设身处地，替普洛列太里亚说话，但究非真由内部渗出的东西，只仍是鲍尔乔所见到的一种世相而已。

文艺是体验的产物，真的普洛列太里亚文艺，当然有待于普洛列太里亚自己。普洛列太里亚的文化总有一天会出现的，普洛列太里亚文艺的成立也可预想。至于在过渡期中，所能看到的，尚只是其萌芽或混血儿。

十八、结 言

纸数将完，不能不就此把话结束了。

本稿在初写时，原不想有甚么系统，只豫备写到哪里就是哪里，略供给读者诸君以文艺上的知识吧了。写成以后，如果要说系统，觉得也似乎有系统可说。最初几节是关于文艺的本质的，中间几节关于鉴赏，末后几节关于创作。但却不敢像模像样地把全稿分为甚么本质论、鉴赏论、创作论。

本稿与其说是著的，实是编的。各种意儿，大部分采自别人的著作，不完全是我自己的主张。我写本稿时所用的参考书重要的如下。

《文学与生活》有岛武郎

《文学论》夏目漱石

《苦闷的象征》厨川白村 (鲁迅译)

《新文艺讲话》木村毅

《文学入门》Rafcadio Hearn

《文学趣味》Arnold Bennett

《俄国文学的理论与实际》克鲁泡特金

文艺在普通人只是鉴赏的对象。读者诸君要享受文艺的恩惠，唯一的途径，就是直接去翻读文艺作品。空疏的文艺论，只是说食数宝，除了当作鉴赏上的一种的锁匙以外，是全无用处的。我希望读者诸君以我这小稿作了锁匙，自己去叩文艺的门。

责任编辑:宰艳红

封面设计:石笑梦

图书在版编目(CIP)数据

夏丏尊集/花宏艳 编. —北京:人民出版社,2022.8

(暨南中文名家文丛/程国赋,贺仲明主编)

ISBN 978－7－01－024280－4

I. ①夏…　Ⅱ. ①花…　Ⅲ. ①中国文学-现代文学-作品综合集　Ⅳ. ①I216. 2

中国版本图书馆 CIP 数据核字(2022)第 124947 号

夏丏尊集

XIA MIANZUN JI

程国赋　贺仲明　主编　花宏艳　编

人民出版社 出版发行

(100706　北京市东城区隆福寺街 99 号)

北京盛通印刷股份有限公司印刷　新华书店经销

2022 年 8 月第 1 版　2022 年 8 月北京第 1 次印刷

开本:710 毫米×1000 毫米 1/16　印张:21. 5

字数:273 千字

ISBN 978－7－01－024280－4　定价:76.00 元

邮购地址 100706　北京市东城区隆福寺街 99 号

人民东方图书销售中心　电话 (010)65250042　65289539